狐小妹 ㊔

YUANFANG 远方出版社

图书在版编目（CIP）数据

谢谢你，治愈我 / 狐小妹著 . -- 呼和浩特 : 远方出版社 , 2022.7
（紫水晶情感小说系列）
ISBN 978-7-5555-1467-1

Ⅰ . ①谢… Ⅱ . ①狐… Ⅲ . ①言情小说—中国—当代
Ⅳ . ① I247.5

中国版本图书馆 CIP 数据核字 (2022) 第 111411 号

谢谢你，治愈我
XIEXIE NI ZHIYU WO

著　　者　狐小妹
责任编辑　王　叶
封面设计　鸿儒文轩
出版发行　远方出版社
社　　址　呼和浩特市乌兰察布东路 666 号　邮编 010010
电　　话　（0471）2236473 总编室　2236460 发行部
经　　销　新华书店
印　　刷　三河市华东印刷有限公司
开　　本　650 毫米 × 940 毫米　1/16
字　　数　260 千
印　　张　22.5
版　　次　2022 年 7 月第 1 版
印　　次　2022 年 9 月第 1 次印刷
标准书号　ISBN 978-7-5555-1467-1
定　　价　55.00 元

目录

第一章　宠物治愈师

1

“几年前，一位名叫萨拉·雷纳的英国治疗师，为患有焦虑症和惊恐症的来访者们建立了一个在线互助小组，然后她惊讶地发现，小组中很多成员都是猫猫或狗狗的热爱者。他们不止一次地提到，家里的宠物给了自己很大的安慰，并帮助他们减轻了生活中的忧虑和压力。为什么宠物会具有如此惊人的疗愈能力呢？萨拉对小组成员进行了采访，下面是她得到的一些反馈……”

当酒馆的广播里传来主持人矫揉造作的声音时，王悦的脑海中浮现出一只可怜的，被人捏住脖子哀号的鸭子。

这样联想的后果是，她突然想吃鸭脖了。

“老板，来份鸭……算了。”

在看到鸭脖子要二十八元一份的时候，王悦还是选择了放弃。

她吃不起这个。就算她穿着漂亮的套装，头发蓬松有光泽，指甲精致，是个标准的都市白领，但是在付完酒钱后，她还要靠仅剩的几十元撑到下一次发工资。

唉，这个世界上有钱人那么多，为什么多她一个就不行？

王悦想着，对着老板甜甜一笑，以掩饰内心的尴尬，但老板好像根本没听到她在说什么。

是啊，没有人在乎她。就好像她的顶头上司汪曼云，也好像她的前男友凌宇。

凌宇到底去哪里了？他们分手后，他都三天没接她电话了，难道是死了？

王悦忍不住想，如果她出意外死掉了，悼词要怎么描述自己呢？

“王悦今年二十五岁了，考不上公务员也进不了外企，只能在广电做最底层的编导工作。她月薪三千五百元，她的领导迄今为止仍叫不出她的名字。她每天上班、下班、玩手机、熬夜、看男朋友的朋友圈，生活周而复始，毫无希望。她这一辈子就要这样下去，所以她选择了结束自己的生命。”

她可以想象，到时候全场会响起掌声，大家会恭喜她做了正确的决定。

唉，其实她到现在都不知道，凌宇为什么要和她分手。

他们交往了三年，相处很愉快。当凌宇终于考上研究生的时候，她很为凌宇高兴，谁知道凌宇三个月后就说他们没办法相处，还是分开最合适。

就算凌宇坚持分手，王悦还是不相信，觉得他肯定有难言之隐。

她想，他们必须谈谈，以解开心结。

因为凌宇不见她，她只能自己想办法。好吧，她承认每天打两百个电话，可能比一般人多了一点儿，但是她很想凌宇，年轻人做事有些激情也可以理解。

凌宇对她避而不见，她只能去凌宇家等着，或者去他的工作单位拦他。

王悦是个坦率的人。她承认，她偷偷跟踪凌宇了。在凌宇游泳的时候，她突然从水底抓住他的脚踝，然后浮出水面，深沉地说了一句“我们需要谈谈”。此时的王悦头发贴在脸上，看上去有那么一点儿惊悚，以至于凌宇当场险些溺亡。

可是，那都是因为他不肯见她，让保安拦住她，甚至报警的关系！他们怎么就说她是个神经病，不能理解她想见男朋友的心情呢？

凌宇到底去哪里了，怎么死活都找不到他？

王悦越想越痛苦。她突然在酒馆的台子上看到一张小猫的照片，问："老板，这是你养的猫吗？"

"对，是我以前养的。"酒馆老板说。

"啊，那你为什么不养了？因为工作忙吗？"

"不，因为它死了。"老板面无表情地说。

王悦顿时觉得尴尬了起来。身为一名编导，问出这样不合时宜的问题，真是有损她的职业素养。她心里庆幸没有人听到，这时传来了一声轻笑。

然后，那人说："美女，可以请你喝一杯酒吗？"

王悦回过头，看到了一个男人。

这个男人非常英俊，浑身散发着成熟男人的魅力，让她的心剧烈地跳动起来。

王悦忍不住想，难道这是上天给她的救赎吗？在她颓丧到怀疑人生的时候，派了一位白马王子来拯救她？

但不知道为什么，她觉得好像在哪里见过他。他不是，他不是……

"肖鹏飞。"王悦情不自禁地喊出了这个名字。

"肖鹏飞"这三个字，在传媒行业简直如雷贯耳。他是最有名的谈话类节目主持人，因为英俊的容貌和犀利的观点，深受观众欢迎和喜爱。

王悦身为同事，很清楚他在节目里虽然表现得和蔼可亲，但私底下却不太好接触。因为，她有幸和他有过亲密接触。

当时，她恭敬地叫“肖老师”，他一言不发从她身边走过去，不小心碰到了她的肩膀。

虽然她打招呼了，但是肖鹏飞视若无睹。肖鹏飞就是这样孤傲，简直把人当成空气。

可即使如此，王悦必须承认，肖鹏飞是广电所有女员工，甚至部分男员工的梦中情人。

今天，他们在这里相见，似乎有着不一样的缘分，但她一向有自知之明。

不会有人相信，是肖鹏飞主动搭讪她，肯定会觉得是她主动投怀送抱。虽然肖鹏飞事业成功，但是所有人都知道他是个花花公子，还有个跟他老死不相往来的前妻。

不不，为什么要把事情想得那么糟糕呢？

王悦表情严肃地看着他，说：“我有男朋友了……所以，对不起。”

王悦觉得自己拒绝得义正词严，简直可以出一本关于“如何优雅拒绝陌生男人”的教科书，而肖鹏飞诧异挑眉。他呵呵一笑，显得越发成熟而富有魅力：“对不起，我不是在和你说话。”

“我，我有孩子了。”一个声音怯怯地说。

没有人想到，有个中年妇女居然加入了谈话，还一副很为难的样子。肖鹏飞真的想知道今天到底是什么日子，怎么两个女人都在自作多情。

“请你走开。”他彬彬有礼地说。

王悦顿时露出了厌恶的表情，那个中年妇女也简直不敢相信自己听到了什么，而肖鹏飞终于靠近了他心仪的女孩——坐在王悦身边的一个年轻姑娘。

要王悦说，这个女孩穿得太少，除了年轻别无优点。可是，他们不但开始交谈，而且看起来很愉快。

唉，喝酒可真开心啊。王悦转移了目光，看着面前的酒杯想。

喝酒会让她觉得自己的身体就好像羽毛一样轻盈，忘记了所有烦恼，包括烦心的工作、凌宇的分手和刚才的自作多情。

天啊，到底怎么才能找到凌宇？

不如假装是清洁工，免费给他去做家务，要么去他单位打扫卫生？

没有他的夜晚，真的很无聊啊。

王悦想，她可能喝多了，不然为什么会和肖鹏飞那家伙坐在一起，他们甚至都开始碰杯了。

王悦更没想到，肖鹏飞会和她说话。

“美女，你是做什么工作的？”在年轻女孩去洗手间的时候，肖鹏飞突然看着王悦问。

王悦看着肖鹏飞，呵呵一笑：“我是编导。”

“居然是同行？你是哪家电视台的？”肖鹏飞诧异地问。

王悦近距离看着眼前的肖鹏飞，发现他的眼眸颜色很浅，好像茶色的水晶。

“我和您是一家公司的，肖老师。”

我和你一起工作一年，谢谢你从不认识我啊，肖老师！

“哦，原来是同事啊。就是每个月四千元，每天早出晚归，不二十四小时回复领导信息就要被骂到狗血淋头的那种。不过，我非常佩服你的新闻理想。”

“才不是。”王悦轻声说。

她的工资才不是四千元，是三千五百元。

“你为什么不养猫了？我一直想养一只。”那个中年妇女突然问酒馆老板。

“养猫太麻烦，我现在一个人住，不方便照顾。”

“可是有人在家里等着你……不，就算是没有人，有一只猫在等着的感觉，也会很好吧。”王悦向往地说。

“我绝对不会养猫。”肖鹏飞拿起酒杯说，“说真的，我真不理解现在为什么那么多人养猫啊、狗啊的。它们吃的比人都精细，还脾气大，不知道图什么。”

“它们不是宠物，是家人啊。”王悦反驳说。

“呵，家人？这话你去对你爸妈说下试试。”

眼见王悦要和肖鹏飞吵起来，中年妇女指着门口问：“老板，你为什么要在门口竖着‘人间不值得’的牌子呀？”

“我只是觉得，大家在生活中都会有很多不开心的事情，可能对熟人不好开口，但对陌生人总能说一下吧。所以，我想举办一个关于这个主题的活动，如果说说不开心的事儿，可以送一杯酒。”

老板要完了。王悦确信，如果她说出她的悲惨经历，能把这家酒馆的酒都赢光。

“这位客人，你幸福吗？”酒馆老板问肖鹏飞。

“这个问题应该我来问，我才是主持人。请问你幸福吗？”

肖鹏飞顺手拿起酒杯当作话筒，放在了酒馆老板嘴边，还让老板拿着。酒馆老板很不适应，但还是说：“我当然幸福啊。有这么一家小酒馆，每天还能见到很多有趣的客人。”

“你呢？”肖鹏飞把酒杯递给了刚才那位自作多情的中年妇女。

中年妇女下意识接过酒杯："我有一个可爱的宝宝，不用起早贪黑地上班，我觉得挺好的。"

"嗯，家庭幸福，是不错。你呢，亲爱的？"

眼看酒杯到了自己面前，王悦接过酒杯，说："我当然幸福啊。虽然暂时和男朋友闹了别扭，不过很快我们就能和好。工作也有意思，还很有前途。"

虽然没有人问他，肖鹏飞还是接过酒杯，轻轻敲了一下，站起身说："各位朋友，都看这里，我要告诉你们一个秘密！我，肖鹏飞，是《鹏飞谈天说地》的主持人。我筹划了两年的栏目《鹏飞饭局》就要上线了，到时候我会比明星还要红！唉，很遗憾，你们不会再在这样的酒馆看到我了，因为我只会去那些昂贵的私人会所。明星都会争着上我的节目，广告商也会抢着来加盟，我到时候会名利双收。我当然幸福，真是太幸福了！"

肖鹏飞说着，周围响起了欢呼声，还有人对着他拍照，而他陶醉在自己的世界里向大家挥挥手。他很享受这样的感觉。这时，王悦的心里突然难过起来。

她觉得，大家都好幸福，只有她最倒霉。

人家都说，颓丧得好像咸鱼一样，但她不一样。咸鱼还想翻身呢，她就好像是木鱼一样，就算被敲也无欲无求，只想躺着不动。

为什么除了她，所有人都那么幸福？

到底为什么？

王悦的心情沮丧到极点。当肖鹏飞搂着年轻女孩出门后，王悦没心情喝酒，也走出了酒馆。王悦看到肖鹏飞正在叫代驾，有只流浪猫突然朝他扑了过去。

肖鹏飞应该是吓了一跳，下意识抬起脚躲避那只猫，那只猫也因受惊跑到了一边。

原来他怕猫啊。

王悦嘿嘿一笑，心情莫名其妙地好起来。

回家的路上，迎面而来的微风让王悦逐渐清醒。她拿出钥匙想开门，却发现有只猫一直跟着她。

那只猫看起来非常瘦小，因为肮脏都看不清楚身上的花纹。王悦往前走一步，那只猫就跟上去一步，怯生生看着她。

“你饿了吗？我可没吃的。”

王悦在包里翻了半天，什么都没找到，只能抱歉地看着小猫。小猫好像什么都没听懂，最后就像鼓足勇气一样，在她脚边开始转圈。

“哎呀，别撒娇了。我连自己都养不起，怎么养得起你啊，回去啦。”

王悦说着，往前走了几步，没想到那只猫还跟着她。她看着小猫脏兮兮的眼睛，皱着眉想不知道它能不能活下去，叹口气后蹲下来摸摸它的头。

“你去找别人吧……”

当毛茸茸的感觉袭来的时候，王悦觉得突然有一种奇怪的情绪，在她身体的血管里流淌。好像受到了蛊惑一样，她又摸了几下，这摸起来的感觉让她无法放手。

好软、好暖啊。王悦想。

这样的触感，让她想起了珍贵的丝绸，也想起了夏日滑过指缝的风。为什么摸猫的感觉可以这么好？

“要不，你今天晚上先住我家？”王悦试探地问道。

王悦做了一个决定。但她不知道，她的生活会随之改变。

2

王悦就这样把小猫带回了家。

她没什么养猫的经验，就随便用纸盒子给它做了个小窝，还硬着头皮给它洗了个澡。

她原来以为这猫是灰色的，洗干净后才发现是橘色的，居然是只橘猫啊。

王悦想起她小时候，住在隔壁的奶奶养了一只橘猫，她想抱起来但是抱不动的场景，一下子笑了起来。

她给小猫吃了点儿火腿肠，摸摸小猫的头说："既然你是橘猫，那就叫你小橘吧。记住，明天你就要走了，你要乖乖的，不能在家里随地大小便。明白了吗？"

她是想吓唬下小橘的，没想到小橘伸出舌头，轻轻舔了一下她的指尖。酥酥麻麻的感觉太奇怪了，她觉得浑身都打了个冷战。

"别讨好我啊，讨好我没用的。"

王悦轻声说着，洗澡上床。当酒意袭来的时候，她还想给凌宇打电话，结果最后昏睡了过去。

第二天，王悦是被小猫的叫声吵醒的。

她明明把纸盒子放在洗手间了，不知道这只猫是怎么进来她的卧室，而且还爬到了她的床上。

"下去。"王悦说。

可能是看出来王悦并不严厉，小橘没有下去。王悦把它抱下了床，然后去洗手间洗漱，出来的时候发现小橘在洗手间门口等她。

被一个人……啊不，被一只猫等待的感觉，真是有点儿奇怪，都让她忘记了她今天本该心情不好了。

她给小橘喂完火腿肠后，躺在沙发上一动不动。

家里那么多家具，她最喜欢的就是沙发，因为没有比躺在沙发上更舒服的事情了。这时，电视里正在播放一档情感类节目。

“主持人，你说我怎么办啊！无论我怎么做，我的婆婆就是不喜欢我，她嫌弃我学历低配不上她儿子，还怪我们当初私自结婚。可我和我老公是真心相爱啊！”

“李女士，你不要着急，我很理解你的心情。对于老人，我们要慢慢开导。中国有句古话，叫日久见人心，只要你坚持对她好，你的婆婆一定会感动。世界上没有绝对的不幸，只有不肯快乐的心。你不要因为这个烦恼，多看看美丽的世界吧。”

王悦听着这样的心灵鸡汤，感觉自己被恶心到了。更令她恶心的是，这样的台词都是她写的。

是的，她的工作就是给这样的节目写台词。她什么都不信，可她必须要装作元气满满的样子，笑着面对生活，所以大家都叫她“微笑小姐”。

她受够了这样的生活，总想改变些什么，但是改变谈何容易？

王悦叹了口气，在楼下买完早餐，急匆匆赶去地铁站，在地铁里被人挤来挤去。

她到公司刚坐在位子上，就有同事走上来问：“亲爱的，我的早饭呢？”

“这是你要的饭团，拿好。还有你要的油条和豆浆，你要的鸡蛋饼……”

王悦把早餐一一分给同事，大家道谢后离开，她的心里也涌上了奇妙的满足感。其实，她也觉得每天给人带早餐很麻烦，可是谁让她家楼下正好有早餐摊呢？

而且，他们不是白吃她的，都会给钱。就算有的人总是私自抹掉零钱，但是身为同事，不应该为这么点儿小事情计较。

再说给他们带早饭，会让他们的关系更和谐，这可真是一本万利的好事儿。

“王悦姐，办公室的纸巾没有了，好麻烦。”

“啊，怎么饮水机里没有水了呢？拜托你换一下好不好。”

“我马上就来。”

就算心情再糟糕，王悦还是和往常一样，帮大家处理那些鸡毛蒜皮的小事，再一次收获一大波感激。

这时，钱洁对她说：“王悦，怎么办啊！我今天要去客户那儿，可是上次汪主任让我做的PPT我都没做，我惨了！”

钱洁看起来那么可怜，王悦下意识说：“要不我帮你……”

“我就知道你最好了！”钱洁高兴地抱了一下王悦，“我已经把文件发你邮箱了，拜托你了哦。好羡慕你每天那么有朝气的样子，不愧是我们的‘微笑小姐’呢。唉，真的好想辞职，每天都那么忙，而且没多少钱。有一份离我家近的工作就好了，有的话记得给我介绍，爱你哟。”

钱洁说着离开了，王悦有点愣神儿，这时汪曼云突然叫她去办公室——这个女人，每次叫她都没什么好事儿，这一次会是什么？

王悦深吸一口气，微笑着推开了汪曼云的办公室。她刚进门，还没来得及说什么，汪曼云便劈头盖脸地问道：“王悦，你怎么回事，这稿子犯了严重的错误，你把领导的名字都写错了。现在李总很生气，这个单子都要黄了，你来负责吗！这五万块钱，你赔得起吗？”

王悦心中一紧，急忙拿过稿件看。对方领导叫李亚军，这个名字有点儿像某位明星，所以她记忆深刻。她看这稿件上面打的确实是李亚军，解释说：“销售部的小王给我提供的就是这个名字……”

“小王刚才找我了，说他提供的是李军，就是你搞错了！王悦，你怎么就知道逃避问题！”

“汪主任，小王当时是发微信给我的，我这儿有证据。”王悦急忙拿出手机，“不信你看……”

她的话还没有说完，额头就被文件夹砸中。剧烈的疼痛感传来，而更让她难以忍受的是，被人围观的耻辱感。

那些目光，就好像刀子一样凌迟着她的心脏，她极力掐住自己的掌心，不让眼泪流出来。

“这件事你来负责，等着处理方案吧。”

汪曼云在盛怒之下，没有人敢说话。王悦真的想把电脑砸在她脸上，大吼一声：“去你的吧，我不干了。”

事实上，这样的场景她在脑子里已幻想过无数遍。

她可以忍受低廉的工资、忙碌的工作，但她绝对不能忍受别人践踏她的自尊心。

只是一份三千五百元钱的工作罢了，哪里找不到！不干了，现在就不干了！

可是，辞职以后呢？她的房租怎么办？她下一顿饭要在哪里吃？万一找不到新工作呢？

王悦知道，她应该说点儿好话来缓和气氛，但是她真的不想。就在气氛僵持不下的时候，汪曼云看了一眼手机。

她露出了饶有兴趣的表情，说："虐猫？这倒是新闻热点，新闻部的人有的忙了。"

王悦想起家里的小橘，只觉得虐猫这个消息让人挺不舒服的。但是，这些都和她没关系。

她的手机突然响了，是陌生号码打来的。她下意识看了一眼汪曼云，汪曼云说："接。"

她只好接听，传来一个男人的声音："你在哪儿？现在到广播电视台的星巴克来，马上！"

"你是谁？"她下意识问道。

"肖鹏飞。"对方简短地说。

他的语气，就好像全世界的人都认识他似的。

王悦懒得理他，挂断了电话。

"刚才是谁打来的？"汪曼云敏锐地问。

"肖鹏飞老师。"王悦老老实实地回答。

"他为什么给你打电话？"

汪曼云的眼神是那么犀利，王悦不知道为什么心虚了起来。她忙说："我拒绝他了，我……"

"你要去。"汪曼云立马说，"他昨天虐猫了，我们下个节目找他做嘉宾，收视率一定很高。"

什么？虐猫的人居然是肖鹏飞……虽然他看起来不喜欢猫，没想到他竟是人面兽心！

王悦只觉得气愤到极点，这时汪曼云提高了声音："王悦，你知道'肖鹏飞虐猫'意味着什么吗？"

"意味着他道德品质有问题？"王悦试探地问。

"意味着收视率！只要把他叫来，收视率就没问题了！呵，虽然是一个集团，但我们不是一个频道，他管不了我们。”汪曼云说着，突然放缓了语气，“王悦，你一直想独立负责一档节目，如果你把这事儿办好了，我会考虑的。”

汪曼云的话，让王悦的心剧烈跳动起来。

如果可以做到这个，她就能实现梦想！凌宇会重新爱上她，她会一举成名……

“好。”她斩钉截铁地说。

出了办公室大门，王悦飞奔去找肖鹏飞，这个虐猫的男人。

到了咖啡店，王悦深吸一口气，朝肖鹏飞走了过去。

3

肖鹏飞烦躁到极点。而在一天前，他的心情还很好。

他知道，他是一个成功的人，谁都无法否认这一点。他身上的西装可是名牌，手表也价值不菲，就连香水也是限量版。

他的节目是全台收视率最高的，他在外接了不少广告代言，还去其他节目做嘉宾，拥有大批粉丝。唯一稍微有点儿遗憾的，可能就是他第二度成了单身汉。

其实，他到现在也没明白，罗燕平那个女人为什么舍得和他离婚。她都不用工作，每天只负责照顾孩子，刷他的卡他也从来不计较。

他下班是晚了点儿，但都是在应酬。他是男人，需要赚钱养家，可是前妻总说什么他根本不懂她。

离婚后，他觉得挺自在的。台长暗示他可以再婚，这样对他的形象有好处，只是他还没这个心情。

下班后，他经常去喝酒，这样就不需要面对空荡荡的房子了。在外面他会遇到形形色色的人，包括昨天那个漂亮的小姑娘。

他和那个小姑娘相谈甚欢。他可能喝多了，当时有一种冲动，想和那个小姑娘在第二天闪婚。

当小姑娘说，可以去他家给他做夜宵的时候，他真的打算求婚了。

如果那只讨厌的流浪猫没有扑上来的话。

当时的他充满了对新的婚姻生活的向往，只是被那只猫吓了一跳后，才会下意识把它弄开。他发誓，他根本没有踢到它，但是视频中的角度让他看起来就像是在虐猫。

他都不知道，这个视频怎么一夜之间突然火了。他联系了那些网站的负责人，但是他们都不肯删除。

他知道，事情会很糟糕。而且，是越来越糟的那种。

“肖老师，我来了。”

王悦在肖鹏飞对面坐下，点了一杯咖啡，肖鹏飞帮她付了钱。王悦想推辞，但肖鹏飞说：“我从不让女人付钱。”

这可真是个好习惯，不如下次和他一起去看房子，到时候她就有一套房子了。王悦心想。

她很不喜欢肖鹏飞。可是她必须耐着性子，争取这个男人。

“你看今天的新闻了吗？我虐猫的那个。”肖鹏飞直接说。

“还没有。”

“你现在可以看看。”

王悦觉得在当事人面前看他的黑料挺不好意思的，但是，既然肖鹏飞都开口了，她也只能照做。

她在微博上搜索关键词“肖鹏飞”，果然第一个就是他“虐猫”的视频。让她诧异的是，那个视频拍的就是昨天他们从酒馆出来以后她看到的那一幕。

那只猫确实是突然出现的。肖鹏飞根本不像视频里表现的那样，一切都只是一场意外。

“这不属实啊，是不是你对手干的？”王悦下意识问。

“这个不重要。现在重要的是，我需要你帮我澄清。”肖鹏飞一脸认真地看着王悦。

“啊，我吗？”

“嗯。你是当时的目击者，你可以说我根本没有虐猫，这件事就完了。”

肖鹏飞说的这件事就好像下雨天撑开雨伞一样简单，但王悦知道不是这样。到时候，大家的焦点就会集中在她的身上。

他们会怀疑她是托儿，质疑她说谎，说不定还会人肉搜索她。她的生活会一团糟。

她不想这样。更何况，对方还是和她毫无关系的肖鹏飞。

“肖老师，我很愿意帮你澄清。不如，你来我们的节目吧。”

王悦灵机一动。她对肖鹏飞说，他们的节目收视率有多高，那些观众是多么冷静理智、明辨是非，一定会给他一个公道。

她说得口干舌燥，但肖鹏飞一直用奇怪的眼神看着她：“我是做这一行的，你在我面前装什么大尾巴狼？什么澄清啊，你们要的就是热度，还会诱导我说一些对我不利的话。我告诉你，想都别想。”

“你既然那么了解，看来你就一直是这样做的呗。”王悦说。

“你说什么？”

“没什么。反正你参加节目的话，我就给你澄清。”王悦认真地看着他。

“行。王悦是吧？我记住你了。”

肖鹏飞的目光在王悦胸前的工作证上停留了一下，然后站起身走了。王悦没想到，肖鹏飞居然那么刚，心里一下子沉了。

她没有办好汪曼云交代的事情。汪曼云会怎么对她，会让她离开吗？

王悦迈着沉重的步伐走到了办公室，发现办公室的人也在讨论这件事。“肖鹏飞虐猫”受关注程度，比她想的还要高。

这时，钱洁看到了王悦，说：“王悦，你不是在和肖鹏飞一起喝咖啡吗？我刚去买咖啡的时候正好看到了。你们是不是很熟悉啊？”

钱洁只是在开玩笑，而王悦的手抖了一下，杯子里的热水都溅到了手背上。她惊呼一声，急忙跑去冲凉水，钱洁也吓了一跳，说：“怎么那么不小心啊！我就和你开个玩笑，你紧张什么？你不会真的知道点儿什么吧？”

“我不知道。”王悦艰难地说。

钱洁对这个答案很不满意，说：“好吧。王悦，我今天有事儿，能不能麻烦你帮我做个表格啊？”

“我……”

王悦不想帮她，又不知道该怎么拒绝，这时钱洁轻声说：“对了，悄悄告诉你啊，我之前听汪曼云开会的时候和王总说，想要在我们部门里劝退一个人。真是的，这女人怎么老搞事儿。不过我倒希望把我开了，我早就想换工作了。”

王悦没有说话。

王悦坚信，如果汪曼云真的对王总开口了，那么她想辞掉的人一定是她。现在给她机会，更像是一个军令状，好名正言顺让她离开。

王悦打开电脑，帮钱洁做起了PPT，还有那该死的表格。当王悦完成表格的时候，已经是晚上十点了。

她十分疲惫，浑浑噩噩地走到了地铁站。王悦回忆着她和凌宇以前一起坐地铁的快乐时光，简直怀疑那些美好经历是她幻想出来的。

她麻木地往前走着，突然被人撞了一下，手机落在地上。她捡起手机的时候，看着玻璃门上的自己。就算身影是那么模糊，她也能看清楚脸上的疲惫和麻木。

就在王悦精神恍惚的时候，她的手机响了。她接听了电话，眼睛一下子亮了。

“谢谢你。我现在就过去。”

王悦去各小区发了传单，说凌宇是她失踪的男友。她知道这样做很傻，但是她也没有别的办法。她没想到，今天终于有人联系她了！

这大概就叫“皇天不负苦心人”吧。

王悦捏捏脸颊，极力让自己露出微笑——凌宇最喜欢她阳光灿烂的样子。

她的手里拿着凌宇最喜欢吃的炒饭，准备装作和凌宇不期而遇的样子，这样更能彰显他们命中注定的缘分。

可是她看到了一个女孩，和凌宇手拉手一起朝她走了过来。

王悦觉得呼吸都要停滞了。她下意识地躲在了一棵树后面，听到他们亲密的对话。

“哎呀，肚子好饿。”

“刚才我说要买炒饭，你说要减肥，不肯让我买。现在饿了，那该怎么办？”

“谁要吃炒饭那么油腻腻的东西，不如你煮粥给我？我想喝鸽子粥，好不好啊？”

“好，好。”

“明天是我们交往一百天，你可要给我送礼物……”

王悦听着，只觉得怒火中烧，她和凌宇在一起的时候，凌宇可是十指不沾阳春水，现在居然鸽子粥都会煮了？

那个女人居然说不喜欢炒饭，炒饭多好吃啊！这帮不懂得尊重食物的人呀！

不对，他们交往快一百天了，那就是说他们谈恋爱期间，凌宇就和她在一起了。他们分手，根本不是因为什么没有共同语言，只是因为凌宇不要她了。

王悦觉得大脑中一片空白。

她想站出去质问凌宇，又觉得浑身无力，她几乎就要跌倒了。就在她身体往下倒的时候，一只手抓住了她的手臂。

肖鹏飞，怎么会是他？

她瞪大眼睛看着肖鹏飞，任由肖鹏飞把她拉到了那两个人的面前。

“王悦，你，你怎么会……”

凌宇没想到又遇到了王悦，简直头痛欲裂。他下意识挡在了女友面前，阻止她们见面，可女友还是问道：“凌宇，她是谁啊？”

“一个朋友。”凌宇淡淡地说。

王悦已经不想说什么了。

她觉得自己出现在这里，简直无地自容。肖鹏飞看看王悦，再看看凌宇，瞬间明白了。

他抓住王悦的手说：“亲爱的，别生气了，我们回去吧。我给你买了礼物，是你以前看上的一款包，不开心的话我们接着去买。你啊，生气的时候看起来更可爱了呢。”

肖鹏飞说着，捏捏王悦的脸，然后按了一下车钥匙，不远处的豪车在黑夜中显得格外抢眼。

他外形英俊，衣服、鞋子看起来都是高档货，再加上开的车，凌宇只觉得心里不是滋味。

“你们是什么时候在一起的？”凌宇下意识问道，心中愤怒极了。

这样的感觉就好比他千方百计想辞职，却发现公司早就想开除他，那叫一个羞耻。

“反正比你移情别恋的时候早。我家悦悦啊，早就烦透了你，就是喜欢我这样成熟稳重又有魅力的男人。哥们，你被甩了，以后好好儿的吧。”

4

肖鹏飞说着，把王悦硬生生拉走，然后将她塞到了车子里。王悦到现在还是觉得像做梦一样，眼睛酸涩到极点。

肖鹏飞一直从后视镜里观察她，淡定地说：“你可别在我车里哭啊，我这车又不是宝马，有什么好哭的。”

“这和宝马什么关系？”王悦还真的不想哭了。

“你们女孩儿不都是喜欢在宝马里面哭吗？我和你说，男人分手的时候，你越是挽留，他越是不耐烦。但是如果你比他更早想分手，他会想自己什么地方没做对，怎么会让你移情别恋，心里那叫一个百爪挠心。你那个小男朋友啊，肯定今天晚上没办法睡好觉了。”

肖鹏飞看起来是那么幸灾乐祸，王悦强忍着泪水问：“你怎么知道？”

“我当时想离婚，但是我前妻抢先说了。我能记她一辈子。”

“哦。”

王悦倒是不知道肖鹏飞离过婚，不过，他这样的性子，是个人都不可能和他过下去吧，再有钱都不行。

她微妙地获得了心理平衡——不光是她被甩了，这个成功的男人也被甩过，所以分手什么的，根本没什么大不了。

“你们在一起多久了？”肖鹏飞问。

“五年。我们是大一在一起的。”

“然后，他在前不久把你甩了？在此之前找到了新工作，或者发财了什么的？”

王悦没说话。因为肖鹏飞说对了，他说的都对。

肖鹏飞笑了起来，说：“被我说准了吧。也就是说，这个家伙不图财不图色，就图你帮他干活儿，你真是可悲啊。”

“什么？”

“我问你，他是不是经常叫你帮他做作业啊，打饭啊什么的，说不定毕业论文都是你帮他写的。”

王悦没想到他居然知道这些，沉默着不说话，肖鹏飞继续说：“你没财没色，他又想让生活便利，所以找了你，保姆多贵啊，哪有小姑娘好骗。你就像个老妈子，辛辛苦苦把他带大，然后看着他奔向了别的女人。其实也没什么难过的，好歹你们有过一段‘母子’情。”

肖鹏飞说出的话是那么恶毒，王悦生气了。她自顾自气了一会儿，还是忍不住问：“那后来呢？离婚后你找到了更好的女朋友没？”

“没，然后我被人说虐猫。我今天来找昨天认识的那个妹子，可她死活不肯见我，我的副驾驶上只能坐着你了。”

那可真是挺悲哀的，王悦心想。

王悦很想哭，又突然很想笑，她也不知道自己到底想干什么。

肖鹏飞把王悦送回家就直接离开了，这让王悦觉得有点儿对不起他。

她想，要不帮肖鹏飞澄清算了，毕竟他也帮了她。

她一边想着一边开门，突然一个毛茸茸的东西扑了过来。

天，什么鬼！

王悦吓了一跳，看清楚是橘猫的时候松了一口气。她好笑地想，她怎么都忘记了这个小东西，然后摸摸小橘的头。

小橘舔舔她的手指，在她脚边不停地打转。王悦知道它是饿了，懊恼居然忘记了这个小家伙，然后随便给它弄了点儿剩饭，小橘吃得很香。

“这么好养活啊。”王悦轻声说。

不知道为什么，她突然想起了自己。

和凌宇在一起的时候，她也是那么好养活的。她说自己喜欢吃麻辣烫，喜欢穿便宜的衣服，其实根本不是这样。她只是为了省钱而已。

她那么小心翼翼地维系着凌宇的自尊心，从不羡慕别人家的男朋友送了什么礼物，哪怕收到一朵玫瑰都能开心半天。在凌宇备考期间，她更是帮他洗衣做饭，化妆品都舍不得买……

“我可真是傻瓜。”王悦想笑，但是眼泪一下子流了下来。

她觉得，她的人生真是太失败了。工作不顺，爱情遭遇背叛，也许，她的存在就是个错误。

就在王悦不断流泪的时候，小橘走上前，试探地又舔了舔她的手。王悦苦笑道："别讨好我了，我肯定要把你送走的，今天就算了，我不想出门，明天一定要把你送走。"

小橘歪着头看着她，似乎并不明白。王悦突然大声说："你不明白吗，这个世界，不是你努力就能成功的。有的事情，其实一开始就注定了结局，你怎么努力都没有用，就像你注定是流浪猫，你知道吗！"

王悦越说越难过，抱住了小橘。

那么温暖的皮毛，就好像冬天的火焰一样，让她不想放手。她把头埋在小橘的身体里，轻声说："你不要走。我不想一个人，求求你不要走。"

她知道，她现在的样子肯定就像神经病，连她自己都会觉得害怕。但是，小橘居然没有走。

它那么乖巧地任由王悦抚摸，乌黑的眼睛一直看着她，好像能听懂王悦在说什么似的。

它是天使吧。

在这一瞬间，王悦突然想，其实养着它也不错。她没办法改变自己的命运，但是也许能改变小橘的。

"你真的想跟着我？"王悦犹豫地问，"我觉得我不会是一个好主人。"

小橘凑近王悦，用它的头去蹭王悦的手。就算知道它只是想要吃的，但王悦还是被它的可爱打败了。

"以后，多多关照了。"王悦轻声说。

没有了男朋友，但是多了一只猫陪她，这让王悦觉得事情好像也没有那么糟糕。王悦下定决心留下猫后，立马上网买了最便宜的猫窝和猫粮，然后发现就算这样还是花费了自己不少钱。

王悦算了下，自己一个月的工资才那么点儿，还要生活，所以小橘的费用必须控制在两百元以内。

猫粮随便吃吃就好了，那些奇怪的猫零食就不用买了，洗澡机什么的更不需要。嗯，就这样。

王悦想着，却不知道她不久后的行为，直接打了自己的脸。

当王悦收拾好一切，看着小橘躺在猫窝里的样子，只觉得空荡荡的家顿时被填满了。

“真好啊。”王悦轻声说。

这一晚，王悦睡得很好。

分手后的日子其实是非常难熬的，照顾小橘让她转移了很多注意力，她开始后悔自己没有早点儿养只猫。她突然理解，为什么国外很多女人会选择和猫一起度过晚年。

猫可以陪伴，可以诉说心事，对吃的没什么要求，不会乱丢臭袜子，而且永远不会背叛主人。天啊，她早些年都做什么了？她为什么要照顾凌宇，而不是养一只猫？

“你不该叫小橘，我看你该叫第三者。”王悦没好气地说。

王悦嘴上嫌弃，身体却很诚实，手不自觉地抚摸小橘。有一只猫陪伴，真是比孤单一个人好多了。更比桑子在家好多了。

真希望她这次网恋成功，一辈子都不要回来。王悦想。

王悦越来越沉迷在养猫的快乐里，一下班就回家见她的猫。这几天她的心情一直很好，直到汪曼云把她叫到办公室。

“肖鹏飞那儿定了吧，叫他月底来录一下节目。节目的宣传已经做好了，今天就会开始宣发。”

汪曼云说得是那么理所当然，王悦下意识问：“主任，肖老师那边答应了？你好厉害啊。”

汪曼云皱着眉头问：“这件事不是交给你了吗，你现在反倒问我？”

王悦诧异地看着汪曼云，说：“我从来没有说过我已经和肖鹏飞说好了啊。”

“那你也没说过你遇到了问题，我当然默认你成功了！王悦，你搞什么啊？现在微博已经发出去了，你告诉我没搞定？”

王悦急忙打开官方微博，只见海报上写着“以关爱动物为名”的大标题，还说会有神秘嘉宾出场，一定会给大家惊喜。

她觉得脑袋开始发晕：“那现在怎么办？”

汪曼云冷冷地说：“你惹出来的事情，你自己解决！要么让肖鹏飞来参加节目，要么你给我走人！”

王悦觉得，汪曼云的表情简直满是恶意，好像她等这一天已经等了很久似的。

她不知道这件事该怎么解决，她唯一确认的是，她绝不能被开除！

“主任，我们可以……我们可以换个节目。宠物治愈师，就做这个！”

王悦突然想起自己之前听到的新闻，装出她准备已久的样子，看着汪曼云。汪曼云显然很疑惑，但是没有立马把她扫地出门，而是说：“这是什么意思？”

“在外国，很早就开始用海豚等动物对患有自闭症的孩子进行治疗，取得了很不错的疗效。专家发现，小动物不会歧视患者，患者与小动物接触也不会有戒心，这样的接触不但使他们拥有轻松愉快的心情，从而使病情好转，而且还能培养孩子的责任心和耐心，对孩子特别有用。”

不知道是不是错觉，汪曼云听到王悦最后一句话的时候，表情突然变得温和起来。然而下一秒，她又严厉地说：“所以说你是想玩概念？你觉得这个方案会比肖鹏飞虐猫好？”

“可是肖鹏飞根本没虐猫啊。”王悦下意识说。

“你怎么知道？你在现场吗？”

“嗯，我在。”

王悦就这样和汪曼云对视着，汪曼云觉得她就要被气死了。她深吸一口气说：“王悦，你什么意思！你既然是当事人，为什么不早说？如果他没虐猫，这件事的关注度根本不会那么高，对我们的节目也于事无补。我已经把宣传都安排下来了，你现在和我说这个？”

“所以就换成‘宠物治愈师’啊！到时候，我们邀请肖鹏飞，再邀请一些其他人，让观众感觉特别接地气的那种。从‘虐猫’这个引子，引申到动物的重要性，让大家谈谈被宠物治愈的心情。这样不光有共鸣，而且立意很好，说不定还会获奖呢。去年得奖的不就是这样的采访吗？”

不得不说，王悦的话打动了汪曼云。虽说她手下的栏目很受欢迎，但是在官方奖项方面还是差了点儿。

她疑惑地问：“这样具有专业性的动物很难找吧，你能搞定？”

“可以啊！我有个朋友，她家养的猫帮助了不少有心理疾病的人呢。”王悦开始瞎编。

“王悦，你最好不要骗我。”汪曼云狐疑地看着她。

“当然不会。”

王悦努力让自己的眼神看起来真挚，到后来汪曼云下了决定：“事情都这样了，那么就按照你的构思走吧。你做份完整的方案给我，最关键的是要把那只猫和相关嘉宾的资料都给我。下周交方案，有问题吗？”

“没问题。”王悦说。

王悦知道，她这么做虽然是饮鸩止渴，但是她别无选择。

当她从汪曼云办公室出来后，长长地叹了一口气。她想，她必须恶补关于“宠物治愈师”的相关知识，不仅要训练小橘，还要邀请嘉宾。

小橘的事情她能搞定，现在最重要的是确定嘉宾。最合适的嘉宾当然是肖鹏飞。参加这样的采访，对他的形象也有帮助。

他一定会答应的……应该吧。

王悦想着，鼓足勇气给肖鹏飞打了个电话。肖鹏飞接到王悦的电话很诧异，笑着说：“怎么着，是打算找我帮忙去揍你前男友？那可不行，我只要一出现就会被人认出来。上次帮忙就是举手之劳，你可别缠上我啊。”

肖鹏飞滔滔不绝地赞美自己，王悦忍不住想，是不是年纪大的男人话也会多。她忍了很久，终于受不了，打断了肖鹏飞的话。

王悦柔声说：“肖老师，我今天给您打电话，是因为有一个特别适合您的节目，你别挂电话啊，不是我之前和您说的那种。宠物治愈师您知道吗？”

“那是什么？”肖鹏飞问。

王悦把之前和汪曼云说的话重复了一遍，然后说：“肖老师，我觉得您该澄清一下，挽回一下形象。只要您展现出喜欢猫的那一面，虐猫的谣言立马不攻自破！而且，这个节目不仅关注度高，还很有公益价值。”

王悦越说越起劲，肖鹏飞打断了她：“澄清什么的，可得了吧。我最懂我们这一行，他们看到我，就跟蚊子看到血一样冲过来。所以，我现在要做的，就是慢慢淡忘这件事。”

“可是……”

“好了，你别在我身上下功夫了，我是不可能去的。”

肖鹏飞说着就挂断了电话。

王悦虽然预料到一切不会那么简单，但是肖鹏飞的果断拒绝，还是让她难受了起来。

王悦惆怅地想，既然肖鹏飞那条路暂时走不通，那就试试找别人吧。不如……

王悦的眼前，突然浮现出酒馆老板的身影。对，普通人都喜欢被关注，谁都不例外！而且，这样做还可以对他的生意有所提升呢。

应该有提升吧。王悦不确定地想。

5

当王悦去酒馆的时候，酒馆老板李想正躺在床上。从昨天晚上到现在，他没吃一口东西。

他望着天花板，发现墙壁已经开始掉色了。他的卧室已经住了二十多年，墙壁上皇后乐队的海报已经斑驳，看起来就像牛皮癣。墙上有一个明显的空位，那儿曾经贴的是他们乐队演出时的照片，只是后来被他撕掉了。

那段时间，可以说是他人生的巅峰时刻。他还记得他作为吉他手，在“尖叫”乐队演出时的场景。当时气氛非常热烈，让他觉得他们会比皇后乐队还要红。

可是他还是退出了乐队。

他不是没有梦想，不然他也不会坚持那么久。为了演出，他们四个人曾经挤在一间房里，冬天没有暖气，只能抱在一起。那时候，他的身上总是散发着一种说不清的味道，他想那就叫贫穷吧。

告别演出那天，虽然现场几百名观众都哭了，他还是含泪宣布退出乐队。主唱顺子给了他一拳，他没有还手。

“你会后悔的。”顺子怒气冲冲地对他说。他没有说话。

他悲壮地告别了最心爱的吉他，离开了挽留他的伙伴们。他知道自己退出的样子像个逃兵，只有他知道，他是个英雄。他放弃了他最珍贵的东西，只为了让家人过得更好一点儿。

退出乐队后，他开始经营爸妈留下来的小吃店，后来改成了酒馆。虽然赚的钱不多，但是足够生活。

他刻意不和之前的队友联系，只想安安静静做一个接地气的普通人。

然而让他没想到的是，就在他退出后半年，乐队和唱片公司签约了。他们的歌在电台里播放，乐队一夜成名。他们带着那个新来的伙伴一起上电视，所有人都在哼唱他们的作品。

现在，乐队里的人都成了大明星，出场费一下就要几十万，而他却要为下个月的收入发愁。

如果，只是如果，当初他没有放弃，现在会不会和其他队员一样，成为明星，而不是开什么糟糕的酒馆。

这时，他的手机亮了，推送的新闻是顺子担任一档选秀节目的嘉宾。

新闻上，顺子穿着看起来就很昂贵的皮夹克，头发故意弄得凌乱不堪，和以前比起来简直是天壤之别。

他悲哀地发现，除了他，所有人都过得很好。而他只要再坚持半年，也可以这样好，如果，如果……不，不能再想下去了。

李想叹了一口气，听到门口有人不断敲门。不知道为什么，他突然觉得是顺子来找他。

当他开门的时候，顺子会给他一拳，然后大声说："小子，你那么久都没来找我，是不是非要我来找你？我们这儿还缺一个人，我一直在等你。"

到时候他该怎么说？是平静地说"我觉得我现在的生活挺好的"，还是也给他一拳？

李想只觉得心脏跳得飞快。他见到王悦时，愣了一下，不甘心地说："你是不是顺子的经纪人？"

"什么经纪人？"王悦疑惑地问道。

"没什么。"李想觉得自己真是个傻瓜。

王悦对他腼腆一笑，说："那个，我是你的客人。我找你有件事儿，能让我进去再说吗？"

李想犹豫了一下，让王悦进了屋。王悦参观了一下李想的家，然后觉得自己多看一眼，都是对他的羞辱。

这时，李想问："你是怎么找到我家的？"

"我问了好多人，找到这儿真不容易。"

王悦真没想到，李想会住在这么破旧的小区。

王悦坐在沙发上一动不动，李想在认真思考要不要给她倒杯水。

他确实不知道该怎么办，毕竟上一次有异性来这儿，都是一年前了。

而且对方已经六十岁，说她在他家门口摔倒了，怒气冲冲要他赔钱。

“你找我有事儿吗？”李想问。

“自我介绍下，我叫王悦，是电视台的编导。”

“啊，这样啊。”

是不是有人发现了他曾经有多厉害，来找他做节目的？或者是顺子担心他拒绝他，找别人来当说客？李想再一次激动了起来。

“那个……你想养猫吗？”

“你找我就是为了说这个？”

“嗯。”

沉默在两个人之间蔓延。李想只觉得自己就好像满怀希望开奖，却错了最后一个号码的悲剧小丑。

他既失望又尴尬，只想把眼前这个莫名其妙的女人赶出去。这时，王悦看到他房间里的书架，问：“你很爱读书啊？”

“嗯。”

“看来你是一个很有文化的人啊。那你听过‘宠物治愈师’没有？”

王悦说了她的畅想。她从宠物治愈师的实际作用，说到了这件事对社会的影响，让人感觉不配合她的工作都是阻碍社会的进步。

她说得口干舌燥，而李想的表情似乎没有任何变化。他只是说：“抱歉，我没时间养猫。我觉得我挺好的，也没什么要被治愈的。”

“你不尝试下，怎么知道自己不需要呢？家里多只小猫陪伴，会让你的生活丰富很多呀。而且，这个社会里，几乎每个人都或多或少存在一定的心理问题，也许只是你没有发现。”王悦努力游说。

“我没尝试过五天不吃东西，但我知道那样会被饿死。我根本不需要做这样的尝试。”

李想是那么坚持。王悦没办法，只好离开了李想家。今天一连两次打击，让她心力交瘁，只想躺在床上。

她迈着沉重的步子回到家，一进门小橘就迎了上来。被等待的感觉真是太好了，王悦只觉得心中一暖，抱起小橘，说：“小橘，你妈我已经把海口夸出去了，虽然嘉宾有点儿问题，但我还有你。接下来的事情可要靠你了。”

“喵？”小橘疑惑地看着王悦。

“只要你做了那什么宠物治愈师，我保证给你伙食升级，住宿条件也升级。所以，配合下怎么样？”

“喵。”小橘似乎有了不好的预感。

“你答应了？嗯，就这么做吧！”

王悦说做就做。她在网上查了关于宠物治愈师的相关资料，立志要把小橘训练好。

王悦知道，到时候上了节目，小橘一定会一战成名，说不定还会成为网红。

哇，那自己岂不是也到人生巅峰了？“知名博主王悦”“网红猫主人王悦”，哪个称呼都很好，至少比现在的工作好！

王悦好像看到自己光辉的前途，顿时来了干劲。按照书上说的，她必须先训练小橘的服从性，无论什么时候都不能伤害人类，也不能怕生。

这个对她来说不难。小橘的脾气是真的好，无论是抢走它的猫粮还是给它洗澡，它都不会反抗。

可是怕生的话，这个要怎么检测？

不如，拿去给肖鹏飞试试看？说不定肖鹏飞觉得小橘可爱，还会改变主意呢。

王悦说做就做。她打听到肖鹏飞家的地址，带着小橘出门，却发现肖鹏飞家门口有很多人。

那帮人好像在等什么，一副跃跃欲试的样子。王悦好奇地看了一会儿，突然一只手捂住了她的嘴巴。

王悦刚想尖叫，那人开口了。

“闭嘴。”肖鹏飞压低了声音。

这是怎么回事？

王悦一脸迷茫，此时肖鹏飞紧皱着眉头，只是几天的时间，网上的热度一点儿都没有降低，而且越闹越大，人们都开始来他家门口了吗？

他们到底想做什么？

肖鹏飞知道事情开始不受控制了，拉着王悦就想走，却没想到被人认出来了。

“这人怎么看起来那么眼熟……肖鹏飞，他是那个肖鹏飞！”

“虐猫的坏蛋！”

大家一下子激动起来，朝着他们冲了过来。肖鹏飞心中暗叫不好，当机立断转身就跑。

他用余光看到王悦还呆站着不动，一把拉住了王悦的手腕。如果这丫头被他们抓住了，还不知道会说什么，那时候他才是真的完了。

“你干什么啊？”王悦大叫。

“闭嘴！”

肖鹏飞拉着王悦拼命往前跑。

有好几次，他都感觉那些人马上要抓住他的衣服了！

肖鹏飞拿出奥运会比赛的速度，拉着王悦一路狂奔到了车里。此时，那帮人也追到了汽车旁边，不断敲击窗户。

肖鹏飞不管不顾，发动汽车离开了这里。王悦从后视镜里看到那帮人没追上来，才终于松了一口气。

王悦紧张地问："他们到底来干什么啊？"

"还能做什么？'为民除害'。"肖鹏飞没好气地说，"我就是那个害。谁让我那么有名？我穿的袜子颜色不一样，都能上新闻。"

王悦觉得，虽然肖鹏飞在抱怨，但是他的语气听起来好像有点儿骄傲。

"他们刚才为什么骂你坏蛋？"王悦问。

"你听错了，那是在骂你。"肖鹏飞面不改色地说。

"可他们刚才喊了你的名字。"

"这是个有趣的问题，我抢了最受欢迎的节目，而且戳中了大家内心最阴暗的想法，有多少人喜欢我，就有多少人讨厌我，所以这很正常。"

肖鹏飞说着，对王悦挑了挑眉，看起来虽然挺帅的，但让人感觉很不爽。王悦撇撇嘴，心想："你就装吧，明明是因为你'虐猫'才会墙倒众人推！"

不过，他确实很无辜。

这时，肖鹏飞终于看到了王悦手中的黑色小箱子，问："这是什么？"

"是小橘——实习期的宠物治愈师，也是可以拯救你的猫。快看看，它有多可爱。"王悦说着就要打开箱子。

"别动！"

肖鹏飞急忙阻止，但已经来不及了。王悦打开了箱子，小橘一脸茫然地看着他们，而肖鹏飞只觉得浑身冰冷。

在车水马龙的大马路上，他猛地踩了刹车。

王悦的脑袋重重地撞向前方，她仿佛看到了天堂的大门。

第二章　第一个客人

1

“肖鹏飞，你干什么啊！”

王悦觉得自己的脑浆都要被撞出来了，甚至怀疑自己整个身体都要被撞得凹进去了。

她怒气冲冲地看着肖鹏飞，只见小橘出了猫箱，顺势爬到了肖鹏飞的腿上。小橘蹭了一下肖鹏飞，肖鹏飞身体紧绷，脸色发白，眼神有点儿奇怪。

“把它弄走！”

肖鹏飞几乎在咬牙切齿地说。王悦看着他，突然想起来他怕猫，这对他而言无疑是一种折磨。

该死，怎么忘记这件事了！

王悦急忙抓住了小橘。小橘显然很不愿意进到箱子里，奶声奶气地叫着，叫得王悦都有点儿心软了。

可是，她只能狠心关着小橘，避免它吓到肖鹏飞。

“威胁”解除后，肖鹏飞才松了口气。他调整了呼吸后，重新发动了车子。王悦忍不住好奇地问：“肖鹏飞，你怎么会怕猫？你是不是对猫毛过敏？我看很多人有这样的病。”

“你有空还是操心下你一个月三千五百元的艰难人生吧。”肖鹏飞冷漠地说。

“我关心你，你什么态度啊。”

“你是关心我，还是八卦之火在燃烧，你自己心里清楚。我编瞎话的时候，你还在吃手指呢，所以别想骗我。”肖鹏飞淡淡地说。

王悦很生气，又不知道该怎么反驳，只能气呼呼不说话。在一片沉默中，肖鹏飞把王悦送回了家。

不知道为什么，王悦挺害怕肖鹏飞说想上去喝一杯的，幸好肖鹏飞根本没有说。他甚至都没有说“再见”，就开车离开了，看起来好像生怕被她缠上一样。

“这个家伙。”王悦低声嘟囔着。

王悦抱着小橘回了家。她看着小橘，想起肖鹏飞之前害怕的样子，忍不住笑了起来。她发现之前网购的东西都到了，忙给小橘换了个崭新的猫窝，又把猫砂盆和食盒准备好，接下来取出了神器——逗猫棒。

小橘就好像打开了新世界的大门一样，随着逗猫棒的摆动，上蹿下跳，看起来就和打了鸡血一样。

小橘的活泼，让王悦的心情好了起来。她逗小橘跑来跑去，不知道为什么，突然不受控制，眼前又浮现凌宇和那个女孩在一起的画面。

她觉得自己的反射弧实在太长。她还没来得及伤心，就被肖鹏飞带走了。而在夜深人静的时候，悲伤就好像潮水一样漫延开来，把她整个人都包围起来。

她不喜欢这样的感觉。她想浮出水面，却感到有无数只手把她往黑暗里拉，她的呼吸都变得艰难了起来。

她承认，她不想分手。她不想一个人孤孤单单。她不想做着没有价值的工作，不想看不到未来。

她真的，真的，好讨厌没用的自己啊。

这时，小橘走到她脚边，蹭了一下她的脚。小橘只是要吃的，但是这种被需要的感觉让王悦突然心头微微一颤。

“饿了吗？我现在就给你找吃的。”王悦哽咽着说。

王悦给小橘喂了猫粮，盯着它喝了水，又狠狠逗弄了一番，忙碌的感觉让她的心情好了很多。突然隔壁房间里传来声音，她的心里顿时有了不好的预感。

即便做好了心理准备，在推开房门的瞬间她还是崩溃了。

"桑子！你在做什么啊！"

桑子是王悦的表姐，她们也是最好的朋友，至少曾经是这样。一年前，桑子因为失业又失恋，没有钱租房子，就住到了王悦家。她原来说只是暂住，却好像植物一样生根发芽。她不找工作，不谈恋爱，更不搬出去。要不是前段时间去外地"见网友"，王悦简直怀疑她要在这里住到老了。

如果只是这样也就算了，最让王悦无法忍受的是桑子的卫生习惯。她从不做饭，每天都叫外卖，外卖的袋子从来不及时清理，更别提打扫房间了。

王悦曾经一次次帮她打扫，到后来实在干不下去，只好和桑子划分界线。所以，她家一半整洁，一半脏乱，形成了鲜明对比。

王悦看着数不清的衣物、杂志，还有一次性筷子，闻着空气里奇怪的酸臭味，觉得脑袋开始发胀。她强忍着怒气说："桑子，你是什么时候回来的？"

"我今天回来的，惊喜吗？"桑子笑嘻嘻地问。

"只是一天的时间，你怎么就能把我家弄成这样！我不是和你说了，不要堆东西吗？你真是……"

王悦气得说不出话来，桑子终于意识到王悦好像有点儿不高兴，摘下耳机笑着说："亲爱的，我给你叫了螺蛳粉，可好吃了，你尝尝。"

"不要买这样奇怪的东西，味道真的很大。"

“螺蛳粉那么好吃，哪里奇怪了？你不吃算了，我吃。”

桑子说着，吸吸口水开始吃螺蛳粉，酸辣的味道越发冲鼻。王悦看着桑子身上破旧的运动服，终于忍不住说：“桑子，你怎么突然回来了？”

这句话一下子戳中了桑子的心脏，她怒气冲冲地说：“还不是那个‘东海吴彦祖’！他骗我说他身高一米八，二十八岁，我看是反着来！身高就二十八厘米，年纪倒是一百八十岁吧！”

王悦极力忍住笑意，说：“网恋确实不靠谱。”

“对，我以后再也不网恋了。对了，你养猫了？”

“是啊，养了一只小流浪猫，它叫小橘，很乖的，你要是看到它没吃的了就喂它一下……算了。”

王悦原本想让桑子照顾小橘，又怕越照顾越糟糕。桑子也说：“我连我自己都照顾不好，怎么可能照顾猫啊。”

“所以就算了，对了，你准备什么时候开始找工作？”

“我一直在找，今天还投了简历呢。不过，到现在也没有公司叫我去上班，真是无奈啊。”

桑子说着，继续吃螺蛳粉，王悦真没看出来她哪里无奈了。王悦不想和她说下去了，准备回房间休息，桑子笑嘻嘻地说：“亲爱的，你路过厨房的时候顺便帮我倒杯水，谢啦！”

王悦长长地叹了一口气，到底还是帮桑子倒了水，然后躺在床上看着天花板。

她很不习惯家里多了一个人。桑子的到来，意味着她的小世界将消失无踪，她又要陷入麻烦里。

她真是好讨厌这样的麻烦。

当王悦心情烦躁，准备入睡的时候，小橘跳上床来。王悦嫌弃地说了句：“下去！”

小橘好像没听懂，在床的一角躺下。王悦又赶了几次，它都不为所动，后来王悦想反正也不影响她，就睡了。

说来也奇怪，明明之前是悲伤到崩溃的情绪，在感觉到房间里还有一只猫的时候，很神奇地被治愈了。

有什么东西在陪着她，这样的感觉，令她很安心。

王悦以为自己会失眠，这一晚上，她却睡得很好。第二天醒来，她都不敢相信自己竟然会一觉睡到天亮。她翻个身看手机的时候，呆住了。

不知道为什么，"肖鹏飞虐猫"这个新闻非但没有淡下去，反而越炒越热。大家都在疯狂咒骂肖鹏飞，甚至有人去电视台举牌子抗议，还兴致勃勃地发微博发泄不满。

王悦总觉得，大家甚至把这样的行为当成了一种狂欢。作为正义的使者，可以随意辱骂曾经高高在上的明星，这可真让人亢奋啊。

王悦关闭了手机，不想继续看下去。她知道肖鹏飞并没有干这件事，心中挺为肖鹏飞感到不平。但是肖鹏飞都没有办法解决，她又有什么办法？

接受现实吧，王悦，还是想想你自己的事情吧。

王悦浑浑噩噩地去了办公室，心想肖鹏飞和李想那边都有困难的话，还得找其他人开始她的计划。

女人和女人应该很好沟通，而且女人更有爱心，她可以试着找个姑娘。可是找谁好呢？

"王悦，我在和你说话呢，你听到了吗？"

办公室里有人在叫她的名字，王悦没反应过来，继续保持着低头的姿势。当她看到一双经典铆钉鞋出现在她面前时，就知道是谁找她了。

“我问你呢，那个什么‘宠物治愈师’进行到哪一步了？”

“暂时，暂时没人有意向。不过我在积极联系中。”

“不会吧，都不愿意？”汪曼云疑惑地问。

“嗯。”王悦点头，“不过只是暂时的……”

“我不管过程，只要看结果。这个节目必须要做，而且一定要做好。”

“是。”

王悦在网上发了个征集帖，然后就去忙其他事情了。让她没想到的是，突然有人找她，还带着一丝神秘色彩。

“王悦，有件事我犹豫了很久，还是想告诉你。”

那条信息很简单，告诉她凌宇早就和那个叫张焱的女孩在一起了，只因为张焱是他上司的女儿，还有上海户口。

原来，从他进单位的第一天起，他就宣称自己单身。他从来就没想过要和王悦走到最后。

为了怕王悦不信，对方还截取了凌宇一些朋友圈的截图，那些信息都已经屏蔽了王悦。原来他很早就开始秀恩爱，所有人都为他点赞，只有她一个人被蒙在鼓里罢了。

原来她真的……是个傻瓜啊。

她可以忍受背叛，可以忍受他们没有缘分，但是她不能忍受被这样欺骗！

王悦瞬间忘记了肖鹏飞对她的所有警告，气喘吁吁地跑到凌宇家，她想要讨个说法。她用力敲门，可是凌宇迟迟没有开门。她气急败坏地用力踹门，到后来终于有人开门，却是那个女孩。

“你要做什么？”张焱惊慌地问。

“凌宇在哪里？”

“他没回来，你到底要做什么啊？”

王悦也不知道自己想做什么，只知道她不干点儿事情的话，她会爆炸。她拿起桌上的花瓶就往地上砸，然后去凌宇的房间，拿走了他放在桌上的手机和钱包。这些都是她买的，她拿走当然没问题！

在凌宇备考期间，她一个月只花一千元，剩下的钱都给他了。她早晚都在公司吃食堂，她舍不得买衣服，甚至把内衣洗了没有替换的，第二天只能用身体烘干……

可是到最后她却落了一个这样的结局。

“告诉你，凌宇是个骗子。他和你交往的时候，根本没有和我分手！”

王悦铿锵有力地说完。她自以为潇洒无比，会让张焱和她一起怒骂凌宇，或者让张焱意识到自己看错人了，幡然醒悟什么的，没想到张焱报了警。

这可真是让人郁闷。

警察局里，王警官看着手中的记录，说：“跟踪，骚扰，还有抢劫，厉害了啊小姑娘，年纪轻轻的学会抢劫了！”

王警官的话是那么讽刺，王悦忍不住辩解说：“我没有抢劫，那些手机、钱包，都是我送给凌宇的，我只是拿回我自己的东西！”

“胡说，你就是个神经病！凌宇早和我说了，你分手后就一直不甘心，一天到晚跟踪他，上次那个男的也是你雇来演戏的吧。都分手三个多月了，你怎么就不消停啊，你已经严重影响到我们的正常生活了，你知道吗！真是的，怎么就不能好聚好散啊！”张焱鄙视地说。

“我没有发神经，我们分手也不是三个月，只有一个礼拜！

你让我怎么接受这件事！”

王悦知道，自己哭喊起来的样子很难看，特别没有尊严，但是她根本控制不住。

她就像被人诬赖偷了糖果的孩子一样，委屈到了极点。她想大声呼喊，大声为自己解释，可越是这样，她越是觉得自己狼狈到可笑。

“我真的没有入室抢劫，我不是神经病！凌宇他对不起我，他为了和你在一起，和我分手了！我做错了什么？我不就是没有钱，没有上海户口吗！一个月赚三千五百元是我的错吗？我刚毕业两年啊！我也很想努力，可是为什么不给我时间呢？为什么你一生下来，就在我的终点线上……”

王悦最大的梦想，是在上海有套房子，在这里安居乐业，再落一个上海户口，让孩子也可以在上海接受良好的教育。而这样的梦想，凌宇的新女朋友很轻易地就实现了。

她不是做不到，只是需要时间，只是需要时间啊！她愿意陪着凌宇一起过清贫的日子，陪着他一起成熟，为什么凌宇就不愿意给她一点儿时间呢！

王悦想着，觉得眼睛又酸又涩，她极力不让泪水流出，这样也太丢人了。

张焱显然惊呆了，讷讷地说：“王警官，你看到了吧，她就是个神经病！这次我们一定要起诉！她这样的，起码可以判个几年吧。”

“人家要起诉你，你也不求个情什么的？”王警官没好气地说，“这件事定案的话，你可就严重了，你要想好。”

王悦说：“我只是拿回我自己的东西。”

2

一个小时后，肖鹏飞赶到了警察局。他的表情真是一言难尽，王悦扭过头没有看他。

当他们一起从警察局出来的时候，已经是晚上十二点了。王悦坐上了肖鹏飞的车子，没想到肖鹏飞开车带她去了酒馆。

王悦呆呆地看着酒馆，有点儿不敢进："你带我来这里干吗？"

"都几点了，你不饿我也饿了。老板，来一份鳗鱼饭、一杯啤酒。你要吃什么？"

"我不要吃，给我一杯酒就好。"王悦说。

"好。"

李想知道自己没有挑选客人的权利，给他们准备起来。肖鹏飞吃饭的时候，王悦小口喝着啤酒。她觉得肖鹏飞一直在看她，于是问道："你今天已经这样看我很久了，到底为什么要这样看着我？"

"我觉得你很奇怪。刚才还歇斯底里的，怎么突然这么平静？这样的新闻我可做多了，主角都是当时看起来平静，其实暗地里在计划去杀人灭口什么的，你不会也想这样吧。"

王悦简直要被他气笑了，她看起来真的就像是个神经病吗？

"如果我就是这么想呢？"王悦故意问。

"那我要和你保持距离。"

王悦很无语，猛地喝了一口啤酒，心想喝醉就好了。王悦拿着酒杯，笑了起来，脸上居然露出一副天真的表情。

肖鹏飞觉得她这样子看起来真是碍眼至极，烦躁地说：“不想笑就不要笑，你明明想哭，忍着干什么啊？”

“谁说我想哭的，我没有啊。不就是要去法庭上走一趟吗？我还没去过呢。”

王悦一副很坦然的样子，李想忍不住问：“法庭？是上次虐猫的事情，又出什么……”

“不是，是我的事情。我去我前男友家，把我的东西拿回来，可是法律不允许。我只能看着他另有新欢，而我什么都不能做。这可真是……”

王悦说着又笑了起来，肖鹏飞怀疑王悦真得了神经病。

肖鹏飞打了个寒战，说：“你别再笑了，笑得我心里发慌。你也别紧张，这事儿不大，我会给你找最好的律师。”

“谢谢啦。”

王悦说着，却没有什么高兴的神色。她空着肚子喝啤酒，很快就觉得胃里难受起来，但是她没有说。就算她说了，也不会减轻疼痛。所以，为什么要给别人添麻烦呢？她已经很令人讨厌了啊。

王悦想着，本想付钱，但是肖鹏飞坚持他结账。按照他的说法，他不会让女人付钱，这是对他的羞辱。

付完钱，肖鹏飞跟在王悦的后面往前走，总是和她保持着不长不短的距离。王悦停下脚步，无奈地说：“你老跟着我干吗？我又不会想不开。”

“我反正也无聊，偶像剧小姐，你当初怎么会和那个男人在一起的？因为他长得帅，嘴巴甜？”肖鹏飞问。

肖鹏飞这样问实在很失礼，王悦淡淡地说：“我也不记得了。”

肖鹏飞表示理解："我也经常这样，早上起来的时候，愣是不记得和我在一起的女人为什么会在我身边。"

"真让人无语。"王悦感慨道。

"你说什么？"

"没什么。"

王悦想，她没资格评价肖鹏飞，他们连朋友都算不上。作为陌生人，他今天愿意来给她解围，她已经很感恩了。

春日的夜晚，他们就这样慢慢走着。王悦看着灯光下他们被拉长的身影，心里涌出一种奇异的感觉，就好像他们真的是朋友一样。

"我家就在前面，谢谢你了。"

肖鹏飞呵呵一笑："那么绝情啊，不请我上去喝杯咖啡吗？"

王悦眼睛一瞪，肖鹏飞立马改口说："开个玩笑，我还不至于堕落到这个程度。"

"你又没经历过我的事情，当然不知道我的心情。"王悦低声说。

"偶像剧小姐，我从出道到现在，一共收到了二十三封法院传票、三百六十九封律师函。绝大多数都是说我毁坏了对方的名誉，要和我一决生死的。"

"你真的毁坏了他们的名誉吗？"王悦好奇地问。

"当然没有，我只是撕掉了他们遮羞的面具，让观众了解真相罢了。这也是我最爱干的事情。"肖鹏飞看看王悦的神色，不再提自己的事情，"好了，别哭丧着脸了。我会给你找最好的律师。那个宋律师到现在还没有输过，你这样的官司更是小菜一碟。我去过几次法庭，知道大概流程。你到时候先去买点儿衣服，要让自己看起来保守又可怜。我会找化妆师给你化妆。再说人家也不一定要告你呢，说不定会撤诉，你紧张什么。”

肖鹏飞看起来是那么轻车熟路，王悦只觉得紧张的心情放松了许多。她忍不住问：“去法院，为什么要换衣服什么的？”

“当然是为了营造人设。”

“那你以前营造的是什么人设？也是很无辜很可怜吗？”

肖鹏飞沉默了一下，没有回答。

王悦也没再问下去。

她知道，他们根本不是朋友。肖鹏飞也没有把她当朋友，所以她不该问这些。

他们只是绑在一条船上的蚂蚱罢了。

“帮人帮到底，不如你来参加节目？”王悦试探地问道。

“再见。”肖鹏飞果断地说。

哼，这个小气鬼。

3

回到家里，王悦发现小橘正在等她，而且一直“喵喵”叫着，看起来特别着急。

王悦发现，她出门时留下的猫粮已经被小橘吃完了。王悦急忙给小橘重新倒了猫粮，小橘吃得很快，一看就是饿狠了。

王悦今天是因为特殊情况才晚回来的，想到桑子在家也不管小橘，只觉得火气一下子就上来了。

她正陷入要不要和桑子吵一架的矛盾中，小橘可能因为吃得太快的关系，突然打了个嗝。

王悦就算心情糟糕到极点，还是忍不住笑出声来。她搂住小橘，轻声说：“你放心，我不会不要你的。我知道被人抛弃是什么感觉。小橘，你永远不会再流浪了。”

小橘好像听懂了王悦的话，对着她叫了一声，让王悦的心里暖暖的。小橘再一次睡在了王悦的床上，这一次王悦没有赶走它，抚摸着它的毛发睡着了。

王悦一想起自己要上法庭就心烦意乱，没想到第二天却得到了好消息。她发出那条“宠物治愈师”的消息后，居然有人联系她了，还表示想要抚养小橘。

“小橘，你真是太棒了！你要好好表现，加油加油！”

王悦觉得，这真是近些天来最好的消息。王悦抱着小橘亲了下，生怕那人反悔，急忙说愿意把小橘送过去。

当她和小橘一起到达对方家的时候，她没想到，那人居然是之前在酒馆里见过的那个女人——谢依霖。

谢依霖看到王悦，也愣了一下。

平时谢依霖并不玩微博，她根本没时间上网。她听阿花说，大家都用微博看新闻。她不想跟不上时代，就下载了这个软件。

她一直是个落伍的人，可是她没办法。她实在没有时间追赶时尚。

她每天五点就要起床，给儿子蛋蛋做早饭。她不能买牛奶、面包，因为婆婆觉得这些根本不算早饭。她必须早起熬粥，再做好鸡蛋饼之类的。蛋蛋脾气好的时候，会全部吃完，但更多时候只吃几口，她只好把剩下的吃完，然后越来越胖。

吃过早饭后，她带着他去公园玩。蛋蛋喜欢各种健身器械，她必须时时刻刻看着，不能让蛋蛋受伤。中午的时候，他们回去吃饭，当然也是她亲手做的饭菜。蛋蛋下午会午睡两小时，在这两小时内，她要洗衣服和整理房间。

当蛋蛋醒来后，她要陪着蛋蛋一起学一些知识。吃过晚饭后她能休息一会儿，因为保姆会来帮一下她。她用这短暂的一小时外出买菜，然后回到家给蛋蛋洗澡，讲睡前故事。

只有蛋蛋睡着了，剩下的时间才属于她，而她很快就困了。

有时候她也会想，如果当初不要这个孩子会怎么样？她会不会如愿以偿成为外企高管，又或者和小时候的梦想一样，成为芭蕾舞演员？

她有这样的想法，真该天诛地灭。她可是一位母亲啊！

她又怎么可能成为芭蕾舞演员呢？她估计自己一百六十斤，最起码也有一百五十斤。她甚至没有自己的名字，一直被人叫作“蛋蛋妈”。

蛋蛋一直闹着要养猫，但是她怎么可能养？她家就那么大，而且猫会掉毛，根本不好收拾。可是她不养猫的话，蛋蛋就哭闹，每次蛋蛋哭闹的时候她就显得手足无措。

她一直在想到底要怎么办。之后在微博上无意看到了王悦发的消息，知道不要钱以后，她立马心动了。

而且，对方还是送货上门，这是什么样的好心人啊！

当谢依霖看到王悦的时候，两个人的表情都有点儿尴尬。王悦急忙把小橘拿出来，笑吟吟地说：“这就是小橘，脾气特别好，希望你们相处愉快。”

“这只猫是住三天就走吗？”谢依霖问。

王悦担心谢依霖照顾久了，不愿意离开小橘，忙解释说：“如果下一个用户没有意见的话，其实适当延长一两天也是可以的。”

“不不不，三天够了。”

“妈妈，我要看动画片，妈妈、妈妈，动画片！”

这时，王悦看到一个三岁左右的小男孩跑了过来，谢依霖微笑着对他说：“蛋蛋，我们不可以老是看电视哦，你看这是什么。”

“我要看动画片！”

王悦从来不知道，小男孩的声音可以那么尖锐，就像手指甲划过玻璃的声音！

“小猫！”

蛋蛋的注意力被小橘吸引了过去，他想要抱起小橘，但是小橘被吓了一跳，躲到了沙发里。

王悦的眉头微微皱起，她在来之前，倒是没有考虑过家里有孩子这个问题。

王悦显得有些不愿意，谢依霖看出来了，忙说：“蛋蛋，别碰它！”然后转身又对王悦说，“王小姐，你放心，我会看着蛋蛋的，绝对不让他欺负这只……这只小橘。”

谢依霖看到王悦还是有点儿犹豫，立马说：“希望它可以治疗我的抑郁症。”

“我能不能问下，你怎么会有抑郁症？”王悦小心翼翼地说。

“这个啊……我不太方便说。”谢依霖说。

“好。”

王悦看着谢依霖家的环境和那个吵闹的孩子，一下子理解了她的“抑郁症”，面带同情，而她的“理解”，让谢依霖越发郁闷了。

家里突然多了个新成员，让谢依霖显得有点儿手足无措，她甚至都有些后悔当初撒那个谎言了。王悦离开后，谢依霖给小猫准备了新的猫窝，喂它吃了点儿东西，小橘很快就和她亲近，愿意围着她的腿撒娇了。

这样毛茸茸的感觉，让谢依霖觉得陌生又熟悉。当她和猫对视的时候，谢依霖仿佛在小橘的眼睛里看到了很多的东西。

这样的感觉真是太奇怪了，就好像它很理解她似的。

这怎么可能？连她的丈夫都不理解她，更何况是一只猫？

蛋蛋对小橘很感兴趣，亲手喂它吃各种东西，还闹着要和小橘一起睡，谢依霖过了好久才把他哄好。

蛋蛋将注意力转移到小橘身上，这让谢依霖松了一口气——只要他不哭泣、不尖叫，让她做什么都行。

他们对于小猫的来临，都表示非常欢迎。可当谢依霖的丈夫王辉回到家，看见家里多了一只猫的时候，顿时皱起了眉头。谢依霖忙说："蛋蛋一直闹着要猫，我就去要了一只。只是暂时养着的，过几天就要还回去。"

"那快点儿还回去。"

王辉没有对此特别反对，谢依霖松了一口气。

没过多久，王辉突然说："我明天开始要去香港出差一周，你帮我把衣服准备一下吧。"

"又去香港啊。"谢依霖无奈地说，"你原来答应下周和我爸妈一起吃饭呢。"

"工作的事情，我也没办法啊，谁让现在赚钱那么辛苦。"

每次王辉说起这个话题的时候，谢依霖就心虚，感觉自己好像是吃白饭的。

"好吧。"她只能这样说。

谢依霖去房间给王辉收拾箱子，心情糟糕到极点。这时小橘跳到了桌子上，蹲在一本言情小说上不肯下来。

“小橘！”

谢依霖把小橘抱了下来，轻轻抚摸它的脑袋，也看到了这本《让王子爱上我》的小说。

这是她十年前最喜欢看的小说。当时，她觉得自己就是偶像剧中的女主角。

谢依霖轻轻地抚摸小橘的脑袋，小橘轻轻舔了她一下。她只觉得浑身就好像有电流经过一样，突然有了一种奇怪的被信任、被依靠的感觉。

这样的感觉让她无法言语，她突然很想和王辉说一下她以前养过一只小狗的事情。那只狗叫多多，陪伴她度过了整个童年，但后来被汽车撞死了。

“老公，我……”

“你记得给我准备一下厚一点儿的衣服。我怕降温。”王辉说。

“好的。”

谢依霖突然有点儿生气。每次都是这样，每当她要说点儿什么的时候，王辉就会打断她。

谢依霖看着王辉，突然想起他们上次拉手的时候，还是四年前她递橘子给他，而他不小心拂过了她的手。他们当时都愣了一下，很快便当作什么事情都没有发生，好像这样就破坏了他们纯洁的友谊似的。

今天她突然想破坏下。

谢依霖坐到王辉身边，狠狠心把领口解开了两个扣子。她轻轻抚摸王辉的背，随后她的呼吸变得急促起来，王辉的身体果然颤抖了一下，他回过头看着谢依霖，说：“对了，我腰酸，帮我揉揉。就是这里，对对对！”

谢依霖看着王辉，愣了五秒钟，这一瞬间她觉得羞耻至极。她只好安慰自己说，他们已经在一起十五年了，她不该亵渎他们的感情。

不知道其他人也是这样的吗？除了谈论家务和带孩子，就没有别的话题了，是不是她要求太多了？

谢依霖虽然在自我安慰，但还是感觉很难受。

4

王悦把小橘送出去后，突然觉得家里空荡荡的。她不用再铲屎，也不用清理猫毛，真是太舒服了。可是，小橘不会再黏着她，在她脚边撒娇，她都觉得不习惯了。

不知道小橘在谢依霖家过得好不好，她应该不会虐猫吧？

王悦想着，翻来覆去怎么也睡不着。她想起谢依霖家的装修风格，那闪耀的水晶灯、猩红色的窗帘、金色的墙纸、大理石墙面，十分豪华。

而谢依霖穿着家居服的样子，不像是这里的女主人，更像是一个保姆。

这就是婚姻吗？女人结婚后就会成为这样子？

王悦想着，不知道为什么，觉得不寒而栗。这时，门外传来奇怪的声音。

王悦推开门，看到桑子正在和游戏里的人对骂。桑子被气得面红耳赤，最后重重一摔键盘。

“你回来啦！有薯片，吃不吃？”

王悦躲开了桑子伸过来的手说：“桑子，你该上班了。我听同事说，有家公司招聘行政，你之前不是做过吗，要不去试试看？”

桑子的脸上露出一丝犹豫，问道：“多少钱一个月，双休吗？”

“四千元一个月，是单休。”

“那不行。我找工作，一定要双休，这是我的原则。”

王悦耐着性子说：“现在的工作不好找，基本上都是要有工作经验的。难得这份工作不要，你就去试试看吧。而且，有了工作经验后，以后跳槽也容易啊。”

“那可不行，我对工作可是抱着从一而终的心态。这就和选男朋友一样，宁缺毋滥。”

既然桑子这样说，王悦也不好再劝。她真的好想让桑子离开，至少得承担一部分房租。

可是她说不出口，因为这是自己欠她的。

小橘到谢依霖家虽然只是三天，但是王悦却感觉度日如年。

她每天都坚持给谢依霖发微信，但是谢依霖很少回复。三天的期限一到，她急忙去了谢依霖家。

她是带着礼物去的。

当看到小橘没事，在专心致志挠沙发的时候，王悦先是松了一口气，然后不知道为什么突然有了一种被男友背叛的感觉。

她看着小橘怡然自得的样子，心里有点儿吃醋，暗想它为什么那么自来熟，都不闹个绝食什么的，她才是它的主人，不是吗？

王悦自顾自生闷气，一旁的蛋蛋打开了王悦带来的奇趣蛋。他根本不吃，只是喜欢奇趣蛋里面的小玩具。谢依霖看到蛋蛋把奇趣蛋的巧克力咬了一口就丢在一边，然后准备打开第二个奇趣蛋。

谢依霖急忙阻止他："蛋蛋，不可以哦，一天只能吃一个奇趣蛋。"

"我不吃奇趣蛋。"蛋蛋笑嘻嘻地说。

"那你也不能浪费啊。乖，我们吃鸡蛋羹好不好？"

蛋蛋听到"鸡蛋羹"的时候，露出了厌恶的表情。他不理会谢依霖，继续打开奇趣蛋，谢依霖感觉自己的太阳穴都肿胀了。

"你家挺大的。"王悦寒暄道。

"谢谢。"

谢依霖给王悦倒了一杯茶，有点儿紧张。这时，王辉要出门，跟王悦打了个招呼就走了。王悦见王辉年轻帅气，恭维说："你老公很帅啊。"

"是啊。"谢依霖羞涩地道。

"你们结婚多久了？"

"很久了，一毕业我就嫁给了他。"

"哇，好幸福！"

幸福吗？其实谢依霖也不知道。

她也是大学本科毕业，毕业后有了一份不错的工作，可惜当时王辉的妈妈生病了。

王辉哭着让谢依霖帮忙照顾他妈妈，谢依霖也哭了。她辞职回家，嫁给了王辉，婆婆也在她的照顾下恢复了健康。

她一直想去工作，可一直没机会，王辉的事业倒是越来越好。

大家都说她很幸福，可她真的不知道自己是否真的幸福。

谢依霖突然有点儿难受，这时，她的婆婆走了出来。

“鸡蛋要买草鸡蛋，怎么这个鸡蛋看起来不新鲜啊。依霖啊，你前天怎么那么晚才回来？”婆婆很不高兴地说，“许阿姨本来只待三小时的，你让她多待了四个小时！洋鸡蛋没有营养，我们蛋蛋可不吃。还有，我带来的鱼给他做了，吃鱼对脑子好。”

谢依霖的婆婆说话总是乱七八糟没重点，王悦听傻了，而谢依霖已经习惯了。

“对不起。”谢依霖急忙道歉，“今天我有点儿事……”

“你又不上班，能有什么事？你靠着王辉养活，每天什么事儿都不用干，能不能别给王辉添乱。”婆婆长叹了口气，“今天的鱼就清蒸吧，这样原汁原味。记得少放点儿酱油，小孩子吃酱油会变黑。蛋蛋，你不要吃手！”

“我……抱歉。”

王悦简直不敢相信谢依霖居然能忍耐这样的唠叨，用诧异的眼神看着她，谢依霖变得不好意思起来。

“王小姐，你找我是为了……”

“是想邀请你去一档节目。”

在这样的环境里，王悦简直没办法定心介绍，但她还是勉强说完了。谢依霖愣了一会儿，说：“我没听明白。这样的节目是面向成功人士的，为什么要我去？”

王悦尴尬地说：“其实，不是要采访你……只是想要你说一下和小橘相处后的事情。它对你生活的改变什么的。”

“我这样子怎么可能上节目？”谢依霖看着自己脏兮兮的袖子。

“可是……”

王悦还想说下去，这时蛋蛋哭了起来。谢依霖一边哄蛋蛋，一边拒绝说："王小姐，谢谢你，但我真的不能抛头露面，不然我的家里人会有意见。这只猫已经到期了，请你带回去吧。真是不好意思，也谢谢你。"

"嗯。"王悦只能点头。

王悦带着小橘离开了。虽然没有找到上节目的嘉宾，但是小橘能回家，就已经让王悦很开心了。

回到家，王悦抱着小橘又搂又亲，拿出逗猫棒逗小橘，见小橘没有生疏的样子，终于放下心来。

她摸着小橘的脑袋说："小橘，对不起，把你送出去三天。我很想你，你想我吗？"

就在这时，桑子进了王悦的房间。她的手里拿着一个信封，对王悦说："你回来啦。"

"嗯，我回来了。你能收拾下你的房间吗？"王悦一想起她和垃圾睡在一起，就感到很无语。

"不要管我啦。你快点儿看，这是什么快递啊，怎么写着'传票'两个字？"

"你为什么拆我快递啊？"王悦只觉得心脏揪起，愤怒地问道。

"我看到上面写着法院，心想你是不是有什么急事儿，就帮你看了。啊呀，这不重要啦，你到底干吗了？"桑子好奇地问。

"我去凌宇家，把我之前送给他的东西拿回来了。"王悦淡淡地说。

桑子震惊了："然后他告你了？就因为这个？"

"嗯，就因为这个。"

"他神经病吧！他怎么可以这样！他是不是有女人了？"

王悦不记得自己和她说过这个，问她："你……你干吗这么问？”

“王悦，这个世界上没有无缘无故的变心。男人才不会主动提出分手，都是越来越冷淡，最后让你提。你发脾气，他们就装无辜，说你不理解，然后你心里还愧疚得不得了。就算分手，你还一直觉得是自己的原因，太恶心了！”

桑子越说越气，抓起桌上的薯片猛地往嘴巴里塞。王悦忍不住问：“他当初……也是这样的吗？”

“嗯，是啊。他可以一整天不找我，我抱怨下，他就说工作忙、压力大，到后来我每天都特别难受。我和他说话很有压力，特别担心影响他工作，也担心他会不高兴。人家工作再忙都有时间陪老婆，只有他没时间和女朋友打个电话吗？从来没有忙不忙，只有想不想。王悦，算了吧。男人一旦喜欢上别人，就不会回头了。”

桑子自从宅在家里后，就很少说过这么多话了。王悦突然难受起来，连桑子都知道的道理，她却不知道。

她看着桑子的眼睛，问：“那你是怎么走出来的？”

“我没走出来啊，这不是还死皮赖脸地在你家做宅女呢吗？”桑子嘿嘿一笑，“好啦，我去打游戏了，预祝你法庭一切顺利哦。”

“喂！”

王悦还想和桑子说会儿话，可桑子又戴上了耳机。

王悦看着传票上的内容，苦笑着想，这一次倒是不去警察局了，直接上法院了，也是难得的一次人生经历。

她却没想到，凌宇会打电话给她。他们已经很久没联系了。

“王悦吗？我在你家楼下，咱们能见一面吗？”

接到凌宇电话的时候，王悦觉得心跳从来没那么快过。她忍不住猜测，凌宇为什么找她。

他后悔告她了？他后悔分手了，想与她复合？

对，一定是这样的！

王悦想着，急忙换了一条裙子，涂了点儿口红，然后才下楼。她看到凌宇在柳树下等她，正如他们之前约会时的模样，眼睛猛地酸涩起来。

算了，他如果要亲她，那就亲吧。她舍不得给他一巴掌。

“你找我做什么？”王悦尽量冷淡地问。

“你……今天收到传票了吧？”

“嗯。”她继续保持高冷的姿态。

“真的对不起，我也没想到事情会闹那么大。”凌宇急切地解释，“我当时不在家，我没想到她会报警……王悦，我不想这样的。”

“嗯。”

“所以……”凌宇开口。

所以，我会撤诉的，我们和好吧。王悦在心里暗暗祈祷说。

“所以，请上法庭的时候，一定不要说我们是最近才分手的，求你了！”

王悦几乎不敢相信自己听到的话。她诧异地看着凌宇，只见凌宇羞愧地说：“张焱……我们是三个月前就在一起了。她性格有些暴躁，如果知道我当时没和你分手，一定会生气的。王悦，我们已经这样了，你就好人做到底好吗？你就说我们确实早就分手了，只是因为你不甘心才会这样的。你放心，法院不会给你判刑的，最多让你赔偿。那些钱，我都给你，绝对不会让你破费。我不想和张焱分手，求你了。”

王悦觉得凌宇的话就像刀子一样，把她扎得鲜血淋漓。她呆呆地看着凌宇，觉得自己从来没有认识过他。

“为什么？”她低声问，“她就那么好吗？”

“她……其实她没有你温柔，也没有你好看。可她是上海户口，我总要为我的前途考虑。介绍我们认识的是我的领导，我真的不能得罪他，否则我什么都完了。王悦，我知道我对不起你，可我没办法。我们以前都太天真了，以为努力就可以成功。我们那么努力，就想在上海买套房子，可是现在房子真是太贵了，我要存二十年才能存够首付，而且还不一定能拿到户口。我家的情况你是知道的，我不能那么自私。王悦，我们在一起是没有好结果的，你也应该找一个对你好的男人。”

王悦看着凌宇布满红血丝的眼睛，突然很奇怪她怎么一直没发现，凌宇其实早就变了。

“王悦，你听到了吗？”

王悦一直没说话，也没有立即答应下来，这让凌宇有点儿紧张——以前的王悦，从不会拒绝他任何事情！

他急切地说：“求你帮我这一次，不然我的一切都毁了。”

“那我的呢？你想过我的生活、我的未来会毁了吗？”王悦轻轻一笑。

凌宇的脸色难看起来，最后说：“可你已经这样了啊。”

“我已经这样了……没错，我确实一事无成。可是我不会一辈子这样，我会越来越好。而你这样的男人，会一辈子都抬不起头来。”

“你怎么说话呢，你怎么现在变成这样！我这儿不松口的话，你会被判刑，你就不怕吗？”凌宇气得浑身发抖。

“不怕。”

5

王悦说着往外走去，没有让凌宇看到她控制不住要哭泣的样子。

她觉得自己放下了，可是眼睛还是有点儿酸涩。

她在街上漫无目的地走着，只觉得心里空荡荡的。她难受到极点，可是这个世界没有任何变化。既没有台风，也没有暴雨，甚至连场小雨都没有。

公园里，妈妈和孩子在欢笑。马路上，闺密在手拉手往前走。公交车站台上，情侣在踮起脚亲吻。

大家都是那么快乐，痛苦只是她一个人的。这个世界上，从来没有什么感同身受。

这时，王悦看到了一家牛肉面店，下意识走了进去。她点了一份招牌牛肉面，等待的时候老板笑着说："小姑娘，你又来啦！你男朋友呢？"

"啊？"

"就是以前一直和你来吃牛肉面的小伙子啊。"

"他……他今天有事儿。"

王悦笑着说，没有告诉老板他们分手了，而且她被告了，对方今天来找她就是求她在法庭上撒谎。

凌宇说，就是喜欢她笑容满面的样子，其他人也都说她就像天使一样。

只有她知道，她根本不是天使，她都是装的。她只是怕大家不喜欢她罢了。

她现在就要坚持不下去了。

“偶像剧小姐，你在干什么呢？”

当看到肖鹏飞的时候，王悦有一种不真实的感觉。上海那么大，有那么多家餐厅，肖鹏飞怎么可能出现在这里？

而且，是在她那么难看的时候……

“吃面，看不到吗？”王悦抽泣着说。

“你哭什么？”

“这面里，面里……放了香菜……我不吃香菜！”

王悦越说越难过，突然放声大哭起来。她觉得此刻自己丢人至极，可越是这样想，越是没办法停止哭泣。肖鹏飞也没想到他这句话会引起她这么强烈的反应，默默看她哭了一会儿后，终于轻轻叹出一口气。

五分钟后，王悦泪眼婆娑地看着面前的牛肉面。这碗牛肉面热气腾腾，汤色是好看的红色，面白如雪，上面点缀着翠绿的葱花。她呆呆地看着，肖鹏飞说：“吃。”

王悦下意识吃了一口。牛肉筋道，面汤滚烫，她觉得整个人似乎都被治愈了。她又吃了一口，听到肖鹏飞说：“这不就好了吗？多大点儿事儿。”

他真的以为，她是在哭面里放了香菜吗？

她只是……她只是……

她只是突然觉得自己很可怜罢了。

王悦到底没有解释，默默吃完了一碗牛肉面，还打了一个饱嗝。她看着肖鹏飞，急忙捂住了嘴巴。她心想他就要笑话她了，没想到肖鹏飞这一次居然装作没听到。

“送你回家？”肖鹏飞问。

王悦不想在这里丢人，急忙点头。肖鹏飞开车带她回家，她才后知后觉想到，自从桑子来了以后，她家根本没办法见人。

“要不，还是不上去了吧。”王悦尴尬地笑着。

“为什么？我都送你那么久了，你也该请我上去喝杯咖啡了。”肖鹏飞故意这样说。

她找不到理由拒绝肖鹏飞，只好把他带回了家。王悦给肖鹏飞打预防针：“我家很小，可比不上你家。毕竟它租金便宜，一个月只要一千元。”

“上海还有一个月只要一千元的房子？”肖鹏飞很诧异。

“是啊，我是找了好久才找到的。”

王悦生平没什么值得骄傲的事情，但找到这房子还算得上一项。她的房子比较偏远，也很老旧，均价在月租四千元左右。她这间只要一千元，因为这里曾经死过人。她当机立断租了这间房，为此凌宇心疼了她很久。

只是一切都结束了。

在开门前，肖鹏飞跟她确认：“你那只猫呢？”

“在笼子里啊。”

“那就好。这是……你家？”

当推开大门的时候，肖鹏飞呆住了。

他知道现在的小姑娘都不爱整理房间，但是眼前的一切也太夸张了吧！沙发上都是衣服，地上也都是，还有个花瓶躺在衣服中间，一副死不瞑目的样子。

我的天，小橘这是怎么搞的！

王悦简直气炸了。她红着脸收拾沙发上的衣服，急忙解释：“我家平时不是这样的，我，我……”

“我知道，是猫把你家弄成这样的。”肖鹏飞呵呵一笑。

“对，就是这样，你怎么知道？”

“它不是在笼子里吗，怎么把你家弄这样？”肖鹏飞想到了关键点。

对啊，不是在笼子里吗？

王悦看着笼子，只见笼子里空荡荡的。她觉得不妙，开始叫小橘，但是小橘好像失踪了一样。

肖鹏飞只觉得紧张起来，连忙说：“我还有事，我先走了。”

“别啊。”王悦阻止，“我家难得来个客人，你留下来喝杯茶吧。我有好茶叶，是一个客户送给我的。”

王悦说着，已经从橱柜里小心翼翼地拿出一罐茶叶。肖鹏飞尝了尝，发现不是明前茶，但是他没说什么。他看着王悦一脸幸福的模样，忍不住问：“就那么好喝？”

“是啊，我平时可舍不得喝，这次还是托你的福。谢啦。”

王悦笑吟吟地看着肖鹏飞，一脸幸福的模样，让肖鹏飞心里突然有点儿不太舒服。他直接问：“为什么哭？”

王悦笑着说：“今天凌宇来找我了，真是好笑，我还以为他想说要不要复合，还在考虑我要不要答应他。可他来找我，就是想让我在法庭上认罪，就为了怕他的新女友知道他当初撒谎。真是太好笑了。”

王悦的语气没什么波动，肖鹏飞也没有开口。

王悦低声说：“有时候想，真的好奇怪。为什么凌宇和我说分手的时候我没崩溃，汪曼云羞辱我的时候我没崩溃，而一碗放了香菜的牛肉面就让我崩溃了？当老板说，每一次都是凌宇提醒他，而这一次我没有提醒他，所以他忘记的时候，我真的特别特别难过。我很讨厌他推卸责任，讨厌他提起凌宇。准确地说，是更讨厌无能为力的自己。别人都那么幸福，只有我过得一塌糊涂。唉，真是丢人。”

王悦也不知道自己怎么了，居然和肖鹏飞说了那么多，觉得自己絮絮叨叨的样子简直就像谢依霖。

天啊，像谢依霖？她已经四十岁了吗！

她是不是该去买碎花连衣裙，或者快点儿领养个孩子？

王悦情不自禁地打了个寒战，而肖鹏飞却说：“没什么丢人不丢人的。”

“啊？”

“王悦，你是从哪里了解到大家都很幸福的，网络上吗？你会信网上的东西，代表你智商也不高。当你上网的时候，你会发现世界真是美好，简直遍地都是有钱人和长得好看的人。他们每天周游世界，吃好吃的，玩好玩的，还爱好广泛，弹个莫扎特都是入门级才艺。但你看看周围，去小区里和人们聊聊，你就会发现世界太艰难了。这人破产了，那人离婚了，还有一些人家的孩子整天不学好……我问你，怎么样才能让朋友圈有最多点赞？”

“发自拍？”王悦不确定地说。

“不，是发自己倒霉的消息。这人啊，就是喜欢晒自己过得多好，然后看其他人倒霉。所以，你觉得只有自己丢人，其实是错误的。因为大家都过得很辛苦，也没有人真正关心你丢不丢人，他们只关心自己。”

“所以，不要说自己丢人的事情，以免被别人笑话吗？”王悦愣愣地问。

事实上，她一直是这样做的。为了不被笑话，为了讨人喜欢，她只微笑，从来不哭泣。

“不，是让你别管其他人在想什么，自己高兴就好。真朋友不会笑话你，那些会笑话你的，也不是真朋友。所以，做自己就好了。”

王悦第一次觉得，肖鹏飞说话简直太有道理了！她愣愣地看着肖鹏飞，肖鹏飞呵呵一笑：“是不是突然觉得我的话特别有哲理？”

“没有，突然发现你很自恋。”王悦哼了一声。

“说起来，你在电视台的时候还叫我肖老师，怎么现在这么嚣张啊。电视台其他人都是怎么说我的，你和我说说？”肖鹏飞殷勤地问。

王悦呵呵一笑：“刚才不是说，不要关心别人的议论吗，怎么现在又问我？”

“我就是好奇。”

“他们说你……说你和所有合作过的女主持人都搞暧昧。”

看到肖鹏飞脸色变了，王悦突然觉得最近的烦恼都消失不见了。

王悦微微笑了起来。那笑容挺好看的，要不是肖鹏飞脚下有什么东西的话，也许他会好好欣赏一下。

可是……到底是什么玩意儿啊！

不会是他想的那种吧，不会吧？

肖鹏飞努力转移注意力，装作没有感觉出来的样子，可惜还是受不了。他没办法自欺欺人。

“快给我弄走！”肖鹏飞咬牙说道。

“小橘！”

王悦发现了罪魁祸首，急忙去抓它，可惜小橘猛地钻到了沙发下面。虽然这只猫不在他脚边了，但肖鹏飞还是能感觉到猫的存在。

他只觉得浑身的汗毛都竖起来了，脸色开始发白。他说：

“快把它给我关笼子里！”

“它现在在沙发下面，不会伤害你。”

王悦真的不太理解，为什么仅仅和小橘在一个房间，都会让肖鹏飞那么难以忍受。

肖鹏飞的脸色实在太难看，王悦只好叫着小橘的名字，想把它抓住，但是小橘一直没动静。它似乎知道自己又犯错了，甚至王悦拿出它最喜欢吃的罐头，它也不予理会。

“它怎么还不出来？”肖鹏飞问。

肖鹏飞已经到了房间的一角，看起来随时可以夺门而出。这让王悦真是大跌眼镜，只觉得之前他“人生导师”的形象就这样消失了。王悦无语地说：“猫很聪明，它知道自己犯错了，当然不肯出来。”

“奸诈狡猾的家伙！”肖鹏飞嗤之以鼻。

“才不是，是聪明！”王悦反驳道。

“时间不早了，我先回去了。”肖鹏飞说。

“啊，那么突然？”

“那你要我留宿吗？”肖鹏飞问。

第三章 正式营业啦

1

看着肖鹏飞那副硬撑的样子，王悦感到好气又好笑。她故意说："好啊，我们两个人加一只猫，就是三口之家。"

肖鹏飞不再说话。

看到肖鹏飞吃瘪，王悦的心情非常舒爽。她不再逗肖鹏飞，放弃把小橘拉出来的想法，带着肖鹏飞下了楼。夜晚的风吹起来真是令人愉快。

今天晚上发生了好多事，她觉得一切就好像在做梦一样。她送肖鹏飞去停车场，不知道为什么突然不想让他离开。

她忍不住问了她早就想问的话："肖鹏飞，你是怎么找到我的？"

电视剧里，女主角伤心难过的时候，男主角总会出现。他会带着女主角去浪漫的地方，温柔地擦拭她眼角的泪水，就好像男主角在女主角身上装了定位系统似的。

只是，为什么来找她的人会是肖鹏飞？他没有一根头发丝像男主角，反而更像是男配角。

"当然是……因为我在跟踪你。"肖鹏飞坦诚地说，"我怕你想不开，最近就一直跟着你。不然你以为什么，缘分吗？"

肖鹏飞一脸不屑。王悦先是点头，然后发现哪里不对劲。这么说，肖鹏飞看到一切了？包括看到凌宇和她说什么了？

"你看到……"王悦不知道该怎么问。

"嗯，看到了。"肖鹏飞打破她最后一丝幻想。

"喂！我在那里分手，你在看戏，是不是太过分了！"王悦气愤地问。

“得了吧，我连你吃面时的哭相都看了，你在警察局的出丑也看了，分手算什么？”

肖鹏飞一脸淡定，王悦也突然觉得，好像真的没什么丢脸的。也许，人的底线就是这样被拉低的。

“肖鹏飞，你的梦想是什么？”王悦突然问。

“当然是好好做节目，然后做人生赢家。放心，我这人恩怨分明，我们勉强算是朋友，到时候我肯定会帮你一把。你的梦想是什么？做知名主持人，还是做知名策划人？”

“不告诉你。”

王悦其实根本不想做什么知名人物。她唯一想要的，就是抛弃那些功利性的东西，做一档真正的栏目。那种不考虑广告，不考虑观众，特别有意思的栏目。

比如她会采访大家，什么时候最难过。她还会问，生命中最艰难的那个阶段是怎么过来的，有什么经验可以和大家分享。

她根本不想做所谓的成功访谈。他们只会告诉你，年轻人要多奋斗，不然就要回家继承家业。

“你上法庭是什么时候？”肖鹏飞问。

“5 月 20 号。”王悦下意识说，觉得肖鹏飞很烦。

他就不能闭嘴吗！说不定他不问的话，这件事就能当没发生呢！

“5 月 20 号，很吉利啊。反正现在闲着也没事儿，不如我来给你培训下。”

“怎么培训？”

“模拟法官问你问题啊！开始吧，王小姐，你和凌宇是什么关系？”

“男女朋友。”王悦下意识回答。

“是以前是男女朋友。”肖鹏飞纠正，“记得说这话的时候要眼含泪水，但是眼泪不能掉。来，你做一个看看。”

“以前是男女朋友。”王悦说着，掐了自己一把，看起来很可怜。

“不错，第二个问题，你为什么要去凌宇家里抢东西？”

“不是抢东西！那是我以前送给凌宇的，我只是想拿回来。”

“嗯，确实是这样没错，但是最后要加上一句‘我当时太激动了，现在已经深刻意识到自己的错误’。”

“还有别的吗？”

“还有最关键的——你还会去骚扰凌宇吗？”

这个问题很尖锐，肖鹏飞以为王悦不会回答。可是，王悦沉默了一会儿，对他深深鞠了一躬：“对不起，我给你们添了不少麻烦。从现在开始，我发誓不会出现在你们面前，也不会让你们看到我。我不该纠缠不清，真的很抱歉。对不起，我不会再打扰你们了。谢谢你谅解我。”

听王悦说完，肖鹏飞愣住了。王悦这样做是理智的，可是他特别不舒服。

他也不知道心里那股烦躁不安的情绪从何而来，点头说：“你这么回答非常好。放心吧，法庭上你肯定过关。”

“但愿吧。”王悦微微一笑。

这时，他们走到了小区外的停车场，看到有人在路边摆摊，正在奋力炒饭。她发现，她又饿了。

以前她从来不吃夜宵，但今天突然想吃一点儿，就算胖一斤也没关系。

失恋的女人做什么事情都能被理解，不是吗？

她走到炒饭摊面前，点了一份炒饭，突然愣住了。

炒饭的大哥看起来五十多岁，皮肤黝黑，脸上带着和善的笑容。他奋力炒着饭，面色在炉火里显得格外明亮，王悦的目光落在他的腿上。

他是坐在轮椅上的。

银色的轮椅刺痛了王悦的眼睛，她简直不敢相信这个每天来摆摊，总是笑呵呵的老板居然是个残疾人。

老板显然习惯了这样的诧异，乐呵呵地说："我这腿啊，是股骨头坏死，没救的。我老婆和我说，在家里躺着就好，可是我儿子上大学要钱啊，我怎么能成为一个废人？我就琢磨着怎么能赚钱，后来发现卖炒饭不错，只要坐着就行，太方便了。还要谢谢你们支持我的生意，拿好。"

老板说着，把炒饭递给了王悦。王悦看着他，在他的脸上看不到一丝忧郁，有的只是平静和豁达。

她和肖鹏飞对视一眼，这个瞬间他们在想一个问题——为什么他都那么难了，还那么平静，而且还笑得这么开心？

他为什么就能……那么坦然，甚至那么坚强？

王悦突然觉得自己只为了那点儿事情就难受得要死，简直无比羞愧。她拿着炒饭转身想走，肖鹏飞突然叫住了她。

"等等。"

肖鹏飞凑近王悦。王悦以为他要做什么，下意识往后退了一步。没想到，肖鹏飞从她头顶拿下一片花瓣。

她下意识伸出手接住了花瓣，喃喃地说："春天真好。"

"再见了，偶像剧小姐。"肖鹏飞微微一笑，"放心，我绝对不会让你进监狱，我们是同事。"

王悦承认，虽然肖鹏飞为人不靠谱，但是他这时候的微笑，居然还挺动人的。她忍不住说："肖鹏飞，你还是把小橘带回去养几天吧。到时候，你参加我的节目，一定可以让你虐猫的事情平息。"

"不。"肖鹏飞轻松地说，"互联网上的信息是最容易被人们遗忘的，我什么都不做，过几天也会平息。"

"你就当帮帮我，万一我做不了那个项目，我就完了。"

"是吗？那真可惜啊。"

肖鹏飞说完就离开了，很明显对这件事根本不在意。王悦紧紧咬住嘴唇，哼了一声也离开了。

她觉得她真是疯了，居然会把希望寄托在肖鹏飞身上。

他才不是真心帮她，只是觉得她很好玩，偶尔可怜她罢了。

"小橘，出来吧。妈妈不怪你哦。"

回到家后，王悦极力让自己的声音听起来特别柔和，小橘果然上钩了。它喵喵叫着，从沙发底下钻了出来，看着王悦手上的罐头。王悦从它的脸上看到了向往、纠结、讨好等复杂的情绪，这简直不像是一只猫该有的表情。

"拆家开心吗？"王悦问。

王悦忍不住拍了小橘一下，小橘又想要躲到沙发里，但是被王悦一把揪住了。她想打小橘一下，到底不忍心，只是捏了捏它的脸，把它的脸弄成各种奇怪的样子。

"以后不许捣乱了，知道吗！"

小橘叫了几声，王悦就当它是知道了，权当宽慰自己。

王悦没想到，一切在几天后有了转机。她下班的时候，突然接到了一个陌生电话，这样的事情很罕见，因为她本来就没什么朋友。

王悦怀着好奇心接听了电话，对方说他是酒馆老板李想。

当她把小橘送到酒馆的时候，还是不敢相信李想为什么突然想要小橘的陪伴。

“谢谢你，王悦。”

李想很随意地把小橘放在了一边。小橘好奇地打量着酒馆的环境，看起来有点儿害怕，试探性地想出来，但是又不敢。

酒馆里人来人往的，王悦有些担心小橘的安全。李想看着王悦欲言又止的样子，瞬间明白了，说：“它就养在我家里，偶尔才会让它来这里，我也会看着它的，你放心。”

王悦知道，李想倒算是个蛮热心的人。她点点头：“我相信你。我能问问，你为什么需要它陪伴吗？”

“我就是最近心情不太好，想着有它陪伴，可能会好点儿。”李想说。

王悦的直觉告诉她，这不是真实理由。但是她体贴地说：“那么，我一周后来拿猫。”

“好。”李想点点头。

王悦吸取了谢依霖的教训，准备让李想和小橘多相处一段时间，到时候他就不忍心拒绝她上节目的要求了。王悦啊王悦，你怎么就那么聪明？

而且，现在的客户越来越多，到时候节目肯定没问题！

王悦充满了自信，当她遇到汪曼云的时候，特别有自信地说了节目的筹备情况。

她以为汪曼云会表扬她，但是汪曼云不耐烦地说：“肖鹏飞那儿怎么说？”

“啊？肖老师那里暂时还要考虑下。”王悦只觉得一盆冷水就这样浇了下来。

“你要搞清楚，其他人都是附带的，我们的主要目标只有一个——肖鹏飞。”

汪曼云说着，突然凑近了王悦，王悦都可以看到她脸上的细纹。汪曼云继续说：“如果肖鹏飞不参加的话，那这个节目就没有意义了，你在节目组也没有意义了。王悦，你明白我在说什么，对吗？”

“我明白。”王悦说。

肖鹏飞并不知道，他再一次成为被议论的中心。他走到台长的办公室，要进行一场谈判。

“台长，我回去思考了下，觉得你的条件我也不是不能接受。这样吧，今天我们签约了，栏目快点儿准备起来。”

之前，为了让自己显得没那么迫切，肖鹏飞故意对签约的事情采取拖延战术，好争取更优厚的条件。

可他意外发现，台长听到他主动签约的要求，没有像他想象中那样激动得热泪盈眶，而是盯着他的眼睛说：“肖鹏飞，网上那些东西都是真的吗？”

“什么东西？”肖鹏飞假装自己什么也不知道，一脸疑惑。

“你自己看吧。能在两小时内进热搜榜，你可真是个人才。”台长说。

肖鹏飞打开微博，搜索自己的名字，发现“肖鹏飞去死”都上了热搜，他的粉丝也一夜之间多了十来万，虽然都是黑粉。

肖鹏飞坐在沙发上，尽量让自己看起来很轻松：“上次我要开新栏目的时候，也有人请水军黑我，说我什么私生活不检点，还欠了门口卖茶叶蛋老太太的钱，后来都证明是无稽之谈。他们只是妒忌我，不想让我们台好好发展罢了。台长，你不会真信这个吧？”

“那到底是怎么回事？”

“我去酒馆喝了一杯，看到一只猫，只是从它身边经过，不知道事情怎么就成了这个样子。”肖鹏飞一脸沉重地说。

“你是说和你没任何关系，你根本没有虐猫？”

“当然不是！”肖鹏飞猛地站了起来，“我和一只猫有什么仇啊？”

“我就是问问，你不要那么激动。”

台长看起来好像信了。肖鹏飞刚放下心来，台长又问道：“那你为什么不抱着猫发个自拍什么的，好缓和舆论？鹏飞啊，有很多名人有怪癖，我没想到你也是，你做就做了，但好歹要善后啊。”

台长那看起来一副痛心疾首的样子，让肖鹏飞误以为自己犯了什么严重的错误。

越是愤怒的时候，他表现得越理智。肖鹏飞淡定地说：“台长，这真的只是意外，你要相信我。”

“鹏飞啊，你不要激动。我当然相信你，可是网友呢？我们这是一档充满正能量的栏目，可不能一开始就被负面消息包围啊！”

肖鹏飞皱眉，心中不好的感觉越来越强：“所以？”

“所以，不如你暂时休息一阵子，带薪休假，换个岗位什么的都行。”台长说。

“可我们已经定了开播的时间。”

“是啊，已经定了时间，明星嘉宾也找好了。怎么办呢？那么，只好换个主持人了。”

肖鹏飞猛地抬头看着台长，发现台长的眼神中一片冷漠。

“那主持人……”

“我觉得沈亮挺适合的。”台长说。

2

当听到“沈亮”这个名字的时候，肖鹏飞只觉得全身的血液涌到了头顶。整个电视台，他最讨厌的就是他。他就好像鬣狗一样，虎视眈眈地盯着他嘴里的那块肉，时刻想取而代之。

“你等这天等很久了吧，台长？”肖鹏飞冷冷地说，“这些事儿能那么快发酵，也都是你做的？”

“你可不要胡说，什么事情都要有证据。而且，我可没逼着你虐猫。鹏飞啊，好好休息一阵吧，台里记着你的功劳，也不会开除你。我觉得《天气预报》这个栏目不错，你考虑下？或者《娘家婆家事儿》也不错，换个男主持人会有意想不到的效果。”

“您忙，我就不打扰您了。”

肖鹏飞用力关上房门，长长地舒了一口气。肖鹏飞回到办公室，坐在沙发上久久没有说话，甚至都不想开灯。

他没想到，事情会朝着最糟糕的方向发展。他最重要的栏目就这样被抢走了，他的顶头上司想方设法要让他走人。

不行，绝对不能这样坐以待毙！

不就是买热搜吗，好像谁不会似的。

就在肖鹏飞思考应该怎么办的时候，他的手机响了。经纪人小秦打来电话说，广告商也看到热搜了，态度强硬，要和他解约。

“解约就解约，谁稀罕那点儿钱。告诉对方，那个什么洗发水还不如当脱毛膏来推广。广告词我都写好了，秀发去无踪，光头更出众。免费送给他，不谢！”肖鹏飞怒气冲冲地说。

“除了这个，还有几个代言取消。之前邀请你去欧洲拍摄节目的事情也暂缓……”小秦为难地说。

“不就是去欧洲吗？我还不稀罕去那儿。总之，对方想取消的话，你就都取消。”

“那违约金方面？”

“按照合同来，该给的就给。”

挂断电话后，肖鹏飞的心情更糟糕了。他还没想好要怎么和台长斗智斗勇，这时美美在微信上找他，说她看上了一个包，撒娇要肖鹏飞买给她。

肖鹏飞烦躁地把手机丢到一边，他觉得脑袋疼，想睡一会儿，可又始终睡不着。

他心里清楚，自己完了。

他是主持人，喜欢站在聚光灯下的感觉，这一刻他比明星还要闪耀。他即将主持一档可以让他更上一层楼的栏目，可是这一切就这样被迫中止了。

他的房子首付了八百万，还有八百万的贷款没有还。如果新栏目顺利，他半年就能还清，而现在他要想想下个月的五万元房贷要怎么办。没有收入的话，房子会被银行收回去，他也会成为笑话。

这时，他的手机响了，是前妻罗燕平打来的。他接听了电话，里面传来女儿笑笑的声音。

“爸爸，新闻里说的是真的吗？你虐猫了？”笑笑问。

“当然不是真的！我……”

“你让我恶心。”笑笑说。

要不是笑笑是女孩子，他真想好好教训她一顿。他觉得笑笑这样，都是被他的前妻惯的。

他的前妻罗燕平和他完全合不来。他没办法理解，妻子为什么会任由孩子吃冰淇淋，多少个也不管。他也同样不能理解，为什么学校要求做一个四方形的手工作业，而妻子居然做了一个四羊方尊。

他们离婚的导火索是一条内裤。他坚持内衣裤要手洗，但是罗燕平把他的内裤一起丢到了洗衣机。他忍不住说了她几句，罗燕平冷冷地说："你买了洗衣机不洗衣服，反而要我洗，所以，洗衣机是你老婆，我是洗衣机？"

这都是什么歪理？他妈说过，内衣裤都要手洗，所以他从小就养成了这个习惯。

肖鹏飞和罗燕平就这个问题开始吵，从肖鹏飞夜不归宿吵到他不管孩子。当肖鹏飞怒气冲冲说她身上的每一件衣服、每一双袜子都是他买的时，罗燕平平静地提出了离婚。

然后，她把女儿带走了。他们父女只能一周见一次面，笑笑生气的时候，都开始喊他"肖老师"。

肖鹏飞摇摇头，觉得心里堵得慌，这种无奈又无法掌控的感觉，已经很多年没有了。

肖鹏飞不知不觉走到了天台，突然看到不远处有个熟悉的身影。

王悦？她怎么会在这里？

后来才想起他们是同事，这里是广电的大楼，她当然可以在这里。

可奇怪的是，她居然和谢依霖在一起。

"呼吸一下新鲜空气，果然会好很多呢。"王悦笑吟吟地说，"放下浮躁，你会发现这个世界很美好。没有人说晚安，就自己跟自己说；没有人送早餐，就自己给自己做。越努力越幸运，我们一定可以的！”

这样的心灵鸡汤让肖鹏飞觉得很不适应。别说肖鹏飞了，王悦自己也开始犯恶心。可是，她有什么办法?

王悦没想到在上班时间偷偷逛超市时会遇到谢依霖，她看起来似乎不太好。王悦没钱请她喝咖啡，就带她来天台上吹吹风，这样既有利于脑子清醒又不用花钱，她经常这样做。

她没想到，谢依霖竟哭起来。

“蛋蛋、蛋蛋被打了，王辉也骂了我一顿，我什么都没了……”

谢依霖是那么难受。

她没有工作，没有朋友，她知道她一直跟不上时代。她唯一的依靠，就是王辉，还有蛋蛋。

今天，蛋蛋在游乐场被人打了。

当她生气地去质问的时候，对方的爸爸却平静地说这是孩子之间的事，还问她是不是离婚了，所以孩子没有人教育，脾气才那么古怪。

她想给王辉打电话，心想王辉必须要知道她都发生了什么事。王辉一定会安慰她，并且帮助她的。

这一次，王辉接了电话，对方却是一个女人的声音：“喂？”

谢依霖愣住了。

她飞快地挂断电话，然后捂住了心脏。她想，她一定是误会了，拨错了手机号码。她再次看了一遍，号码没有错，那一定是……串线，对了，是串线。

巨大的恐惧感把她包围，她突然泪流满面。

她不知道自己该何去何从，甚至不知道该给谁打电话。后来她遇到了王悦，王悦带她来吹风，不过她并没觉得好受，反而觉得脑袋更疼了。

她后悔了，现在就想走。

“下午好。”肖鹏飞走过来说。

王悦愣住了。她没想到肖鹏飞会出现在这里，这里可是她的小世界。

当谢依霖看到肖鹏飞的时候，越发觉得难过起来，这样的男人总是给她压力感，让她觉得自惭形秽。

谢依霖急忙擦干眼泪，可居然开始止不住打嗝。现在的情况让肖鹏飞觉得，他如果不说点儿什么，谢依霖就会崩溃到昏厥过去，他不想做这个罪人。

肖鹏飞按按太阳穴说：“要不，我们去吃点儿东西？”

“现在吗？”王悦问。

“我请客。”肖鹏飞说。

3

王悦和肖鹏飞交换了一个眼神，这一瞬间他们默契十足。

他们一唱一和地把谢依霖拉到了小酒馆，即使现在是下午四点，酒馆也还没有开始营业。

王悦有礼貌地敲门，但是李想没有开门。王悦原本想离开算了，可是突然听到了小橘尖锐的叫声。

“小橘！”

王悦第一反应就是，李想是一个虐猫的变态！她一下子就着急了，用力去推门，没想到门一下子就被推开了。

酒馆里没有人，但是小橘在不停地叫唤。王悦顺着小橘的叫声，到了李想的住所，一进门就闻到一股刺鼻的煤气味。

王悦还在发呆，肖鹏飞已经意识到事情不妙。

“李想，你在干什么啊？喂！”

李想站在煤气灶前，他看起来就像一座雕像。炒锅里的水淹没了煤气罩，房间里弥漫着一股怪味。肖鹏飞急忙去开窗，李想这时才缓过神来。

他觉得自己真是个白痴。

当初是他死撑着要装修，但身边没多少钱，一个在这里喝酒的常客不知为什么，主动提出要借钱给他。虽然利息比较高，但是李想觉得，总能赚回本，就写了借条。

结果，他做了错误的决定。他总是做错误的决定，就如当初决定离开乐队一样。

幸好，这笔钱他还得起。只是十万元罢了，又不是五十万。

当他们来要债的时候，李想看着他们骂骂咧咧把桌子掀翻，依然保持平静：“对不起，我暂时没有那么多钱，我还有三千元，你们先拿走。剩下的我会卖掉一些设备，一定会还给你们。”

李想说着，从抽屉里拿出了三千元。其中一个光头接过钱，骂骂咧咧地说：“三千元？你打发叫花子呢？你可是欠了我们五十万！”

“什、什么五十万？我只借了十万元啊！”

“你是只借了十万，但是你妈又问我们借了四十万。她要买什么保健品，你不会不知道吧？”

“不，这不可能。”

李想颤抖着手给妈妈打电话。李想妈妈的语气有点儿愧疚，但充满朝气：“哎呀，你不懂啦。我这次直接囤了四十万的货，就是区域代理了！这里我最大，他们买东西都要从我手里买！上次就是买太少了，我才会失败的，这次肯定不会！我跳广场舞的那些阿姨，都答应从我这里买东西呢，这笔钱我肯定能还，还能赚不少。不说了，我去跳舞了啊。”

李想妈妈说着就挂断了电话，李想再打过去的时候她已经不接了。李想只觉得心中一片冰凉，恨不得给自己几巴掌。

他想做饭，不知道为什么整个人就迷糊了，直到王悦他们进来。他们看他的眼神，就好像他的脑子有问题。

李想叹了口气，知道他必须要说点儿什么。他把事情原委说了一遍，王悦倒吸了一口凉气。

“李想，没事的，无论这个世界怎么对你，都请你一如既往地努力、勇敢。你可以给烦恼设定一个期限，在有限的时间里把它解决掉，剩下的时间就要重归快乐的自己哦。”

肖鹏飞捂住额头，他知道电视台会有这样的栏目，可都是些什么乱七八糟的台词！李想淡淡地问：“如果我解决不了那五十万呢？有些事，不是给自己鼓励就能搞定的。”

“啊？总之要加油……”

“这个世界上不是加油就有用的，少看点儿心灵鸡汤可以吗？”

李想的话，就好像导火索一样，点燃了王悦心中的火焰。

她只觉得脸上那个“微笑”面具，就这样被残忍地揭了下来。她瞪着李想，说：“我还不是想让你好受点儿！我知道你很惨，可我也一样很惨啊！我天天被领导骂，男朋友不仅背叛了我，还要告我，我就要上法庭了，说不定会进监狱……”

王悦越说越气，眼泪忍不住流了下来。这么多天的强撑，终于在今天瓦解。

她就是个不幸的人，还要硬着头皮给大家打气，还有人比她更倒霉吗！

王悦难受至极，这时有人递给她纸巾，那人居然是肖鹏飞。肖鹏飞看着她，眼神居然有点儿温柔。

“哭起来真丑。”肖鹏飞说。

“喂！”

“放心，我只是出于绅士风度。除非你换个头，不然我可对你没兴趣。”

他说话可真恶毒！

王悦被气坏了，都忘记伤心了。肖鹏飞环视了下四周，说：“这里味道太大了，不如去我家喝一杯？”

这一次，没有人拒绝他。

王悦也没忘记带上小橘。

肖鹏飞家位于本市著名的别墅区，他家装修得非常简洁大气，最引人注目的莫过于客厅的落地窗了。从这里往窗外看，一片湖水仿佛近在咫尺，波光粼粼的湖面让人的心情也好了起来。

他家还有各式各样的纪念品，看起来来自不同的国家。最让王悦羡慕的，是他橱窗里排列整齐的奖杯，都是传媒行业的大奖，也是她可望而不可即的荣誉。

“我的栏目每年都是收视率第一名，都没什么波动。哎，我也不想这样，总要多给年轻人机会。”肖鹏飞淡淡地说。

王悦忍不住哼了一声，心想肖鹏飞的显摆技能九十九分的话，肯定没人敢拿一百分。她还没说话，就有人帮她收拾他了。

“你很快就不会了。因为你虐猫，你完了。”李想说。

肖鹏飞现在最想做的事情，就是在面前这个男人的鼻子来上一拳。

可是名人都必须有超出常人的涵养，就算被人当面吐唾沫，也要保持微笑。

所以，他微笑着说："到时候再看吧，你敢再说一遍，我发誓，要把你的头放到门缝里，看看里面到底有没有被人叫作大脑的东西。"

李想一点儿都不害怕肖鹏飞的恐吓，他压根儿就不喜欢肖鹏飞。

李想看着王悦抱着小橘的样子，想起自己之前好像把这只猫吓了一跳，感觉还挺愧疚的。他想起之前在乐队的时候，主唱顺子也很喜欢猫。

李想转动着手中的金刚手串儿，肖鹏飞凑过来，说："我早就想问了，你们这些玩串儿的图什么？什么包浆啊，那简直是一手油。你不会觉得脏吗？"

"这可以获得内心的平静。"李想淡淡地说。

"哟，还是佛系中年啊。你是不是每天都要念叨一句'岁月静好'，好忘记你早上便秘？"

"肖鹏飞，你闭嘴！"

王悦听不下去了，谢依霖已经红着脸捂住了耳朵。谢依霖特别后悔，她因为太久没有和人说话了，所以才愿意来这儿，这帮人和她简直是两个世界的，她本来就不该来。她应该给蛋蛋换尿布、做辅食去，那里才是她的世界。

王悦给大家倒水，笑着说："虽然认识挺久了，好像都没有好好地自我介绍过。我先来，我叫王悦，在电视台工作，是个小编导。虽然和男朋友分手了，但我还是对未来充满希望。我的性格怎么说呢，大家都说我乐于助人，很好相处。小橘是我最好的伙伴，也是宠物治愈师，希望它能带给你们幸福。”

“你这叫什么，同学会吗？”肖鹏飞吸了一口烟，说。

“我只是觉得，大家应该了解彼此，这样也不会显得尴尬。”

王悦的眼神是那么干净，这让肖鹏飞想起了初生的小奶狗。

他想起今天李想和谢依霖的奇怪状态，还是顺从了：“我的职业你们都清楚了，我的性格比较随和，但是不太喜欢别人和我开玩笑。我对朋友绝对讲义气，属于两肋插刀的那种。你呢，亲爱的？”

谢依霖不太确定，那句“亲爱的”是不是对着她说的。她怎么看，怎么都不配做这个男人嘴里的“亲爱的”。

谢依霖知道，自己又想多了，这里没有一个人关心她。她刚介绍自己叫“谢依霖”，有个孩子叫“蛋蛋”时，肖鹏飞打断了她的话：“哇，这可真棒。”

“你呢，老板？说起来，我经常去你店里，听说你以前是玩乐队的，怎么会开酒馆？”

“这是我爸妈给我留下来的。”

不知道为什么，此刻，他突然想告诉他们关于他的乐队的秘密。

而下一秒他就开始后悔了。

“然后呢？你爸妈给你留了酒馆，所以你去做厨师？如果你爸妈给你留下养猪场，你是不是会去做屠夫？”肖鹏飞问。

“可能吧。”李想平淡地说。

“好啦，大家都认识啦。”王悦故作愉快地说，“不管怎么样，我们超级有缘分呢。真是好神奇啊，李想的酒馆，还有小橘，把我们紧紧联系在了一起！”

“你到底想说什么？”肖鹏飞问。

“我觉得吧，我们每个人都有不快乐的地方，但是小橘可以治愈我们啊。我们也可以不定期开展见面活动，到时候一起上个节目什么的，告诉大家我们是怎么走出人生的低谷的。这样的经历，也将会是我们的财富。”

王悦满怀期待地看着大家，肖鹏飞看了一眼被关在笼子里的小橘，觉得和它在一个房间很不自在。在肖鹏飞拒绝前，王悦忙说：“肖老师，到时候你虐猫的事情，可以由我们一起来澄清。”

如果是以前，肖鹏飞当然会拒绝，但是当他想起自己面临的难题时，犹豫了。他看着小橘，觉得它就是洪水猛兽，可是没有工作，绝对是比猛兽还要可怕的事情。

肖鹏飞这一次没有断然拒绝，王悦又看看李想，说：“今天要不是小橘的关系，你都死在酒馆了。”

李想知道，还真是这样。他看着小橘，率先说：“行吧，我答应。”

王悦看着谢依霖说：“谢依霖，你也可以考虑哦。你的孩子那么喜欢猫，他和小猫在一起的时候，会让你轻松一点儿。”

谢依霖露出了为难的表情。其实，王悦挺怕谢依霖的，她忙说：“当然，如果你的家里人有问题，那就算了。”

王辉会反对吗？他当然会反对。

当小橘之前在家的时候，他就嫌弃到不行。

可是，为什么要听他的？为什么？

谢依霖只觉得有一股火焰在胸口燃烧，然后她说：“好的。”

王悦没想到，事情会有这样的进展，现在只剩肖鹏飞了。她满怀希望地看着肖鹏飞，肖鹏飞说：“行。”

4

肖鹏飞看到，王悦的眼睛瞬间亮了起来。

王悦真的很激动，她没想到事情会峰回路转，在她几乎要放弃的时候有了这样的转机。

他们一起面对困难，他们的感情也会像烟火一样，灿烂到开了花！她的节目一定会成功的！

肖鹏飞看到王悦的表情，就知道王悦在想什么，并对她的幻想嗤之以鼻。他冷静地说："我们正好四个人，这只猫就一人养三天吧。到时候，我们一起上节目鼓励大家，观众也会知道我是最无辜的受害者。到时候，粉丝对我的误会就会消解，我的人气会更高，栏目也会有更多的话题……"

肖鹏飞说着，陷入对美好未来的幻想中，他似乎看到自己站在聚光灯下的模样。到时候，台长不得不发给他"最委屈主持人"奖，大家会因为之前的误解纷纷向他表达歉意。

肖鹏飞继续煽情地说："我们可以组建团队，一起行动，到时候一起把节目做火。"

"我可能没那么多时间参与团体活动。"李想平静地说，"我需要看店。"

王悦刚想说什么，肖鹏飞挥手说："你那酒馆现在根本没有几个人去！你一天的损失是多少？我给你。你们其他人的日薪，我也会给你们。"

肖鹏飞觉得自己简直是世界上最好的老板，可大家的表情都变了。王悦看他的眼神就像看傻子，李想说："我还是再考虑下吧。”

“你说什么？你知道现在是什么局面吗？就好像刘邦要和项羽大决战，可是刘邦的小兵说他要去看一家要倒闭的烧饼店。我们输了的话，一切都完了！自刎，懂吗？你想自杀，我刚才还救了你！”

“我没有想自杀！”

李想气愤起身，好像撞翻了什么东西，但是已经不重要了。

肖鹏飞也很生气，觉得和他们真是没有共同语言。

他们平时不看电视吗！不知道他是一个多厉害的人吗！他们居然拒绝了他的方案！

这场谈话即将不欢而散。到时候，他们会各奔东西，就好像从不认识。

不行，绝对不能这样！

好好的事情，怎么就被肖鹏飞搞砸了！

王悦觉得她都要被气哭了，这时门铃响了，打破了沉寂。肖鹏飞不耐烦地看了一眼监控，浑身变得僵硬。

他想假装自己不在家，可是那个疯女人已经开始踢门了。肖鹏飞深吸一口气：“你们躲到我卧室。”

“为什么啊？你有什么不能见人的吗？”谢依霖怀疑地看着他。

“好吧，她是我前妻，是个彻头彻尾的疯子。你们不怕她的话，我也无所谓。”

肖鹏飞想，他们都见过他被当变态的场景，见他前妻也没什么。

他开了门。王悦以为会看到一个凶神恶煞的女人，没想到是一个面容姣好的中年女性。她穿着得体的套装，珍珠耳环让她看起来很有气质，整个人带着一种优雅的气场。

想不到肖鹏飞这家伙的前妻那么好看，和他离婚真是太对了。王悦想。

为什么要穿白色衣服，那多容易脏啊。谢依霖想。

肖鹏飞轻轻咳嗽一声：“罗燕平，你找我有事吗？”

罗燕平没说有什么事，疑惑地看着大家，问：“他们是谁？”

“我朋友。”

“我没见你交过这样的朋友。”

“所以我们离婚了。”肖鹏飞耸耸肩，“你不关心我朋友，我铁定不能和你继续过下去。”

不能笑，不能笑！王悦对自己说。她拼命掐住掌心，不让自己笑出声来。她真是佩服肖鹏飞的胡编乱造。

“这个玩笑不好笑。”罗燕平皱着眉说，“笑笑说，她前几天在学校被打了，你不管管吗？”

“我去过学校了。什么被打，就是她单方面蹂躏那小男孩，医药费我会出的。”肖鹏飞不耐烦地说。

“这孩子又撒谎。”罗燕平轻轻一叹，“我工作太忙了，一直让我爸妈带孩子可不行，他们到底太宠着孩子了。”

“孩子可以给我带。”

“怎么给你？你半夜两点回家，让孩子吃泡面吗？你是做新闻的，不会没看过保姆绑架孩子的案例吧。”

“那你辞职不就好了？我给你们的抚养费那么多，为什么你还要去上班？”

“我的梦想也是做新闻。”罗燕平冷笑道，“我为了你曾经牺牲了梦想，现在离婚了还要再次牺牲吗？你怎么就那么自私！”

又来了，又来了！肖鹏飞绝望地想。

罗燕平也没指望肖鹏飞回答，说："我已经和老师说过了，以后这样的事情直接找我就好。"

"你什么意思啊？我可是孩子的爸爸。"

"对她不管不顾的爸爸吗？别搞笑了。你知道孩子喜欢吃什么，她最近在看什么电影吗？"

"我……"

"好了，我和你说这个做什么。最近孩子还是住我妈那里吧，我是来通知你，再拿点儿孩子喜欢的玩具。你别反对，你的那点儿事情整个圈子都知道了。"

"不是都说好了让她在我家住两个礼拜，你怎么反悔啊！我做什么事情了？"

"你虐猫的事情啊，还能是什么，最近就别在孩子面前出现了。"

"罗燕平，你什么意思啊！我是被诬陷的，我怎么可能做那种事！"

"君子不立危墙之下，你行得正坐得端的话，也不会有这种麻烦。"罗燕平冷淡地说，"还有，以后别和这帮狐朋狗友一起玩，多想想你的未来吧。"

"你放心，我就算讨饭也不会讨到你手里！"肖鹏飞厉声说。

回答他的，是关门声。

罗燕平走后，大家都没有说话。他们没有想到，肖鹏飞这个看起来嚣张到极致的男人，在前妻面前也是毫无办法。

肖鹏飞心情糟糕到极点，他喝了一杯酒，烦躁地说："这就是我们离婚的原因，不论什么时候，她都只管自己说话，根本不听我解释，我在她眼里一无是处。她说她这辈子最大的错误就是认识我，还让我离孩子远点儿。”

“女人都是这样。”李想理解地说。

王悦瞪了李想一眼：“女人才不是都这样。”

李想没有说话，和肖鹏飞交换了一个眼神，在这一瞬间他们惺惺相惜。一种难以描述的情感在他们之间蔓延，肖鹏飞觉得自己并不孤独。

“肖鹏飞，承认吧，我们都是失败者。”王悦说。

肖鹏飞猛地回头看着王悦，王悦继续说：“在酒馆的时候我们都撒谎了，我们都是失败者。这个城市里，恐怕没有人比我们更丧了。肖鹏飞，你没有了工作，身败名裂。我没有事业，没有爱情，要进监狱。谢依霖，你依附你老公，婆婆天天在你耳边念叨，你都不如家里的保姆。至于你，李想，你就是个每次都做错选择的傻瓜，变成了大家的笑柄。所以，我们必须团结起来。我们要让大家知道，我们能做什么，我们要成为英雄。而且，我们可以改变其他人的生活。只要一起努力，我们可以做到的。”

王悦的话，没有任何人反驳。他们只觉得，一层遮羞布就这样被王悦揭了下来，还被她用力地扔在地上踩了几脚。

在一片安静中，肖鹏飞喝了一口酒，说：“没错，我们都是失败者。你们比我更惨，因为你们还没有钱。”

肖鹏飞的话让大家不开心了，而肖鹏飞下句话说：“五百万，你们可以得到五百万。”

“什么？”大家愣住了。

肖鹏飞气定神闲地说：“没错，我们要做好这个节目，而且要把小橘捧红。我们一定能成为明星，能接到代言，从而改变现在的状况。所以，我愿意给你们一人五百万，现在就签合同。你们现在有兴趣了吗？”

“不可能。”谢依霖惊呼。

“我说了，这笔钱我出。所以，我们要一起参加王小姐的节目。偶像剧小姐，你赢了。我会帮你，不惜一切代价。”

肖鹏飞的眼神是那么深邃，王悦好像要被吸进去，心脏剧烈跳动。

是啊，他们都是失败者，未来毫无希望。可是，改变的机会就在眼前！他们完全可以实现共赢！

而且，这可是五百万,一辈子都赚不到的五百万！

“我加入。”李想果断地说。

“我也是。”谢依霖鼓足勇气说。

他们的手，终于握在了一起。虽然看起来有点儿别扭，但他们的心从来没有这么近过。

5

按照约定，小橘该给肖鹏飞养了。

肖鹏飞从没想到，自己会有一天养猫。他想抱着小橘拍几张照，但是当小橘靠近的时候，他的身体便开始颤抖起来。

他并不想照顾它，叫阿姨给它喂点儿东西，就出了门。

昨天，他一下子欠了三百万，那没有什么，对于未来而言可能只是一个月的收入罢了。等解决完虐猫这件事，他会加倍赚回来，他有这个信心。

当有了解决的办法后，他的心情顿时好了起来。他和往常一样，睡到了自然醒。

他从衣柜里选了一身西装，喷上清淡的香水，觉得自己的状态看起来好极了。他猜想，他的那点儿破事估计全电视台都知道了，大家都在等着看他的好戏。越是这样，他越是要高高地抬着头，这样才不会让那帮人得逞。

他必须要忍耐。

现在有多少人骂他，等真相出来的那一天，就有多少人同情他。他还真的该感谢那位偶像剧小姐，是她让事情出现了转机。

肖鹏飞想着，开着车驶向电视台。他觉得前几天的郁闷被一扫而空，空气清新至极，连太阳都是新的。

有了身处低谷的忍耐，才有到达高位的快乐。他整个人都焕然一新，这样的感觉真棒。

肖鹏飞微笑着想刷卡进入办公室的时候，没想到他的卡被停了。来来往往的同事都看着他，肖鹏飞的心情稍微有些糟糕，但只是一点点。他朝前台走过去："你好，我的卡好像出了问题。"

"肖老师是吧？不好意思，您的卡需要换一张。"

前台说着，递给肖鹏飞一张新卡，肖鹏飞依然保持笑容："这是什么意思？"

"你换部门了，当然不适合用原来的卡了。难道你还不知道吗？"

他的身后突然响起浑厚的声音。

肖鹏飞回过头，笑呵呵地说："沈亮啊，怎么今天来这么早？你的节目可是中午啊。"

其实，沈亮根本没有肖鹏飞所想的那样不堪，他穿着浅蓝色的休闲装，头发有点儿乱，眼睛又大又明亮，让肖鹏飞觉得自己在这种天气穿一身黑色西装，显得有些格格不入。

沈亮轻松地说："早点儿来准备一下。对了，你没听说吗，你换部门了。"

"我还真不知道。你是怎么知道的，台长昨天偷着告诉你的？"

肖鹏飞说话是那么恶毒，但沈亮没有生气："不是，我是在邮件里看到的。难道你从来不看邮件吗？哦，我忘了，你那么红，怎么会看邮件？你被分配到的栏目收视率很高，恭喜你啊。哈哈哈哈哈！"

沈亮说着，忍不住大笑起来，嚣张的笑声让大家都往这个方向看来。肖鹏飞不敢相信，台长真的会那么快对他下手，他冷冷地看了沈亮一眼，拿了新的工作卡进入电梯。

他想去台长的办公室，但电梯只能停在第三层。他后来只好跟着清洁工混到了十八层，进门的时候发现台长正在喝茶。

"鹏飞，你今天倒是来得很早啊。"台长慢条斯理地说，"这几天你也不要太辛苦，好好了解一下工作内容，下周再正式交接。"

"台长，你不能这么对我。之前那些广告，有多少是我报上去的，多少是你拿了的，我们都清楚。"

"鹏飞啊，你这是在威胁我咯？"台长笑了起来。

台长的眼神是那么冰冷。肖鹏飞知道是自己情急之下口不择言了，于是放缓了语气："台长，我不是那个意思。"

"鹏飞啊，你对台里有功劳，我都记得。在这么严峻的形势下，我顶着压力给你保留职位，我也是很难办的，很多人都对我有意见了。如果你觉得这个职位不适合，想辞职的话，我也只能答应你。不过，你得考虑好。"

台长说着，拍拍肖鹏飞的肩膀，离开了办公室。事到如今，肖鹏飞怎么会不知道，台长早就想赶他走了，而眼下就是最好的机会。

他才不辞职。

不就是去做天气预报员吗？他可以。就算是一个小栏目，他也能做得有声有色。

等真相大白的那一天，他会拿回属于他的一切。

肖鹏飞想着，深深吸了一口气，去了新的楼层。

他准备好了迎接新同事的欢呼，可办公室里的气氛很奇怪。

然后，他看到了一张熟悉的面容。

“大家好，我叫罗燕平，从今天开始我负责这个栏目。在今后的工作中，希望和大家相处愉快。”

罗燕平穿着一身白色的职业装，微笑着看着大家。那目光也从肖鹏飞的脸上划过，不带一丝停留，就好像他们根本不认识一样。

四周一片安静。肖鹏飞觉得，大家的目光都在他身上，就好像他会和哥斯拉一样爆发似的。

他确实是要爆发了。

就在他觉得他不发脾气似乎没办法收场的时候，王悦的电话来了。

谢天谢地，这可真是及时雨！

“好的，我现在就出来。”他装模作样地说，“王总，不如在银行门口见，然后一起吃个午餐？嗯嗯，你也太客气了。”

他看起来就像要去和一个大人物谈一笔大单子。他严肃地和罗燕平说：“我出去下。”

“去做什么？”罗燕平问。

在以前的婚姻生活中，这样的对话经常发生，以至于肖鹏飞恍惚了一下。以前，他可以不理会罗燕平，但是现在不可以了。

因为罗燕平成了他的上司。

“去谈一个单子。”肖鹏飞说。

“去吧，回来和我汇报。”

罗燕平公事公办地说，而肖鹏飞此刻觉得羞辱至极。他用最强大的意志力走出办公室，然后遇到了王悦。

“肖鹏飞，你吃饭了吗？”王悦问，“我正好点了外卖，买多了一点儿，不如去你家一起吃？”

肖鹏飞看着王悦手里的外卖盒，呵呵一笑：“你是在可怜我吗？”

“当然不是。”

“那你是在……爱慕我？”

肖鹏飞突然凑近了王悦。

虽然肖鹏飞今年四十岁了，而且行为有时很让人反感，但不可否认，他的样子确实英俊。他身上淡雅的香水味，仿佛在宣告他和王悦是两个世界的人。

王悦的脸不受控制地红了，然后说：“我是怕你把小橘饿死。”

“好理由。”

肖鹏飞说着，往前走去。王悦愣愣地看着他，肖鹏飞说：“还愣着做什么？”

王悦急忙跟上。

到肖鹏飞家后，王悦没有了第一次去的震撼。她看到小橘还被关在笼子里，一下子就火了，对肖鹏飞说：“你虐猫！”

“饭可以乱吃，话不能乱说。”

肖鹏飞对“虐猫”这两个字非常敏感，顿时脸色都变了。王悦意识到自己好像说错话了，轻轻咬了下嘴唇，忙说：“对不起，我不是那个意思。”

肖鹏飞知道，她确实没那个意思，就是脑子不好使罢了。他说：“你别把猫放出来，不然我就把你们一起赶出去。”

王悦原来还真是想这样做，可既然肖鹏飞这么说了，她也只能作罢。她躲开小橘可怜的眼神，问肖鹏飞：“你为什么那么怕猫，是不是有什么童年阴影？”

肖鹏飞没有说话。过了一会儿，他说：“你放心，我会尽量和这只猫和平相处的。作为你关心我的回报，我也送你一个礼物。”

“什么？”

“明天你就知道了。”

第四章　你不是一个人

1

虽然肖鹏飞这人一向不靠谱，但是王悦不知道为什么突然很相信他。她没想到，肖鹏飞第二天就帮她联系了宋律师。

这确实是最好的礼物。

宋律师听王悦说完事情的始末后，表示这样的案件其实并不复杂，只要在法庭上示弱，然后表示绝不再犯就行了。

“当然，最好是可以私下调解，确实没这个可能性吗？”宋律师问。

“没有。”王悦果断摇头。

要她去求凌宇，她情愿去死。

宋律师看出了她的坚决，说：“好，那我们就走法律程序。您不要担心，这只是小事情罢了，您不会有事的。”

王悦本来充满自信，可到了上法院那一天，还是不由得紧张起来。

她根据肖鹏飞的意见，为了让自己看上去楚楚可怜，穿上了白色的裙子，将头发披散在肩头。

王悦对这样的形象很满意，她摸了摸小橘的脑袋。小橘想往她身上跳，被王悦一把揪住了爪子。

“今天不行。今天我要去参加一场很重要的活动，要注意形象。小橘，我一定会胜利的，对不对？”

“喵！”

“小橘真乖。”

王悦摸摸小橘的脑袋，觉得它最近好像胖了一些，想来可能是肖鹏飞家伙食太好的关系。

她给小橘喂了一些猫粮，小橘看起来没什么兴趣，只吃了几口就不吃了。它喵喵叫着，一直看着一个方向，王悦顺着它的目光看去，发现了猫罐头。

王悦简直无语："你磨磨蹭蹭不吃猫粮，就是想吃罐头？你变了，你不再是当初那个纯真的你了！"

小橘目光炯炯地看着罐头，那湿漉漉的眼神让王悦心软了。她给了小橘一个罐头，小橘吃得飞快。之后，王悦在去法院的路上忍不住下单又买了一些罐头。

在网上给小橘买东西，极大地分散了王悦的焦虑。在法院门口看到肖鹏飞的时候，王悦心情愉快，向他挥手打招呼。

"肖鹏飞！"

肖鹏飞回过头看着王悦。

肖鹏飞看到一向喜欢休闲打扮的王悦，今天居然穿了一条白色裙子。白色很适合她，她看起来很清纯，甚至还有点儿可爱。

王悦原地转了个圈，说："是这样吗？是不是看起来楚楚可怜？"

"你……"

你很可爱。

肖鹏飞犹豫了下，不知道自己要不要说这一句，这时王悦的手机响了。她从快递员手里接过一大束鲜花，幸福地说："好漂亮的花！是谁送给我的呢？让我看看。原来是我自己送的！我真是太体贴啦！"

王悦说着，闻了一下鲜花，就好像这花是白马王子送给她似的。肖鹏飞不知道为什么心里酸了下，从她手里拿过花，说：

“现在收庆祝礼物太早了。你的证人呢？”

按照宋律师的意见，王悦叫了桑子做证人。桑子将会哭诉王悦对凌宇有多好，指认凌宇有多无情。

“她早上在上洗手间，一会儿就来。”

“最好快点儿。走吧，还有一场硬仗要打。”

听到这句话，王悦收敛了脸上快乐的表情。她和肖鹏飞、宋律师一起走进法庭，心情顿时紧张起来。

他们去了一个小到只有几张桌子的房间，不像是去法院，简直像是面试。难道就要在这里宣布凌宇因诽谤罪终身监禁吗？那也太没有仪式感了。

当她看到凌宇和张焱站在一起，心里不自觉难受起来。这时，肖鹏飞拍拍她的肩膀。

“结束后带你去吃好吃的。”肖鹏飞说。

王悦冲着肖鹏飞微微一笑，这一刻，她感觉到她不是一个人在战斗。凌宇见他们看起来很亲密的样子，脸色变得很难看。这时，负责凌宇案子的倪律师开始问王悦是不是去过凌宇家抢东西。

这问题可真幼稚。宋律师教过她该怎么回答。

“不是抢东西，只是拿回我送给他的东西。”王悦平静地回答，“那些手机、钱包都是我买的，我这里还有购物记录。”

“在法律上这个属于赠予的行为，和你擅闯民宅不是一回事儿。”

“反对。”宋律师说，“你会送钱包和手机给陌生人吗？这是在特殊关系里的行为。当没有了男女朋友这层关系时，要回来并不违法。”

“可是王悦还砸坏了我当事人家中的家电。”

“那个家电也是当初我当事人花钱购买的。如果砸坏自己的东西算犯罪的话，那我在家里打碎杯子也要进监狱？”

“那台彩电现在还在分期付款。”王悦补充说。

凌宇显然没和倪律师说这些，倪律师狠狠地瞪了凌宇一眼，张焱也诧异地看着凌宇。

张焱难以置信地说：“凌宇，不是吧，你拿她的东西做什么？”

“这是她送我的礼物。我平时也有送东西给她啊。”凌宇急忙解释。

“回去再找你算账！”张焱压低了声音说。

这时，倪律师开始猛烈进攻。他再三逼问，王悦当初为什么要跟踪凌宇。

就算被培训过，王悦还是被他追问得心烦意乱。不好的记忆就这样涌现出来，她觉得自己委屈到了极点。

在这样的情绪下，她一时之间忘记了肖鹏飞对她的警告，大声说：“我没有跟踪他，我只是想和他说清楚。他一直躲着不肯见我，我有什么办法？”

“这么说你是承认跟踪，并且曾经装作快递员混入他单位了？”倪律师抓紧时机问。

“反对，这是诱导性问题。”

“反对无效。”法官说。

“我是装作快递员，可我不这样做，我根本见不到他啊。”

“你明知道他反对，为什么还是继续跟踪，甚至擅闯民宅？”

“我说了，我想见到他！”

“你承认你记恨凌宇吗？”

“反对与本案无关的问题。”宋律师忙说。

“反对有效。”

“我当然恨他！”王悦不管宋律师的脸色，愤怒地说，“我都准备和他结婚了，谁知道他悄悄和其他人在一起了。他一连那么多天不露面，我以为他出了什么事，我甚至想过要报警！谁知道当我为了他都舍不得买新内衣的时候，他穿着我送他的内衣在和别的女人约会。他可以直接告诉我，他嫌我穷，他变心了，他为什么要这样对我！”

王悦越说越生气，简直恨不得给凌宇一巴掌。

过去的记忆就这样扑面而来，就好像一把把利剑插在她的胸口，她无处可躲。

她知道自己这样很傻，但是她真的没有办法控制心中的怒火。

王悦看到，凌宇的证人是他的同事，王悦之前跟踪他，就是为了要到凌宇的新地址。

王悦预感到不妙，而这个证人显然一脸愤恨。他说起王悦跟踪他、逼迫他的事情，法官看王悦的眼神越发犀利起来。

“王悦，你还有什么解释的吗？你是不是真的跟踪凌宇，并且企图对他造成伤害？”

王悦的脑子越来越混乱。被背叛的痛苦和被冤枉受到的委屈，不断在她心中纠缠，她觉得自己就要窒息了，一句话都说不出来。

法官问她有没有证人，王悦下意识地往外看，没想到之前约好来帮她做证的桑子并没有来。

她养了桑子那么久，但桑子还是没有来。

桑子抛弃了她，就好像凌宇一样。

没有人喜欢她，此时此刻她孤立无援。

王悦想着，紧紧咬住了嘴唇，觉得眼前的一切突然变得模糊起来。她不知道自己身在何方，也不知道她到底想要什么，只觉得呼吸困难。

她是个失败者，她从来没这么清楚过。她不想这样，她也想做某个人的唯一，她不想从头到尾都是个失败者。

她编了那么多心灵鸡汤，大家都说她积极乐观，其实不是这样的。她没有什么时刻会比现在更清楚，她只是一个疲惫到想藏起来的可怜虫罢了。

她以为她和这个世界格格不入，其实她错了。是这个世界不要她，谁都不要她。

“我是证人。我可以做证，凌宇在说谎。”

就在王悦崩溃到极点的时候，突然有个声音响了起来。

王悦抬起头，呆呆地看着肖鹏飞。这一瞬间，她觉得肖鹏飞的身上好像有光。

当所有人的目光都集中在自己身上时，肖鹏飞微微勾起了唇角。

他一向擅长做这种事。他觉得自己就好像漫画里的英雄，当其他人把事情弄得一团糟时，必须由他出场拯救大家。

他会在最后几秒钟的时间里打败邪恶，救出美丽的公主，享受人们的欢呼。虽然今天这位“公主”看起来有点儿失态，没有泪眼婆娑，而是用力在擦鼻涕。

肖鹏飞没有计较这个细节，他声情并茂地讲述了王悦和凌宇认识的始末，动人的声音让人深陷其中，就连王悦都听傻了。

他对着法官悲悯地说：“想象一下，一个月只有三千五百元的女孩，自己不舍得吃饭却攒钱给男朋友买手机、买钱包。她是多傻啊，只要想着他的样子，她就着凉水吃馒头都很快乐。

“可是，那个男朋友拿她的钱去谈恋爱，瞒着她和别的女人在一起，就因为她没有上海户口。这个小姑娘根本不知道发生了什么，对男朋友的忽冷忽热难受至极，总觉得是自己没做好。

“她甚至担心他出事，只能默默跟着他。她找他的朋友，可是没有人能给她答案。大家都在残酷无情地欺骗她。

“她是那么小心翼翼，不敢奢求和男朋友复合，也没有阻碍他找新女朋友，只希望有个说法，大家可以好聚好散。

“实在不行，起码拿回一些东西，好付下个月的房租，不然她只能露宿街头。可是就算这样，还是不行，他还把她告了。他甚至还去哀求她，要她在法院上不要说出他们之前交往的事情，以免现女友把他甩了。”

肖鹏飞的话，引起了一片哗然，王悦分明看到宋律师的眼中都有泪光在闪动。

王悦突然有了危机感。为了让自己不显得那么格格不入，她狠狠地掐了大腿一把，也让自己眼中满是泪水。

她实在不想说话，于是捂住嘴巴，装作难过到要呕吐的模样。不得不说，她这副样子确实博取了一大波同情，当然也勾起了某些人的怒火。

“凌宇，真的假的？你和我在一起的时候还有女朋友？”张焱火冒三丈，尖叫着说，“你当我是什么？”

“不是的，其实我们早就分手了……”

“不，你没有。”肖鹏飞冷酷地说，“你们那时候的对话我全录下来了。”

2

作为一名媒体人，肖鹏飞在凌宇和王悦对话的时候，敏锐地察觉到这是关键信息，就留了一手，没想到现在果然派上了用场。

他拿出了录音笔，凌宇的脸色瞬间难看起来。

没有人想到，一个小小的案子，会这样峰回路转。大家都看向凌宇和张焱，张焱从没有那么羞耻过。

没有谁愿意自己的人生价值只是一套房子和一个户口，张焱也不例外。

她觉得这是她人生最可怕的时刻，为了保存最后的颜面，她必须做点儿什么。

“凌宇，我们完了！”

张焱给了凌宇一巴掌，怒气冲冲地离开了。凌宇想追出去，最终又收回了脚步。

凌宇看肖鹏飞的眼神，简直带了刀子。肖鹏飞根本没管凌宇难看的表情，继续说：“所以王悦根本不是蓄意报复，她只是一个被伤害的可怜女孩罢了。凌宇，你确定要抛弃她吗？你真的对她没有一点儿感觉吗？”

王悦不明白肖鹏飞为什么突然开始煽情，怒气冲冲地看着肖鹏飞，肖鹏飞对她眨了眨眼睛。

王悦不知道肖鹏飞想做什么，犹豫了一下，强忍着没有开口，继续装作难过的样子。

她没想到，凌宇看着她，神情也变得复杂起来。

他当然喜欢过王悦，不过这点儿喜欢，就好像喜欢吃汉堡的那种。

他确实喜欢汉堡，因为汉堡方便又便宜。可在面对满汉全席的时候，对汉堡的喜欢就自动消失了。而当满汉全席消失的时候，重新吃回汉堡好像也是不坏的选择。

"我……"

"凌宇，对不起。"王悦轻声说，"我不会再打扰你了。"

王悦看起来就快哭了，凌宇的心瞬间软了下来。

既然张焱已经走了，那不如再给王悦一个机会？毕竟有个女朋友来照顾他也不错。他可真是个举世无双的好男人。

"我撤诉。"凌宇看着王悦，含情脉脉地说。

当听到这个答案的时候，肖鹏飞挑眉看了一眼王悦，发现她的脸上似乎没什么喜悦之情。

休庭以后，大家三三两两离开，凌宇叫住了王悦。

"王悦，一起吃个饭？"凌宇问。

他的语气就好像是恩赐。

王悦想说什么，肖鹏飞抢先说："王悦，我知道你一直忘不了他，你们去吃饭吧，我没事的。"

肖鹏飞努力装出强颜欢笑的样子，王悦真不知道他在打什么主意。她愣愣地没说话，这时肖鹏飞已经朝停车场走去。

"肖鹏飞！"

王悦下意识追了上去。她不知道肖鹏飞想干什么，但此刻对她而言，肖鹏飞绝对要比凌宇重要。

肖鹏飞为什么难过？难道是因为她吗？他到底要做什么？

王悦想起肖鹏飞为自己据理力争和拂去她头上花瓣的样子，心跳得飞快。她气喘吁吁地跑到肖鹏飞身边，以为会看到肖鹏飞难过的样子，没想到肖鹏飞意气风发地说：“好了，法庭那里搞定，我们该下一步了。”

“下一步？什么下一步？”

“难道你打算就这么放过他？”肖鹏飞呵呵一笑，搂住了王悦的肩膀，“走吧，让我们给他一点儿教训。”

如果说看到李想的时候，王悦还能理解，那么看到谢依霖的时候，王悦确信肖鹏飞是脑子有问题。

他们四个人蜷缩在角落里，一起看着凌宇进了一家餐馆。王悦到现在还不明白，压低声音问：“肖鹏飞，你到底想干吗？”

李想虽然不太喜欢肖鹏飞，但还是解释说：“肖先生说我们是一个团队，找我们来帮你，我也是愿意帮助王小姐的。俗话说，一人计短，二人计长。一个人的力量毕竟有限，这件事到底怎么办我们需要好好商量，而且，需要有一个关键人物来把控。”

他想，他的暗示非常明显了，在这个团队里，有一个傲慢的中年主持人、一个热血又没什么脑子的小白领，还有个只会操持家务的家庭主妇，谁来担任这个职位简直显而易见。

而肖鹏飞立马说：“嗯，很好的提议，简直是我到现在为止听到的最好的，所以你们都得听我的。加油，我们可以的。”

李想很无语，拉着谢依霖下了车。王悦简直要崩溃了：“肖鹏飞，你们一个个的到底干什么啊！”

“王悦，你想和前男友和好吗？”

“怎么可能，我恨不得揍他一顿！”

“嗯，我现在就是要帮你实现梦想。”肖鹏飞的脸上露出奇怪的笑容，“不要太感动，也不要太崇拜我，我是不会爱上你的。”

王悦觉得，他们之间的距离有点儿近，正在犹豫要不要离他远一点儿的时候，谢依霖和李想已经走到了饭馆里。

谢依霖看起来一副手足无措的样子，李想倒是很快就进入了角色，之前他无聊的时候，为了未来的采访练习过很多种风格。

李想在脑海里想好人设，点了和凌宇一模一样的菜。他等了几分钟后一拍桌子，生气地说：“为什么我的菜还没有上来，他的已经上来了？”

服务员解释说：“先生您好，是这位先生先来的，所以他的会先上。”

“他都有那么多菜了，我的一道都没有，你是不是想饿死我？不行，这道菜给我。”

李想见惯了奇葩的顾客，所以演起来简直毫无压力，谢依霖觉得都没什么给她发挥的余地。

为了合理拿到那笔酬劳，谢依霖心想她也要出力，硬着头皮附和道：“对，快给我们，不然就算了。”

等等，什么叫“不然就算了”？这样听起来简直滑稽透了。

她该说更凶狠的话，比如不然就把店砸了之类的，可这样真是不地道。

如果他们这样做了，那些可怜的服务员会失业吧。她真是太过分了。

谢依霖陷入了自责里，躲躲闪闪不敢看凌宇，而凌宇真搞不明白，他怎么会那么倒霉！

今天和张焱分手也就算了，为什么好好吃个饭都会遇到神经病！

他不想多事，对服务员说："那把这盘菜先给他吧。"

李想看着凌宇，心情很不愉快。

他是那么想找个理由揍凌宇一顿，可是凌宇居然不给他机会。李想一时之间不知道该怎么办，只能硬邦邦地找碴儿说："谁让你让给我的，你是觉得我吃不起吗？"

"不是，我只是想你可能饿了，你先吃也没关系。"凌宇体贴地说。

凌宇的态度是那么好，李想和谢依霖对视一眼，都看到了对方的为难。他们到底要怎么办，才能顺利把盘子扣他头上？

一声招呼都不打就发作，会不会显得很不专业，很像脑子有问题？

谢依霖怎么也想不到解决的办法，就在这时，李想突然开始哼唱了起来。谢依霖还是第一次听到李想唱歌，没想到李想的声音居然那么好听，诧异地看着他。

很快，饭店里的很多人都朝李想的方向看去。在这个喧嚣的饭馆，李想的声音就好像一股溪流，让人的心都安静了下来。李想的歌声让凌宇想到了他无忧无虑的年少时光。

那时候，他虽然没有钱，可是他特别快乐。那个时候，空气中充满了自由的味道。他在篮球场上挥汗如雨的时候，会有女孩尖叫。

只是，什么时候一切都变了？为什么后来女生不喜欢篮球，越来越现实了？

现在想来，也只有王悦会那么对他了吧。

凌宇想着，内心柔软到极点。他不由自主也哼唱起来，没想到被李想狠狠抽了一巴掌。

等等，这是怎么回事？他怎么会打他？凌宇的脑子没回过神。

“真难听，你不配唱。”

李想轻蔑地说，终于有了借口。然后他飞快地和谢依霖一起往外跑。

这一切发生得实在太快，当凌宇反应过来想追上去的时候，他们已经跑到了肖鹏飞的车边，车子快速离开了。

谢依霖只觉得心脏怦怦跳，她从没做过这样刺激的事情！她不断往后看，见没有人追上来才松了一口气。

“我们这样算不算犯罪？”谢依霖紧张地问。

如果李想是罪犯的话，那她就是协同犯。就算他们跑了，警察也一定会认出他们的。

到时候她该怎么解释，说她是被迫的会有人相信吗？还有，王辉到底有没有出轨？

谢依霖简直是心烦意乱，肖鹏飞淡定地说：“不要着急，凌宇不可能因为一个巴掌就去报案。”

谢依霖已经不记得有多久没有听过表扬的话了，心里涌起一股异样的情绪。在家里，她做饭再好吃，王辉也只会说“还不错”，就好像这世界上最让他开心的事情就是“还不错”似的。

她喜欢和他们相处，因为他们不会叫她“蛋蛋妈”，在这里她感觉到自己是个女人。准确地说，可以感觉到自己是个人。

谢依霖想着，抽泣着说：“谢谢。”

没有人知道谢依霖为什么会道谢，他们诧异地看着她，谢依霖意识到自己好像又说错话了。王悦看着谢依霖泪流满面的样子，简直怀疑今天去法庭的不是自己，而是谢依霖。

或者说，谢依霖是因为她的麻烦解除了，为她高兴而哭泣？她可真讲义气。

3

谢依霖的抽泣让气氛突然变得奇怪起来。王悦觉得，谢依霖都那么煽情了，她如果不加把劲儿，会显得自己冷漠无情。

“谢谢你们，真的谢谢你们。”王悦语无伦次地说，“如果不是你们帮我，我肯定会进监狱。我决定了，从现在开始，你们就是我的朋友。你们如果有什么难题，来找我帮忙，我肯定尽力。或者有什么梦想，我也会尽力帮你们。”

“互帮互助小组吗？”肖鹏飞说。

他看起来很不屑，但是居然没有说其他讽刺的话。

“对啊，这么叫也可以。我觉得，今天是我人生中最开心的一天！李想，你的梦想是什么？”

“我不知道。”李想撒谎。

肖鹏飞看了他一眼，没有揭穿他，而是说：“我倒是有个梦想，就是想做世界首富。”

“换一个简单点儿的，比如买一条好看的领带什么的……”王悦殷勤地提醒，因为这样才好完成。

“好吧，我希望能拿到属于我的栏目。”

“我想和我老公恩恩爱爱。”谢依霖笑了起来，“可是不太可能。”

“当然可能了！”王悦忙说。

王悦觉得，谢依霖的问题是最好解决的，如果她的梦想是想要有人帮她带孩子之类，那她可能会为难。毕竟要她做保姆还不如直接杀了她。

所以说，她能帮谢依霖策划一顿和老公的浪漫晚餐。嗯，就这么决定了。

王悦想着，突然觉得他们四个人就好像一个团队一样。

感谢小橘，让他们相遇。

肖鹏飞拿出手机说："看看，这是我最近的战绩。"

王悦凑上去，看着肖鹏飞的手机，看到了一个新账号。微博里，有时候记录自己心情变化的状况，有时候会上传小橘的照片。

要王悦说，这些照片比她自己拍的好多了。她看了一眼在一边吃东西的小橘，总觉得哪里不对劲，想了一会儿才说："肖鹏飞，你可以和它在一个房间了？"

"是啊，我还能喂它吃东西。"肖鹏飞得意地说。

李想问："你运营这个微博想做什么？"

肖鹏飞想，终于有个懂事的人了，骄傲地说："王悦那个节目是一个月后，我们在上节目之前总要做点儿准备。我在这个微博号上会编造一些故事，尽量让它火起来。我们要把这个'宠物治愈师'做成新热点，到时候，我要让那些对我实行网络暴力的人看到我悲惨的生活，把这些喷子都变成粉丝！对了，我们明天要去参加一个画展，先和一个导演聊聊。"

"和导演聊什么？"李想还是不能理解。

"说说我对于'宠物治愈师'的想法。还有大家一起说出自己的故事，他肯定会有兴趣。到时候，我在微博上火了，电影又上映，多管齐下。"

谢依霖更是根本没听懂肖鹏飞到底想干什么。为了掩饰内心的尴尬，谢依霖说："小橘是不是比以前胖了？"

"应该是。"提起这个，王悦来了兴趣，"我给它吃了太多罐头，你可要狠心一点儿，不然它都快超重了。”

“好。”谢依霖说，却开始盘算给小橘吃点儿小鱼干什么的。

“猫就是胖乎乎的才可爱。”李想的脸上露出温和的笑容。

大家把话题转到了小橘的身上，这让肖鹏飞觉得自己的地位还不如一只猫。他故意咳嗽一声，让大家的注意力转到他的身上，说：“明天你们会来的，对吗？”

他们互相看着，都没有说话。王悦觉得这样可不行，打破了沉寂：“当然，我们明天就一起去见导演，我们可是团队。预祝我们成功，加油！”

今天的事情让王悦感觉到了团结的力量，她深刻意识到，他们是一个团队。

肖鹏飞帮了她，她也必须帮肖鹏飞。别说见导演了，就算见汪曼云，她也会硬着头皮上！

王悦被自己深深感动了。正当王悦想再说点儿什么的时候，谢依霖站起身，说：“行吧，反正我也没事干。我要回家了，今天的菜还没买。”

“我也要回去了。”李想说。

“那散了吧。”肖鹏飞说。

于是，刚被认为是生死之交的团队因为谢依霖要去买菜而解散。

结束后，王悦和肖鹏飞朝着一个方向走，他们之间没有交谈，路过一家超市的时候，一起走进去。王悦想买一瓶水，看到肖鹏飞拿起一瓶酒。

酒鬼。王悦在心里鄙视地想。

王悦还想买点儿菜，却看到李想穿着超市的工作服，正在奋力地搬一筐冰冻鱼。

汗水从他的脸颊上滴落，他卖力地搬运，踉跄了几步，险些没站稳。王悦捂住嘴巴："他不是酒馆老板吗？怎么在做这个？"

肖鹏飞没有说话，突然看着一个方向自言自语："顺子？他怎么会在这里？"

"谁？"

王悦顺着肖鹏飞的目光看去，看到了一个穿着休闲装、戴着墨镜的男人。这人的气场非常强，虽然看不清面容，但好像头发丝都在叫嚣着"我是明星，快来摘掉墨镜"。

"是明星吗？"王悦压低声音问。

"嗯，是尖叫乐队的主唱。"

尖叫乐队，那可是最知名的摇滚乐队啊！王悦顿时激动了起来，她想上前打个招呼，这时她看到顺子走到了李想身边。

"李想？"顺子摘掉墨镜，诧异地看着他，"你怎么在这儿？"

李想抬起头，他的表情看起来十分夸张。他张大了嘴巴，要是现在有人往他嘴巴里丢个鸡蛋，他肯定能不眨眼地吞下去。

"你是谁啊？"李想在装傻，"我不认识你。"

要王悦说，李想的演技简直太差了，他看起来不像是不认识顺子，反而像是出了车祸后的失忆人士。

顺子皱着眉说："我是顺子啊，我们以前一个乐队的。天啊，我没想到会在这里遇到你！这些年你还好吗？"

"我不是李想，你认错人了吧？"李想憨厚地笑道，甚至搓了搓手，让顺子一时之间也犯了疑。

"抱歉，我认错人了。"顺子说。

李想顿时松了一口气。他不要和顺子见面，更不要在这样的情况下见面！他们重逢的时候，应该是他开着豪车，顺子住在桥洞，而不是他在超市扛鱼。

“李想，快去搬东西啊，愣着干吗！”

超市主任很不满意居然有人在他眼皮子底下偷懒，于是大声呵斥道。

李想的肌肉瞬间紧绷起来，他不敢去看顺子的表情。顺子愣了下，拿出一张名片，对他说：“这是我的联系方式，有机会大家喝一杯。”

顺子说着，把名片递给了李想，然后拍拍他的肩膀离开了。李想看着那张看起来就很昂贵的名片，想把它丢进垃圾桶，但是被一只手抓住了手腕。

“想不到你认识顺子啊，他可是名人。”王悦兴奋地说，“你以前不是唱歌的吗？可以让他给你介绍一下呀。他认识的肯定都是知名音乐人，一定会让你红起来的。”

“别说了。”肖鹏飞说。

肖鹏飞真不知道，为什么王悦看起来还挺聪明的，但一天到晚净干傻事。李想一言不发地往外走，王悦急忙把手机递给他，继续说：“你们是怎么认识的？是不是以前是朋友？”

“我们以前是一个乐队的。”李想平静地说，“后来我退出了。”

“啊，原来是这样，你就是那个中途退出尖叫乐队的傻……”

王悦没有把最后一个字说出来，李想点头补充道：“嗯，我就是那个傻瓜。”

“对不起。”王悦说了最糟糕的台词。

“好了，我们该走了。”

肖鹏飞几乎生拉硬拽才把王悦拉走。王悦还挺不乐意："干吗把我拉走啊？李想他看起来心情很不好，我应该安慰他。"

"你为了你前男友砸东西的时候，是不是想我帮着一起砸？"

"是啊，你能给他两巴掌。"王悦想起这个场景，就觉得热血沸腾。

肖鹏飞从后视镜看着王悦，说："我想，一般人是想自己待着，谁都别说话的那种。比起被羞辱，在被羞辱的时候被别人看到会更难受。"

"他到底为什么不和顺子联系？他们之前的关系那么好，顺子肯定会帮他的。"

"你会去求凌宇给你一口饭吃吗？"肖鹏飞嘲讽地说。

王悦设身处地想了下，发现有点儿理解李想为什么这样了。她就算穷到要去搬砖，也不可能向凌宇低头。

她看着窗外，头痛地说："他怎么就那么倒霉？他已经很努力了啊。"

"小孩子才会觉得努力了就一定有结果，其实方向比努力要重要一万倍。如果你坐去上海的火车，再努力也没办法到北京，这才是生活。"

肖鹏飞的声音是那么平静，这一次王悦没有反驳。

肖鹏飞看着后视镜说："承认吧，李想这件事让你内心舒服了很多。所以你也不是没有价值，你起码让我舒服了很多啊。"

"我才不会那么想！"王悦忙说，"我又不是你！"

肖鹏飞没说什么。

4

王悦回到家躺在床上，想着今天发生的事情，怎么也睡不着。

在这天，她和凌宇彻底分手了，也让凌宇得到了教训，但是她现在关心的并不是这个。

她必须承认，肖鹏飞没说错。她很高兴凌宇被打，并且在知道李想的事情后，更是有了奇妙的满足感。

原来，这个世界上不是她一个人那么倒霉啊。

不，王悦，你不可以这样。你怎么可以因为同伴过得不好而幸灾乐祸呢？你应该努力让大家过得好起来啊。

你真是坏心眼的女人。

王悦使劲儿摇摇头，不让自己想下去。小橘不在屋子里，这让她觉得房间里空荡荡的。

不过，她还有事情要做。

王悦去隔壁房间找了桑子。见到王悦的瞬间，桑子吓得手里的外卖险些掉在地上，然后急忙把外卖递给她："王悦，你怎么那么早就回来了。这是我刚买的排骨饭，很好吃。"

"我不吃。"王悦冷漠地说，"你今天为什么没来？"

"我，我真的想出去，可是太阳太大了，公交车也太挤。我怕见到那么多人。王悦，对不起啊。"

以前王悦都理解她，但这次她不想理解了。她看着桑子的眼睛："今天凌宇找了证人，可我没有证人。如果不是后来有人站出来，我今天就会被抓进监狱。桑子，你只管你自己，你想过我吗？”

桑子茫然地看着王悦，泪水在眼眶里打转：“我，我也不想这样的，当初要不是你说要分手，我也不会分手，更不会赖在你这儿不走……”

“对，我确实说要你分手，因为那个男人不仅脚踩两只船，还打了你！不然你想怎么样？让我说你别分手，在他们卿卿我我的时候，你还能去给他们端茶送水吗！对不起你的人是他，不是我！你就算要找人负责，也该找他负责！”

桑子没想到王悦居然会这样说，忍不住哭了出来：“那我，我真的没地方去……”

“一个星期之内搬走。”王悦深吸了一口气说，“不要觉得自己很可怜，这个世界上有太多人比你凄惨一万倍。或者，你自己付房租也可以。”

王悦说着，起身回到了房间，她害怕自己再待下去会心软。她想，她真是被肖鹏飞影响了，要知道她以前绝对不会这样对桑子说话，更不会说“不”！

原来做自己的感觉这么好，怪不得肖鹏飞那么讨人厌，但还是那么快乐。

那么，就勇敢做自己吧，就从明天开始！

王悦想着，进入了梦乡，她觉得自己从没睡得这样踏实。第二天她起来的时候惊讶地发现，家里居然变干净了。

原来，桑子居然早起了。她一边打扫卫生，一边对王悦讨好地说：“早餐在桌子上，要不要吃？”

“谢了。”

王悦看着桌上热气腾腾的早餐，觉得这里简直不像是她家，而是她幻想出来的某个世界。桑子显然还想和她说什么，但是她不敢说，王悦也没有问。

王悦吃完早饭后去了公司。和往常一样，汪曼云从见到她的第一眼起，就给她布置了很多额外的工作。但这一次，王悦打算“做自己”。

“这不是我该做的。”王悦小声说。

“什么？”汪曼云没听清。

“没什么。”王悦立马尿了。

王悦把手上的工作处理后，心情还是很好。她去了汪曼云的办公室：“汪主任，我今天下午要请半天假。”

因为汪曼云非常强势的关系，栏目组的人很少有人请假，就算度蜜月的也只敢去个郊区游。

当王悦鼓足勇气说出这句话的时候，汪曼云的眼神直直地看着她，就好像钩子一样。她疑惑地问：“为什么要请假？”

“我有点儿私事。”王悦不敢说她要去见导演。

“私事？据我所知，你和男朋友分手了，现在是单身。”

她捂着肚子说：“我身体不太舒服。”

汪曼云的表情变得严肃起来，王悦就这样和她对视，带着一种豁出去的苍凉，反正她的人生已经那么糟了，不差这一次。

在这一瞬间，王悦脑子里有过无数想法。她想，真的要开除她的话，她也不怕，她可以找别的工作，大不了就去送快递、送外卖。

“好，去吧。”

汪曼云轻飘飘地说着，让她觉得一拳打空，又输了一筹。她不知道汪曼云怎么会这么轻而易举地放过她，愣愣地说道：“谢谢。”

“节目的事情准备得怎么样了？”

“肖鹏飞老师答应了。”

“是吗？真不错。采访可以准备起来，其他的也没什么，你出去吧。”

王悦觉得汪曼云今天不对劲儿，好像有点儿太好说话了。

为什么会这样？是突然意识到她是栏目组最有价值的员工，怕她辞职吗？

对，一定是这样！说不定下次找她，就是意识到她的薪水太少，要给她加薪呢！

王悦心情愉快地去洗手间的时候，无意中听到同事在聊天。

“你听说了吗，王悦分手了？”

“不是早分了吗？”

“可是她好像怀孕了！刚才去和汪主任请假，就是为了打掉孩子！”

“真可怜啊。”

王悦摸着肚子，突然明白汪曼云为什么放过她了。她的胸口闷到了极点，还有点儿想吐。

不过无所谓，眼下有更重要的事情要做。她啊，就快变成名人了呢。

一想到要去见导演，王悦就兴奋了起来。

她按照约定来到举办画展的艺术中心门口，这时肖鹏飞也已经到了。王悦和肖鹏飞打了个招呼，看着李想和谢依霖走了进去。

谢依霖穿了她最贵的衣服，是一身碎花连衣裙，她把头发盘起来，还穿了皮鞋。她觉得自己就好像偶像剧里的女主角，不，是女主角嫁入豪门后的样子。

她把小橘带回家，其实是面临着一些压力的。王辉倒是没有特别反对养猫，可是婆婆反对得厉害，按照她的话说，这只猫身上都是病菌，家里有了猫，人就会感染病菌生病。

婆婆希望她把小橘丢出去，她不动声色地告诉了蛋蛋，蛋蛋果然哭闹了起来。然后，她的婆婆就㞞了。

她搂着小橘，觉得她多了一个盟友，一个只属于她的盟友。这样的感觉太好了。

她发现自己又想远了。每次都是这样，无论干什么都会想起她的家务事来，好像她除了这个就没任何可想的事情一样。

她应该想点儿别的，就像其他三个人那样。她可以看些书，在他们迷茫的时候给出出主意，团队里就需要一个智囊。

谢依霖想着，突然觉得骄傲起来，昂着头往前走。可她一进去就发现有点儿不适应，她觉得自己看起来有点儿格格不入。为什么这里的人都穿着只有在婚礼上才会穿着的正装？她们的鞋跟都有十厘米那么高，不会崴脚吗？

看到李想穿着休闲装时，谢依霖越发惭愧。虽然他的休闲装看起来不太合身，但在这样的场合反而有一种随心所欲的感觉，他看起来就像是一个艺术家。

与这些人比起来，她看起来既不像是投资商，也不像艺术家，她觉得很别扭。

李想脑子里没谢依霖那么多戏，他看着墙上的画，觉得什么也看不懂。不过，也许这才是画家赚钱的本事，就好像他们唱着别人都听不懂的歌时，效果最好。

这时，肖鹏飞走了过来，他和一个看起来就很艺术的人相谈甚欢，看到李想后和他打招呼。

“李总，好久不见！”

李想过了好几秒钟才醒悟过来肖鹏飞是在叫自己。王悦疑惑地看着他们，不明白发生了什么事。肖鹏飞热情地说："李总，你之前说要投和宠物有关的电视剧是吧？就是类似《一条狗的使命》那种？"

"啊，是吧。"李想结结巴巴地说。

"张导最擅长的就是这样的题材。张导有个片子入围了戛纳，真是特别厉害。"

张导客气地说："肖老师太客气了。不知道李总是做什么行业的？"

"国际贸易。"李想下意识说出了自己大学学的专业。

"啊，很厉害啊，希望以后有机会合作。"

王悦眼睁睁看着肖鹏飞他们相谈甚欢，然后在肖鹏飞去洗手间的时候拦住了他。

肖鹏飞看着王悦，挑眉说道："一起？"

"一起什么啊！你刚才为什么要说李想是李总，为什么要撒谎？"王悦问。

"因为张导对小橘的故事很感兴趣，你知道吗？不是客气一下的那种，是真的很感兴趣。"

肖鹏飞给王悦看手机，王悦惊奇地发现那个微博账号改成了"宠物治愈师小橘"，而且有了五百万粉丝！她诧异地说："才一晚上，怎么可能多了那么多粉丝？"

"我买的，花了好几万。"肖鹏飞得意地说，"这样才彰显人气。"

"你，你……"

"你是想说我弄虚作假？得了吧，你也天天说谎。现在都是自媒体时代了，根本没有人关心我们的节目，我不这么弄数据怎么交代得过去？"

王悦想起她工作时有个任务是要做节目的“托儿”，顿时尴尬起来。

肖鹏飞说：“还有问题吗？”

“没有。”王悦说。

“那我能去洗手间了吗？”

肖鹏飞终于去了洗手间，这时李想只觉得心脏狂跳。肖鹏飞走后，那个张导还在拉着他聊天，真不知道他为什么那么闲！

李想此刻很后悔他刚才配合了肖鹏飞，他想找个机会离开，便给谢依霖使眼色，但是谢依霖根本不敢看他。

这时，有人朝着他走来。

“李想，你是来找我的吗？”他身后传来一个热情的声音，“兄弟，我就知道你会来！”

当看到顺子的时候，李想觉得头皮都开始发麻。

刚才的幻想在瞬间破灭，他下意识转身想走，可顺子已经站在他面前：“你是怎么知道我会到这里来的，为什么不给我打电话？”

“啊，我……我就随便来转转。”李想含糊地说。

“我是受邀来这里看看，支持下画家的展览。”顺子看他的眼神躲闪，“要不要一起喝一杯？”

“我还有点儿事。”李想说。

“这不是……不是顺子老师吗？”

张导认出来顺子，他们寒暄了起来，张导说：“你和李总也认识？”

“是啊，以前一起玩乐队的。”顺子说。

“李总做了实业，真是有点儿可惜啊。不过，做国际贸易，也算是为国增光了。”张导说。

顺子一愣：“国际贸易？”

“是啊，你们……很久没联系了？”

张导用疑惑的眼神看着李想，李想越发尴尬起来。顺子的表情变得有些微妙，“什么国际贸易？我倒不知道你在做这个。你当初不是说回家继承饭店了吗？”

“饭店？”张导问。

“嗯，继承了饭店，后来觉得国际贸易挺好的。”李想含糊地说。

顺子说：“那昨天你在超市里是帮忙吗？我还以为……”

顺子看起来松了一口气。

他用力拍拍李想的肩膀，李想觉得他就要被拍散架了。他最不愿意的就是让顺子看到自己那么狼狈的一面，只能庄重地点点头：“嗯，我偶尔去店里看看。”

“真是羡慕你啊，有那么多产业。不像我，除了做音乐，什么都不会。前几天冯导联系我，让我给他的电影创作一首主题曲，我哪有那个时间。我还记得，创作最棒的人就是你了。没有你的话，也没有我们的今天。谢谢你，兄弟。”

5

顺子的表情是那么真挚，但他越是那么说，李想越难受。他甚至觉得，在这里说着矫情话的人应该是自己，而顺子应该去超市搬东西，他块头大，很适合做这个。

当他们重逢的时候，他才不会像顺子那样居高临下，而是会悄无声息地给他帮助。他会通过别人给他一些工作机会，照顾到他敏感脆弱的自尊心。当顺子发现一切的时候，会感激涕零，他再顺势邀请顺子重新回到乐队。

天啊，他可真是一个体贴的人。

“说这个做什么。”李想尴尬地笑笑。

“我这儿正好也有新片子，也需要主题曲，我们聊聊？”张导看着顺子。

“行啊。李想，一起？”顺子说。

“我还有点儿事，改天联系吧。”

“你还没给我你的联系方式。”顺子执着地说。

李想没办法，只好飞快地报了一个手机号码，然后离开。他已经在这里拖了太久，让他有了一些不祥的预感，总觉得会有更糟糕的事情发生。

遗憾的是，他的预感是正确的。

“哟，这不是李想嘛。”这时有个男人走了过来，大大咧咧地说，“我给你打了几次电话你都不接，我也很难办。欠我的五十万，只给三千就打发了吗？你当我是什么，你是不是应该现在再给点儿？”

李想认出那个光头男后，只觉得呼吸都变得困难起来。他感觉所有人都在盯着他看，张导和顺子的眼神更是好像刀一样。

“我不知道你在说什么。”

李想说着准备离开，但光头男一把抓住了他的领子：“小子，你行啊！不去店里也不回家，就以为我找不到你了吗？欠债还钱天经地义，大家听听是不是这个理！还有人不还钱了！”

“李想，你到底怎么回事儿？”顺子问。

“你到底是谁？”张导问。

李想只觉得喘不过气来，难受到了极点。所有人都在看着他，他们的脸上都写着两个字——骗子。

那么屈辱的一面被曾经的伙伴看到，李想简直不敢看顺子的眼光。张导问道：“你不是总裁吗？怎么会骗钱？这到底是怎么回事儿啊！”

就在场面几乎不能控制的时候，烟雾警报器突然响了起来。李想呆呆地站着，这时他听到一个人的声音：“走。”

是王悦的声音。

王悦紧紧抓住了李想的手臂，她用力很大。李想只觉得，她就好像浮木一样，让他得到了救赎。他的眼睛湿润了，跟着王悦一起走到了门外。

他看着王悦，不知道该说什么。王悦没有问他刚才发生的事情，而是说：“小橘今天开始去你家，你记得去谢依霖家接一下。”

“好。”李想说。

“那么，再见啦！还是说我送你回去？”王悦试探地问。

“不用。”

李想吓了一跳，急忙拒绝，王悦笑眯眯地对李想招手。

王悦回到家，简单洗漱下直接倒头睡了。第二天，她走出房门的时候看到桑子睡在沙发上。她吓了一跳：“你怎么睡在这里？”

“啊，你怎么起这么早？”桑子迷迷糊糊地说，看起来很心虚。

王悦追问：“你到底为什么睡沙发？”

“我，我……我起太早了，好困，又怕把床弄脏。所以我就睡沙发了。你看，这是早餐。”

桑子看起来是那么可怜，王悦看看桌上的早餐，再看看她，到底忍不住心软了。她强迫自己继续板着脸问：“你工作找得怎么样了？”

“已经在找了，今天有两个面试。”桑子骄傲地说，“一个是仓库管理员，另外一个是房地产公司的文员。我会特别特别努力！”

“行，那加油吧。”

王悦说着就想走，桑子可怜兮兮地问：“王悦，你能不能让我再住几天？我保证，最多两个礼拜，肯定能找到工作，求你了。”

桑子的眼中有泪光闪烁，王悦到底心软了。她只好说：“那你两个礼拜里，一定要找到工作。”

“嗯，我一定会努力的！谢谢你！”

王悦看到桑子充满干劲的样子，心情好了很多。她在路边等公交车的时候刷微博，忍不住去肖鹏飞的账号里看了几眼。

她发现，还是有很多人在骂肖鹏飞。肖鹏飞就好像什么都没发生一样，发了天空的云彩，还配上了文字——清者自清。

王悦忍不住撇嘴。她可是亲眼看过肖鹏飞怎么怒骂那些网友的。现在却装作一副云淡风轻的样子，偶像包袱怎么就那么重呢！

这时，肖鹏飞突然给她来电话：“晚上一起吃饭怎么样？”

“就我们吗？”

王悦下意识这么问，然后意识到不好，天啊，她简直就像一个傻瓜，满脑子都是约会！她急忙解释道：“其他人有时间吗，要不要我来通知？”

“就我们。”肖鹏飞简短地说。

“好的。”

王悦看着手机，心怦怦跳。她要约会了，她要和肖鹏飞约会了！天啊！

其实肖鹏飞挺不错的。虽然他年纪大了一点儿，但是和成熟的男人相处起来会比较舒服。至于其他人的流言蜚语，那更不用计较，他们和她都算不上朋友，更没关系。

而且，他还长得很帅。

王悦想着肖鹏飞的面容，顿时脸红心跳，都没什么心情工作了。

在约会前，她去了谢依霖家，想拍摄一些素材。

谢依霖很快就开了门。她穿着一条淡紫色的裙子，看起来气色还不错。

“王悦，你怎么来了？”谢依霖显得很高兴，“快来坐坐。”

谢依霖给王悦泡了一杯玫瑰花茶。今天家里没有小孩子的尖叫，让王悦很不适应，谢依霖解释说：“蛋蛋去我婆婆家了，晚上才回来。”

“谢依霖，我想给你拍段视频，上节目的时候用，行吗？很简单的，就是你平时是怎么生活的那种。”

王悦叫谢依霖洗碗、泡茶，把这些场景都拍了下来，除了谢依霖不小心打碎一只碗，一切都很完美。

谢依霖给小橘梳毛的样子，更是充满了母爱。王悦坐在沙发上问谢依霖：“谢依霖，你每天都干什么？”

“我每天就是在家带孩子，也会抱着孩子去楼下，和大家聊个天什么的。”“她每天照顾家庭，邻里关系和谐，还乐于参加社交活动。”王悦在小本上写道。

“你喜欢猫吗？”

“喜欢。”

“那你之前为什么不养猫？”

“因为总觉得家里有小孩子，没办法好好照顾小猫。”

“在遇到宠物治愈师之前，你觉得你人生中最大的问题是什么？”

王悦的问题，让谢依霖沉默了。她思考了一会儿，才说：“我觉得我挺失败的。我的老公和婆婆都不理解我。我的心里一直很孤独。养了小橘以后，它的陪伴让我觉得，我也是被需要的。而且，我对这只猫的照顾，也能培养孩子的爱心。在培养孩子方面，家长必须要身体力行，才能给孩子树立榜样。比如我不让蛋蛋玩手机，所以我自己也不玩。”

王悦又问：“宠物治愈师对你的人生产生了那么大的影响，你以后想做点儿什么吗？”

王悦暗示谢依霖谈谈她的梦想，这样可以提高节目的格调。谢依霖有些茫然，说：“我倒是挺想蛋蛋快点儿上幼儿园的，这样白天我就有时间了。我也许会去上个舞蹈课什么的，我以前就喜欢芭蕾。而且最好是在幼儿园附近的那种，这样下课了我直接可以接孩子。不知道男孩子该不该学芭蕾，听说这样对长个子也有好处。我婆婆总是说，蛋蛋的个子有点儿矮，可我不觉得他矮啊。我还是懂遗传学的，我和他爸爸都是高个子，蛋蛋不可能矮。可是婆婆每次来我家都会说，就好像我不关心蛋蛋似的。”

王悦发现了，无论她问什么话题，谢依霖都会扯到孩子身上，而且生硬无比！她胡乱写下了“喜欢芭蕾”这个关键词，心想这个倒能做做文章。

“不要给自己找借口，什么时候开始都不算晚。就算你一百八十斤又怎么样，你照样可以飞翔。”

对，就这么写，简直满满的正能量。把芭蕾舞的动作比喻成“飞翔”，她怎么就那么有文学素养。

王悦想着，在笔记本上记下了这个话题，根本没听谢依霖在说什么。事实上，她根本不用提问，谢依霖就可以滔滔不绝地说下去。

当谢依霖说到小橘最近可以吃三根小鱼干的时候，王悦做了总结：“总之，你现在过得不错，觉得挺幸福的，是吗？”

“嗯。”谢依霖笑着点头，“我觉得小橘来了以后，我特别幸运，比以前顺当了很多。谢谢你，王悦。你的‘宠物治愈师’，真是太好了。”

谢依霖心中满满都是幸福感，她的道谢让王悦有些不知所措。谢依霖充满感激的目光，让王悦根本不敢说，她这样做最初的目的只是想保住工作，所谓的“宠物治愈师”更是一场骗局。

“不客气。”王悦干巴巴地说。

第五章　每一天的太阳都是新的

1

王悦找了个借口，离开了谢依霖家。她抬头看着天空，觉得今天的阳光真是好。

不管最初的目的是什么，现在能给大家带来幸福就好。他们的未来也会和阳光一样美好吧。

王悦想着，去了李想家。

她以为李想不善言辞，没想到顺利完成了拍摄。他对着镜头谈了很多人生感悟，最后还做出了加油的手势，效果是意想不到的好。

关闭摄像机后，王悦忍不住问他，欠下的债要怎么办。李想笑着说："最近不是养着小橘吗？有很多人喜欢猫，但是他们不是每次来都能看到它，反而经常过来吃饭碰运气，生意倒是比以前好多了。而且，我接到了一份工作。"

"什么工作？"

"给一家公司写他们的主题曲。"李想骄傲地说。

那人是酒馆的常客，只是他们从没聊过。一天，他们破天荒谈起了猫，李想诧异地发现他也是个猫奴。

他们聊得很投机，那位顾客抱怨说不知道该怎么去找给公司写主题曲的人。李想不知道哪儿来的勇气，就说他可以试试看。

然后，他们签订了合同。虽然价钱有点儿低，但是对他而言意义重大，这是他重返乐坛最关键的一步。

王悦也为李想高兴。她向李想表达了祝贺，轻声说："你不觉得，这件事对我们而言意义重大吗？我们不光是有了猫，好像生活也发生了变化。”

李想点点头，说：“没错。以前的生活就好像一潭死水，每天都重复着一样的事情，可小橘让我们都有了改变。这段经历也挺有意思的。”

“对啊。”王悦笑着说，“特别有意思。”

王悦想到自己帮了李想和谢依霖，心情就很好，这和以前写那些歌功颂德的文章感觉太不一样了。她能感觉到，她的职业生涯到了一个转折期，她的命运也会发生变化。

还有爱情。

王悦越想越开心，打车到了和肖鹏飞约好的公园门口。她早就查了，这里有一家很不错的西餐厅，肖鹏飞一定是在这里定了位置。

她在公园门口看到肖鹏飞的时候愣了一下，因为他居然穿着白 T 恤和牛仔裤。

他为什么会穿这个，不是要去吃西餐吗？这样让她看起来好奇怪！

啊，明白了，他是为了配合她平时的穿衣打扮！他怎么会那么细心！

王悦想着，向肖鹏飞打招呼，肖鹏飞看到王悦的时候愣了下。他必须承认，她这么打扮很好看，但是不是稍微有点儿隆重了？

“想吃什么？”肖鹏飞问她。

“都行。”王悦说。

“那走吧。”

肖鹏飞带着王悦经过那家西餐厅，王悦下意识往里面走进去，肖鹏飞愣了一下后也跟了进去。他给一个人打了电话，王悦听到他说取消预约什么的。

王悦好奇地看着肖鹏飞，肖鹏飞解释说："原来想带你去一家小店，那里的东西很好吃，不过你穿这身不太方便，还是来这家吧。"

小店，难道是路边摊的那种吗？他们已经进展到一起去吃路边摊的地步了？会不会太快了点儿！

"我都行。"王悦羞涩地说。

"这家的牛排也不错。"

他们点了一些吃的，还开了一瓶红酒。王悦在进来之前想着要少吃点儿，以免衣服勒得难受，但后来她实在忍不住了，她开始感觉到肚子慢慢起来，衣服越来越紧，几乎不能呼吸了。

肖鹏飞问："你最近和他们有联系吗？"

肖鹏飞没说是谁，但是王悦都懂。

王悦简直就和做完作业，被老师检查到的学生一样骄傲："嗯，我今天刚去了他们家，拍摄了一些栏目用的素材。谢依霖过得不错，李想也接到了活儿，他们都挺好。"

王悦的喜悦是那么真挚，肖鹏飞突然想起了他刚做主持人时的热情。

那时候，他也是真心为采访对象的喜悦而喜悦，悲伤而悲伤。

他当然想成名，但他更想做的并不是那些名人采访，而是那种揭露社会现实的东西，去帮助一些走投无路的人。他从没有忘记他的初心，在王悦的身上，他看到了和他当初极为相似的光芒。

不过，现在也来得及。等他再次成名后，他能再开办一个这样的栏目，他有信心找到投资。

“所以说，我们的节目进展得不错，但还缺一点儿火候。”肖鹏飞冷静地说，“我们需要进一步让这件事发酵。”

“什么意思？”王悦愣愣地问，觉得衣服越发难受。

天啊，她不该穿这条裙子，更不该吃那么多！她为什么就是控制不住嘴巴！

“负面报道永远会比正面报道受欢迎，也更有力度。”肖鹏飞的话是那么富有煽动性，“据我所知，你负责的那档节目收视率很低，你想过为什么吗？”

“为什么？”王悦问。

“大家都不爱看成功人士的精心表演，就喜欢看他们真实的日常。所以，我们必须用不一样的做法，最好是引起热议的那种。”

王悦突然不懂肖鹏飞在说什么。她很奇怪肖鹏飞为什么会一直在谈这件事。这是一场约会不是吗？

王悦陷入了迷茫，这时她突然听到一声细碎的声音。虽然没搞明白是从哪里来的，但让她有了一种不好的预感。

其实，今天晚上的这一切，都让她很不舒服，总觉得自己好像想错了什么。她突然想逃离这里，似乎这样就能避免不必要的事情发生。

这时，肖鹏飞说：“所以，我们也许可以制造出一些热点。”

“怎么制造热点？”王悦问。

肖鹏飞意味深长地说：“只有富有冲击力的事情，才会让人印象深刻。我举个例子，如果李想或者谢依霖因为绝望在楼顶上想跳楼自杀，哭诉生活的不易，事情会怎么样呢？一定会引起热议！到时候，整个网络都是关于我们的话题。那只猫会成为英雄，你的节目也能破纪录。其实按理说，应该上我的节目，但是我既然答应了你，就不会改。”

肖鹏飞看起来好像做了很大的牺牲，浅色的眼眸在水晶灯的照射下熠熠生辉。王悦木木地问：“这就是你找我出来吃饭的目的？”

“当然。”肖鹏飞点头。“不然还会为了什么？你和他们的关系好，这是天然优势，这件事就由你去做。”

王悦只觉得心里一片冰凉。是啊，他怎么可能喜欢她？他从头到尾都只是想利用她罢了。

而她还以为是约会……

王悦苦笑起来，然后说：“我不会这么做。”

“为什么？别告诉我是为了你可笑的新闻理想啊。”

“我们是朋友。”

王悦安静地看着肖鹏飞，肖鹏飞一愣，说：“我没说你们不是朋友啊！你这也是在帮他们！不然你以为那五百万这么好拿吗？你总该做点儿什么。”

“包括撒谎出卖良心？”王悦呵呵一笑，“原来你是这样的人啊，我真是学到了。不过，我不会。我情愿一辈子做小编导，也不会和你一样这么无耻！这五百万我不要了。”

“五百万不要，真是好大的口气。你觉得他们也是这么想的吗？你觉得他们想一辈子在泥沼里面吗？明明是可以互惠互利的事情，你为什么就是不懂？所以你到现在还只能拿三千五百元！”肖鹏飞嘲讽地说。

“三千五百”这个词，就好像魔咒一样刺激着王悦的神经。

王悦看着肖鹏飞鄙夷的样子，觉得眼睛酸涩起来。

更糟糕的事情发生了。

王悦觉得，那个奇怪的声音越来越大，然后连成了一片。她的裙子突然不紧了，后背也清凉一片。

是的，她的裙子裂开了。在这么高级的餐厅，在肖鹏飞的面前。

就算王悦第一时间捂住了胸口，但还是管不到后背。她在肖鹏飞的目光中看到了诧异，越发觉得丢人至极，第一反应便是扭头就跑。

服务员正端着牛排走过来，王悦匆忙间撞翻了牛排，踉跄几步后又撞倒了桌子。桌子上的瓷器瞬间碎了一地，王悦顾不得身上的疼痛，急忙跑了出去。

真是太丢人了。在出租车上，王悦绝望地想。

回到家，她打开冰箱，想要喝瓶啤酒冷静下，但是冰箱里空空的。以前她会经常买啤酒，因为凌宇喜欢喝。凌宇离开后，她不买了。她以为她的人生会改变，但只是脑袋浮出了水面，然后又被深深拉入了泥沼。

王悦想着，捂住面颊，觉得恶心到想吐。

她讨厌今天发生的一切，更讨厌肖鹏飞。她发誓以后再也不会和肖鹏飞联系，他爱干什么就干什么去吧！

她是有点儿沮丧，但只是今天一晚，她发誓。

2

在王悦迷茫的时候，肖鹏飞看着面前的那个人，也烦躁到了极点。

肖鹏飞原以为在“虐猫”的热度下降后，他能拿回自己想要的一切，可是台长对这件事装聋作哑。他知道，他和台长上次闹翻后没那么容易和好。

在他重新登上人生巅峰前要和前妻在一个办公室，那可太受罪了。

而且，前妻还是他的上司。

他之前请的年假已经结束了，病假的借口也都用光了。他要么辞职，要么去主持别的栏目，没有其他选择。

“肖鹏飞，你的自身免疫性垂体炎好了？”罗燕平咄咄逼人地问。

“嗯，今天感觉好点儿了。”

“那之前的先天性肾上腺疑似发育不良和亨廷顿舞蹈病也好了？”罗燕平继续问。

她就是故意让自己下不来台吧，不然她怎么能记得那么牢！

“现在稍微好了一些，但是我今天开车的时候，觉得头很晕。也许我患上了眩晕症，有可能脑子里长了瘤之类的。”

面对肖鹏飞的不配合，罗燕平轻轻一叹，然后说：“好，既然你身体不好，我让小杜陪你去第一人民医院检查下。那里的院长是我朋友，他肯定能帮你把病治好。”

“不用这么麻烦。”肖鹏飞立马说，“只要再请假两天就行了。”

“你的身体需要好好看看，不然老是这样出状况可怎么办，天气预报还等着你播呢。”罗燕平说。

肖鹏飞和罗燕平对视着，他可以确定罗燕平在故意整他！

她不就是想让他走人吗？他还偏不走。

“好啊，不就是天气预报吗？我来。”肖鹏飞说。

就算是日常的天气预报，他也有能力播出特色！就让那些等着看笑话的人，被狠狠打脸吧！

他要做些什么改变好呢？不如加一些个人观点，就和他其他节目那样？

比如今天是晴转多云，他可以沉重地说晴转多云，就好像许多人对待感情的态度。这个世界上有太多的男人，在一开始恋爱的时候是晴天，但后来是多云，甚至还会电闪雷鸣。他要让大家都知道，这个世界上没有一成不变的事情，每个人都要对自己的选择负责。

肖鹏飞在脑子里把这些事情简单想了下，进入了演播大厅。化妆师想给肖鹏飞再补个妆，被肖鹏飞拒绝了，编导要和他沟通也被拒绝了，真是好笑，他又不是什么新手。

肖鹏飞站在指定位置，在倒计时结束后，开始念台词。他说到天气变化的时候，故意装出哆嗦了一下的样子，他觉得这样形象显得比较活泼，可是导演不知道为什么在皱眉。

他往后走到背景板那里，装作滑动的样子，背景板也从天气变成了温度。他突然想起了那个新闻，是说什么来着，他居然只记得几个关键词了。

“明天最低气温十八摄氏度……”

肖鹏飞想着这个，打算说个笑话，突然看到罗燕平来了。

罗燕平穿着黑色套装，显得很干练，而她旁边站着的是沈亮。她和沈亮不知道说了什么，沈亮笑着帮她把头发归到了耳后。

肖鹏飞只觉得怒火中烧。

他的理智告诉他，罗燕平和他离婚了，她和谁在一起都行，找个年纪多大的也和他没关系。可是为什么偏偏是沈亮，一直想抢走他一切的沈亮！

难道要让笑笑管沈亮叫“爸爸”，他们甚至不得不一起吃饭吗！

肖鹏飞越想越火，一时之间卡壳了。就在肖鹏飞反应过来的时候，罗燕平愤怒地说：“肖鹏飞，这就是你的职业素养吗？你如果不想主持天气预报，我这个小庙供不起你这大佛！从现在开始，你被停职了！我会和台长报告这件事！”

肖鹏飞看着罗燕平，此刻她愤怒的样子和她以前在家的样子重叠了起来。只是，以前她愤怒他的早出晚归，而现在却对他的工作指手画脚起来。她凭什么？

“我不干了！”

肖鹏飞以为他说出这句话的时候，会是一副帅气豁达的样子，可是他的声音有点儿低，甚至有点儿平静。罗燕平什么都没说，看着他离开。肖鹏飞走的时候对罗燕平说：“你永远是这样，从不认为是自己错了。”

肖鹏飞离开了电视台，觉得近些天来的郁闷被一扫而空。

他才不是被开除，他是主动离开的。

呵，不就是暂时休息一会儿吗？等他忙起来可就没假期了。

不如直接换家电视台吧，之前那么多家电视台想挖他，也是时候换个地方了。

肖鹏飞想着，联系了之前想挖他的电视台。他想约对方喝杯咖啡，可这次对方却为难地说：“肖老师，抱歉，我最近都很忙。”

“没事，那改天吧。”肖鹏飞装作不在意的样子，“还有，上次你们说的合作的事情，我考虑了下，有空可以谈一谈。”

“肖老师，我们当然很愿意和您合作，但上次的事情影响真是太大了。虽然我们都知道这和您没关系，可是也有很多人不看新闻，根本不知道这个。您想要过来也可以，但是节目可能要换一下，可以吗？”

肖鹏飞当然不会“退而求其次”。他高冷地拒绝了这个人的提议，又和之前联系他的好几个人通了电话，但得到的结果都差不多。

他和小秦联系了下，发现最近根本没有新的商业合作找上门，顿时烦躁起来。这时，银行打电话和他联系，说他账户余额不足，这个月的房贷没扣成功。

“啊，怎么会这样？我在国外，等我回去就处理。”肖鹏飞装模作样地说。

“好的，肖先生。您的记录一直良好，我给您申请免费逾期。”

“谢谢。”

肖鹏飞彬彬有礼地说，挂了电话后轻轻一叹。他突然后悔就这么仓促地辞职了，起码要先找到下家再走。

不要慌，肖鹏飞，这只是小事。就算暂时没有电视台的机会，你还可以联系下之前的朋友。

肖鹏飞想着，给一个个称兄道弟的人打电话，约他们出来吃饭，结果有七个人没接电话，十二个人由秘书接了，却礼貌地说他们的领导正在忙。最后倒是有四个人接了电话，但是说他们很忙，可以改天再约。

他最后给平时和他关系不错，为人最仗义的胡总拨通了电话。胡总说话很直接：“鹏飞啊，我知道你想干什么，可我也不是你们电视台的人。换作以前还好点儿，现在大家都喜欢投资那些新媒体，你们广电主持人，有点儿落伍了。”

“我知道，可我不一样。我的节目在网上的点击率也很高，才不是那种传统媒体。”肖鹏飞自信地说。

“这个我懂，可你毕竟出了那样的事情，现在又没原来的栏目……我倒是知道个活儿，就是不知道你是不是看得上。”

“什么活儿？”

“我一个朋友的儿子结婚，想找个知名主持人主持婚礼。他挺大方的，估计能给五万元的红包，但一定要知名。我看你就挺合适，不知道你愿意不愿意？”

肖鹏飞做主持人有个原则，那就是不主持婚礼。这一次他犹豫了，这五万元起码能还清他下个月的房贷！

“好啊。”他笑呵呵地说。

3

和肖鹏飞那场糟糕的约会，让王悦一连几天都心情不好。

这天，王悦下班回到家，再一次被呛鼻的味道熏得险些退了出去。

她看到地上又是那么多垃圾，桑子仍旧躺在床上吃东西，顿时觉得头痛欲裂。她生气地说：“我说过很多次了，不要在床上吃东西！包装什么的要及时丢掉，味道也太大了！”

“我，我没想到你那么快回来。”桑子惊慌地说，“对了，我找到工作了，就是上次和你说的那个，我过一段时间就搬走。王悦，你不会那么残忍的，对不对？”

“一段时间是多久？”

“大概两个礼拜吧。”

“两个礼拜？你上次也说是两个礼拜！”

“哎呀，找房子不会那么快的嘛，要不你帮我一起看看？你最好了。”

她现在真的特别讨厌别人说她好，这代表她又被坑了。

为什么被坑的人总是她？就因为她心肠软吗？

她今天实在没有力气和嗓子交涉，这时门铃响了。原来，今天应该她去接走小橘，但是她一直没有去，谢依霖就给送回来了。

王悦看着自己家乱糟糟的样子，哪里好意思让谢依霖进来，就站在门口。谢依霖也没觉得这样有什么不对，把小橘递给王悦，有点儿担心地说：“小橘最近好像有点儿心情不好。”

“啊，为什么？”

“不清楚，不会是生病了吧？”谢依霖说。

王悦也有点儿担心，急忙把小橘从笼子里放了出来。小橘在王悦家没有丝毫不适应，对着罐头吃得很香，王悦看到后松了一口气。

谢依霖离开后，王悦看着小橘发呆。可能是被谢依霖影响的关系，她也觉得小橘现在很不对劲。小橘平时都是脾气很好的，但是它现在看起来很烦躁，一直在房间里转来转去。

“是哪里不舒服吗？”

王悦喃喃地说着，去厨房里给小橘开它最喜欢吃的猫罐头。当她出门的时候，看到大开的房门愣住了。

“小橘！”

王悦喊了几声，在房间里找了一圈，根本没有看到小橘。她难以置信，问桑子门怎么会开，桑子愣愣地说：“我刚才拿了个外卖……”

“你拿外卖不知道关门吗！你不知道家里有猫吗！你……”

王悦气到不行，扭头就出了门。她在楼道里找了一遍，还是没有找到，最后在楼下的垃圾桶边找到了小橘。

这让王悦松了一口气，而她下一秒又紧张起来，小橘居然在打架！另一只也是流浪猫，看起来比小橘大很多，正凶狠地打小橘的脑袋。王悦看得着急了，四处找东西想要帮小橘。她好不容易找到一根长棍，准备过去的时候，看到小橘居然狠狠咬了那只大猫一口。

大猫生气了，想要反扑小橘，小橘怎么都不肯松嘴。王悦拿着棍子把大猫吓走以后，抱住了小橘，发现它的毛都被咬掉了。

王悦心疼坏了。她急忙把小橘抱上楼，小心翼翼地给它涂了药膏。王悦无奈地说：“你说你怎么想的，为什么要和人家大猫打架？你打得过人家吗？”

小橘喵喵叫着，好像很不服气的样子。王悦恍然大悟：“我之前送你出去的时候，这只猫看到你就想挠。你最近心情不好，不会是一直记着这件事吧。你怎么那么记仇啊！”

小橘被王悦敲了一下脑袋。它好像也有点儿不好意思，叫了一声。王悦轻声对它说起了今天发生的事情，苦恼地说：“小橘，你觉得我是不是很傻？明明知道要怎么应对了，为什么还是被这些人欺负？你都敢和大猫打架，我连你都不如。是啊，我连你都不如……”

王悦说着，突然站起身来。她走到卧室，桑子正在吃外卖，看到王悦进来，身体颤抖了一下。

她看着桑子一动不动的模样，面无表情地说：“你真的找到工作和房子了？”

“是啊，你问这个做什么？”

“给我看。”她伸出手。

“给你看什么？”

“找到工作的录用通知、和房东沟通的信息之类的，给我看。”

桑子尖叫了起来：“王悦，你什么意思啊？你不相信我！”

“我只是想看看，帮你出出主意，你刚才不还让我帮你一起找房子呢吗？为什么不给我看，是不相信我吗？”

王悦和人吵架从来没有赢过，这一刻她把自己当成了肖鹏飞，好像效果不错。她看起来义正词严，其实内心已经紧张到极点。

该死的，为什么紧张的人是她？明明她没有任何责任啊！

她就该和肖鹏飞一样厚脸皮！

王悦想着，强迫自己镇定地看着桑子，桑子果然心虚起来。桑子难受地说：“好吧，我承认我没有找到工作，但那是我的错吗？我真的去面试了，可是要那么早上班，才拿那么点儿钱，我怎么起得来啊！我也答应你一定搬走了，我又不是不走，你至于那么咄咄逼人吗？”

“桑子，我给过你时间，现在时间到了。”王悦说，“你从我家搬走，现在，马上。”

“现在都几点了！我出事怎么办！”

“和我没关系。快点儿！”

“王悦，我分手都是因为你！”

“不，不是因为我！”王悦大声说，“是因为那个家伙！你有本事去他家赖着，赖在我家算怎么回事儿！现在给我出去！”

“这么晚了，你让我去哪里！”

“这个世界上有个地方叫宾馆。”

“王悦，你太狠心了！”

王悦不管桑子的哭喊，要她一小时之内离开，桑子后来只好收拾了东西。她拿着行李站在门口，还在等着王悦回心转意，可王悦始终一言不发。

桑子没办法，只好生气地离开了。王悦在她走后开始收拾东西，觉得整个世界终于清静了。

她决定了，从现在开始就做一个放飞自我的人。

在空荡荡的房子里，王悦独自一人醒来，觉得心情好到了极点。她穿上了花大价钱买来的裙子，进办公室的时候所有人都在看她。

“王悦，你的打扮……”

“好漂亮啊！这裙子很贵吧？”有人说。

“不过是不是有点儿不适合啊，毕竟我们是媒体。”也有人说。

面对质疑，王悦的反应是：你们说去吧，反正我不理。

有人问王悦有没有给她带早餐，王悦摇摇头，从包里拿出一张纸：“李欣，我给你带了那么久早餐，你应该给我五百二十七点五元，你是转账还是给现金？”

“啊，怎么可能有那么多？”

“这是清单，你觉得哪里不对可以和我核实。”

王悦说着，把单子递给李欣。李欣的脸色变得很难看，她嘟囔着说：“不就是一点儿早餐钱嘛，好像谁给不起似的。”

“那就给我呀。”王悦笑嘻嘻地伸出手。

“我现在就给你。”

因为被很多人看着的关系，李欣没办法拒绝，只好把钱给了王悦。王悦又问其他人要了看似是“小钱”的钱，最后加起来居然有几千块。

这时，有人说：“王悦，我今天有事儿要早些走，那个方案麻烦你帮我做下。你最好啦！”

“我不好。”王悦说。

“啊，你什么意思？”

“我的意思就是我不做。你的工作给我做，你的工资怎么不给我拿呢？”

“你说什么话啊！”

当一向听话的王悦突然变得“不听话”的时候，大家不自在到了极点，反应也特别强烈。王悦觉得真是好笑，她只是在维护自己的应有权益罢了，可是他们看她的眼神，就好像她突然想谋反。

人类真是奇怪的生物啊。

王悦才不管大家想什么，反正她现在就打算一切由着性子来。她一一向大家讨要欠下的钱，拒绝了一次又一次的求助。当气氛诡异到极点时，汪曼云找到了她。

“王悦，你怎么回事儿啊？”汪曼云劈头盖脸地问。

“什么怎么回事？”王悦愣住了。

“钱洁都告诉我了！你到底哪里看不得公司好，非要她辞职？还发那些信息给她？”

王悦转头看着钱洁，而钱洁目光闪躲，不敢和她对视。王悦顿时明白了一切，简直气疯了：“是她，是她天天在我面前说要辞职，我才在看到的时候顺手给她的！钱洁，你怎么可以这样诬赖我？”

钱洁脸色难看地说："我哪有说要辞职？你不要乱讲话。主任，我从来没想过辞职，都是王悦逼我的。"

"你怎么可以这样！你，你……"

4

王悦生气到极点，但翻来覆去只知道说这几句话，眼泪都要掉下来了。不知道为什么，她突然想起了肖鹏飞，这样的对手，肖鹏飞简直能骂一整天不重样吧。

就在王悦气到不知道该说什么的时候，肖鹏飞进来了。他走到王悦身边，问："怎么了？"

在看到肖鹏飞的一刹那，听到这三个字后，王悦觉得自己简直瞬间变成了小孩子。

她所有的理智在瞬间消失不见，她控诉道："我有个同事一直跟我说要辞职，我就把其他公司的资料给了她……我真是个傻瓜。"

"你不是傻，你是蠢。"肖鹏飞说，"人家就是嘴巴说说，你还当真了，而且还去做了，你让我说你什么好呢！"

王悦也觉得自己真的很蠢，紧紧咬着嘴唇，难受到极点。

汪曼云皱着眉说："王悦，这件事我会处理的。你现在去工作。"

汪曼云说着就想离开，肖鹏飞叫住了她："你的意思是，是王悦的责任了？"

"当然，不然是谁的责任，我的吗？"

"她到底犯了什么错？"

“能力不行，而且造成了负面影响。”

“负面影响不是你说了算的，要拿出证据来。给人看个网站，就造成负面影响了啊？那你给别人发购物链接的时候，是不是想谋财害命？”

汪曼云简直就要被气死了：“煽动其他员工离职，这还不是负面影响吗？”

“啊呀，小姑娘间开个玩笑，说煽动什么的太严重了。就好像你也会对男朋友说分手，其实不是真的想分，只是想给他一点儿教训。”

“你……”汪曼云意识到被肖鹏飞带偏了，深吸一口气说，“肖老师，这关你什么事？”

“我是她男朋友。”肖鹏飞不由分说，搂住了王悦的腰。

当这一幕发生的时候，王悦根本没有言情小说描绘的那样脸红心跳。她更不会幻想着因为肖鹏飞帮她解围，两个人假戏真做，她只是觉得无比尴尬。

虽然肖鹏飞保养得当，但他们相差十五岁。

汪曼云从没有这么讨厌过肖鹏飞。她怒气冲冲地盯着肖鹏飞，肖鹏飞毫不示弱地和她对视，最后汪曼云生气地对王悦说：“好，你继续上班，最好祈祷自己不再犯错！”

汪曼云就这样离开了，王悦简直不敢相信，危机轻易解决了。肖鹏飞带着她离开了办公室，所有人都在看着他们。她呆呆地问：“我没有被开除？”

“是啊，你没有被开除。”肖鹏飞说。

“我，我居然没被开除……太好了！”

王悦一把抱住了肖鹏飞的脖子，肖鹏飞突然有点儿不太适应。

他轻轻咳嗽了一声："我真不知道这有什么好高兴的。就算不被开除，她以后也肯定百般刁难你，而且你的工资才三千五百元。在上海，想找到比你工资低的人实在太难了。"

"可我喜欢这份工作啊。"王悦轻声说，"我喜欢做节目的感觉，也特别喜欢让大家开心。"

这样的话，王悦以前从来没有说过。她把自己不想辞职归根于不想改变现状，其实并不是这样。她真的喜欢这份工作。

她能继续做自己喜欢的事情，真是太好了。

"肖鹏飞，我要谢谢你。"

"谢我什么？"

"谢谢你那么任性啊。"王悦笑嘻嘻地说，"我现在觉得，任性的感觉真的很好！"

肖鹏飞看着王悦眉飞色舞的样子，感觉自己好像把王悦带上了一条不归路。不过，这样的感觉好像并不糟糕。

比起她受委屈的样子，他更喜欢看她现在神采飞扬的模样。

"既然对我这么感激，晚上和我一起去吃饭吧。我正好有个聚会需要女伴。"肖鹏飞说。

王悦顿时用警觉的目光看着肖鹏飞。

肖鹏飞知道王悦在想什么，说："你觉得我没有女伴？我只是最近不耐烦见到我那些女朋友。你不愿意就算了。"

王悦犹豫了一下，说："晚上几点？有什么需要注意的吗？"

"没什么。只是见见老同学，怎么舒服怎么来。"

肖鹏飞这么说，王悦就真的这么做。

他们先回了王悦家，把小橘接到了肖鹏飞家，然后一起去了饭店。

当他们出现在高级会所的时候，王悦有点儿后悔，觉得自己穿着牛仔裤的样子看起来傻透了。

她进入包间，看到了一帮中年男人。那帮人看起来比肖鹏飞苍老很多，一见肖鹏飞就起哄：“肖鹏飞，你又换女朋友了？”

肖鹏飞笑骂：“不是你们说要带老婆来吗，怎么就我带了？”

“啊呀，是开玩笑的啊。”

“是啊是啊，喝酒！”

王悦对这样的饭局毫无兴趣，她把自己当作隐形人，闷头吃菜，时不时听他们吹牛说自己有多厉害。

肖鹏飞当然是宴会的主角。大家都在恭维他，说他从大学开始就是众人的焦点，对此肖鹏飞不置可否。

王悦忍不住抬头看了一眼肖鹏飞。

让她诧异的是，肖鹏飞没有她想象中的意气风发。他一只手拿着红酒杯，身体微微前倾，好像是认真倾听的样子，但是目光都在不远处。

王悦顺着他的目光望去，突然看到了肖鹏飞其中一个男同学光溜溜的脑袋。那人正在和身边的人高谈阔论，脑袋在水晶灯下发出闪耀的光芒，简直就像打光板一样。

王悦忍不住轻笑出声，肖鹏飞看了她一眼。肖鹏飞的眼睛里满是笑意，王悦觉得他好像是知道她在笑什么。这种一切尽在不言中的感觉，真是太奇妙了。

“我去一下洗手间。”王悦说。

王悦在洗手间里想着肖鹏飞刚才的笑容，面颊有点儿红。她在洗手间发了一会儿呆，出来的时候已经冷静了很多。

她推门进去的时候，服务员在一边让埋单，大家都在抢着付钱。

肖鹏飞也是其中的一员。

肖鹏飞的脸上已经有了一丝醉意，斩钉截铁地说："说我来就是我来，你们都别和我抢。"

"肖鹏飞，平时你埋单也就算了。你最近刚出那么大的事儿，手头也不宽裕吧。"

虽然看不清楚肖鹏飞的表情，王悦不知道为什么，就觉得他生气了。但肖鹏飞的脸上还满是笑意，说："说我来就我来，你们客气什么。而且那事儿早解决了，我还会怕这些？"

"也是。那就不好意思啦。"那人说。

肖鹏飞拿出信用卡刷了钱，他笑容满面的样子让王悦看着有点儿难受。王悦突然不想进去了，就在一边等着，这时同桌的几个男人往洗手间走去。

他们一边走一边说："嘿，不是听老王说，肖鹏飞连婚礼的活儿都接吗？怎么埋单倒是爽快？"

"还能怎么样，死撑呗。"那人鄙视地说，"你管他呢，他想埋单就埋单，反正又不是我们吃亏。"

"这倒也是。这小子愿意装大款，就随便他呗。"

他们说着就离开了，王悦只觉得心里很难受。当肖鹏飞醉醺醺地出来的时候，王悦真不想管他，可是肖鹏飞勾住了王悦的肩膀。

"你干什么！"王悦生气了。

"现在还早，我们去逛街吧。你想买什么，买包吗？女孩子都喜欢包……"

"你喝多了。"

王悦不想和他说话，在路边等出租车。肖鹏飞说：“王悦，你别不好意思。你今天帮了我，我这人最知恩图报，我一定要感谢你。说吧，你想要什么，我都给你买。”

“你管好你自己吧。”

“王悦，你什么意思啊？你是不是觉得我现在没钱了，买不起东西了？你还真别这么想。瘦死的骆驼比马大，我随便接点儿商演，都比你一个月的工资多。”

王悦真是要气死了，说他喝多了吧，为什么偏偏那么清楚地记得她的月薪是多少，说他没喝多吧，怎么说出的话那么讨人厌！

王悦翻了个白眼，没有理他，肖鹏飞凑上来，又说：“你的前男友不会没给你买过什么东西吧，你一直倒贴？”

王悦发现，肖鹏飞真是有着把人气死的神奇本事。她猛地转过头，整个身体都在颤抖：“我倒贴不倒贴和你有关系吗？不像你，明明没钱了还在装。大家都笑话你是冤大头，商量好宰你呢！”

其实这话说出口王悦就后悔了。

她心想她怎么可以这样说自己的同事，肖鹏飞也微微愣了下神。他的目光一下子就沉了下来，脸上却还是带着笑意：“原来是这样。”

“你，你不生气吗？”

“我早知道他们是什么样的人，我有什么好生气的。他们想要占便宜，我想要有人吹捧我，大家各取所需，没毛病啊。”

“你的脑子有问题。”

王悦白了肖鹏飞一眼。这时她正好看到出租车到了，想要去拦车的时候，肖鹏飞突然整个人往下栽。

他就这样倒在了王悦的身上。王悦没来得及反应，往前踉跄了几步，险些摔倒。王悦用力扶住肖鹏飞，但是肖鹏飞已经闭上了眼睛。

“肖鹏飞，你别装醉！喂，喂！”

第六章　一切都会好起来

1

有人说，人在危难的时刻会释放出神奇的力量。

比如说，母羚羊在狮子要吃它孩子的时候，会勇敢地扑向狮子，将它尖锐的角捅进狮子的肚子。

比如说，一个女人很难扛起五十斤的大米，但是能轻易扛起五十斤的孩子。王悦觉得她就是这样值得被人敬重的女性。此时，她硬生生扶着体重估计有一百六十斤的肖鹏飞走在回家的路上。她做这一切就是因为他喝多了，她还清醒！

“肖鹏飞你没事吧？你要吐的话一定要告诉我。”王悦紧张地说。

肖鹏飞对王悦摆摆手，愉快地说：“我没事，这么点儿酒算不了啥。”

“你真不想吐？”

王悦很怕肖鹏飞吐在她身上，肖鹏飞显然是误会了。在酒精的作用下，他觉得王悦的声音说不出的轻柔，她关切的眼神也让他觉得很迷人。

他清楚地知道，王悦不是他喜欢的类型，况且他们还在一家电视台。兔子都不吃窝边草呢，他总不能连兔子都不如。

但是，他为什么要做兔子呢？做猫也不错。

虽然他不喜欢猫，但是他也不得不承认，做一只猫还是蛮爽的。可以住在那么豪华的房间里，可以吃昂贵的猫粮，每天有主人的疼爱和照顾，仿佛没有任何烦恼。

而不是像他。除了钱，他什么都没有。

现在，他连钱都要没有了。

“你、你、你干什么啊？”

王悦觉得肖鹏飞的眼神有点儿不对劲，下意识往后退了一步，但还是没能躲开。肖鹏飞就这样按着王悦的头，吻了下去。

王悦根本不知道自己这时候能做什么，模模糊糊地想，难道肖鹏飞突然发现了对她的感情，要对她展开猛烈的追求？

可是她还没有想好啊！她婚后到底要不要给肖鹏飞生孩子？

“喵。”

“砰。”

当王悦大脑一片空白的时候，突然听到了两声奇怪的声音。

她先是看到了飞奔而来的小橘，然后看到了一个小女孩。那个小女孩满脸震惊地看着她，和小橘的表情一模一样。

这一瞬间，王悦不知道为什么，脑子里突然出现了一种奇怪的想法。她总觉得小橘突然变身成人了，成了肖鹏飞身边的小姑娘。

她和肖鹏飞长得很像。一样的大眼睛，一样的下巴，甚至连微微卷曲的头发都一样。所以说，小橘长大后变成了肖鹏飞？为什么不像她？

这是什么奇怪的问题啊！

王悦轻轻拍了下脑袋，阻止自己胡思乱想，这时肖鹏飞的酒意也醒了。他看着小姑娘，说：“笑笑，你怎么来了？”

笑笑？那不是肖鹏飞的女儿？

她……她看到了吧！

王悦想起刚才和肖鹏飞接吻的样子，浑身尴尬起来。笑笑没有回答，上下打量着王悦，说：“你是我爸的新女朋友？”

“不是。”王悦忙说。

“哦，那就是连女朋友的名分都没有。”笑笑点点头，“那你图什么啊？图我爸有钱，还是图他年纪大？”

“你怎么说话呢！”肖鹏飞有些生气。

“你今天喝了多少酒啊？”笑笑还是没回答肖鹏飞的话。

“也没多少。”

“没多少是多少？”

“半瓶。”

笑笑的脸上浮现出嘲讽的笑容。

这样的笑容，让肖鹏飞想起了罗燕平，心里很是不舒服。肖鹏飞终于后知后觉地意识到，这样的情况不太适合孩子看，咳嗽一声后对笑笑说：“你告诉我，你到底怎么突然来家里了？你妈呢？”

“我妈要加班，我就自己跑出来了。”

笑笑耸耸肩，开始摸小橘。小橘侧了侧身子，不让笑笑摸。

肖鹏飞没想到事情会这样，瞪了笑笑一眼，开始给罗燕平打电话。王悦听不到他们说了什么，就听到肖鹏飞骂了一句，然后迅速挂掉了电话。

他对笑笑说：“你妈半小时后来接你。”

“半小时就来了？”笑笑显得很失望。

听到这话，肖鹏飞的脸上浮现出愉快的笑容。他拍拍笑笑的肩膀，理解地说：“我知道，和你妈相处很困难，所以你想来爸爸这儿，我都明白。”

笑笑白了肖鹏飞一眼：“你也好不到哪儿去。对吧，胖胖？”

笑笑抱着小橘，不停地摸着它，简直是爱不释手。小橘被笑笑抱得不舒服，时不时想下来，但是都被笑笑给残酷镇压下来。

王悦看着肖鹏飞，真是不理解为什么他那么怕猫，而他的女儿却那么喜欢。

好像看出了王悦的心思一样，肖鹏飞说："笑笑从小就喜欢猫。以前我家隔壁养了一只猫，她天天跑去看，被猫挠了都不敢告诉我们。罗燕平发现后像疯了一样，大半夜带着她去打狂犬疫苗。我说只是一条小口子，而且人家家里的猫都打疫苗，这么紧张做什么。我觉得我说得挺有道理的，可是她张口就骂我。"

王悦为罗燕平说好话："妈妈当然会担心孩子。"

"她这不是担心，是神经质。"肖鹏飞轻哼一声。

笑笑看了肖鹏飞一眼，肖鹏飞立马闭嘴了。王悦轻声说："别在孩子面前说这种话。"

"我都多大了，又不是小孩子了。"笑笑说，"我知道他们离婚了，也知道他们都看不得对方好。"

"我可没有这么说过。"肖鹏飞忙说。

"可是你心里这么想。"

"你会读心术，知道我怎么想？"肖鹏飞问。

"好啦，你对小孩子说话那么大声做什么？"王悦赶忙打圆场。

"你知道她都做了什么吗？除了在学校打架，老师让她用'为什么'造句，她写的是'我的爸爸为什么那么丑''我为什么要写作业'。"

肖鹏飞脸上是一副恨铁不成钢的表情。王悦尴尬得恨不得找个地方躲起来，但是看到肖鹏飞那么无奈的样子，心里竟有了一丝奇妙的快感。

她承认，她还是挺喜欢看肖鹏飞吃瘪的。就算肖鹏飞再横，在他女儿面前也是无能为力。大概这就是一物降一物吧。

王悦对眼前这个叛逆的小姑娘突然充满了好感。这时，小橘挣扎着要下来，笑笑都抱不住了。

笑笑失望地看着王悦，不知道为什么，王悦突然觉得一股责任感油然而生。她说："你突然抱着它，它肯定不愿意。你要慢慢和它培养感情。"

笑笑迷茫地看着王悦，显然不知道这话是什么意思。王悦拿出一根小鱼干，示意笑笑拿着。笑笑想去抓小橘的时候，王悦阻止说："你别强迫它，你要等着它自己愿意过来。"

"它会来吗？"笑笑不敢确定。

"会。你试试看。"

王悦的坚定，给了笑笑信心。笑笑拿着小鱼干，执着地等着小橘，过了一会儿小橘真的走了过来。它先是试探地闻了闻，吃了一口后放松了警惕，就在笑笑的手边吃了起来。

笑笑小心翼翼地摸着小橘，这一次小橘没有反抗。

"哇，真的没有跑。"

笑笑不停地抚摸小橘，脸上满是惊喜的神色，那天真可爱的样子，让她看起来终于像个小孩子了。

王悦也忍不住笑了起来，摸了摸笑笑的脑袋。笑笑的身体一颤，警觉地看着王悦，就好像一只炸了毛的小猫。

王悦想起小橘生气的时候也会炸毛，忍不住扑哧一声笑了出来。笑笑不悦地说："你笑什么，我哪里好笑了？"

"没什么。"

"你说啊！"

“我就不说。”

“你……”

笑笑气到说不出话。她不明白，为什么之前爸爸的女朋友都会千方百计讨好她，这个王悦倒是不走寻常路。

肖鹏飞家的门铃声响了起来。

又是谁来了？肖鹏飞和王悦互看一眼。

肖鹏飞开了门，然后罗燕平踩着高跟鞋，步伐迅速地走了进来。她一把把笑笑抱在了怀里，紧紧搂着，就好像失散多年一样。

“你怎么回事！为什么不和我说一下就来这里？”罗燕平大声说。

“我给你打过电话，你没接。”笑笑面无表情地说。

“你可以接着打，也能联系我的助理！你为什么要找他！万一你出事怎么办！”

肖鹏飞听不下去了：“什么叫找我会出事儿？罗燕平，就算我们离婚了，我也是孩子的爸爸。你在孩子面前说这些，合适吗？”

罗燕平冷笑道：“你现在知道你是孩子的爸爸了，当初孩子生病的时候你在哪里？”

肖鹏飞无奈地说：“这件事你说了足足有几百遍了，我也解释了很多遍，当时我在陪着一个重要的客户，根本不知道孩子生病了！”

“是啊，你永远是这个借口。你那么热爱工作，你得到了什么？”

罗燕平的嘲讽，让肖鹏飞的脸色难看到极点。他满腔怒火不知道该怎么发泄，在他就快破口大骂的时候，王悦拉了拉他的衣袖。

肖鹏飞看着王悦担心的眼神，深吸一口气说："笑笑，你跟妈妈回去吧。以后有事记得给我打电话。"

"嗯。"

笑笑留恋地看了一眼小橘，磨磨蹭蹭地挪动步子。罗燕平皱着眉看着小橘，但是没说什么。

他们走后，肖鹏飞坐在沙发上，烦躁地说："罗燕平回家后，肯定会给笑笑从头到尾消毒。"

"她不喜欢猫？"王悦问。

"她确实不喜欢猫，觉得猫身上都是病菌。不过更重要的原因是她不喜欢我，她觉得我的血液里都有病毒。"

"你们当初也相爱过吧，怎么就成了现在的样子？"王悦忍不住问。

"你别管我了，想想你的栏目应该怎么做吧，偶像剧小姐。"肖鹏飞冷漠地说。

离开肖鹏飞家后，王悦坐在出租车上，看着窗外的景色，觉得今天发生了太多事情，她的脑子都混乱了。她摸摸嘴唇，都不敢相信自己竟然和肖鹏飞接吻了。

她承认，那个吻还是挺有感觉的。

可是，亲了一下就结束了吗，就没什么后续？她要当作一切都没发生吗？

还是说，成年人之间的接吻，其实就好像握手什么的，根本没什么特殊的意义，都不用负责的？

王悦的心里一片混乱，但是她没有任何人可以诉说。回到家里，她躺在床上，看着手机都不知道该找谁讨个意见。

她想给肖鹏飞发条消息，又不知道该怎么编辑。

“你为什么亲了我，就当没发生一样？”

“你喜欢我吗？”

“我其实对你也没什么意思，我们以后还是做朋友吧。”

啊啊啊，到底该说什么啊！

王悦怎么也想不出来，后来竟然慢慢睡着了。

2

肖鹏飞抽了一根烟。

他觉得他之前的计划完美无缺，只是王悦因为某些可笑的原因，不理解他罢了。

王悦的想法并不重要。如果她是个足够聪明的人，才不会一个月只拿三千五百元的工资，更不会在那天之后就突然和他断了联系。

她到底为什么不找他，就好像其他女人那样？

肖鹏飞突然烦躁起来。他私下联系了李想，因为他觉得，李想还有点儿脑子，做这件事更好。

酒馆里，李想正听着音乐，似乎对肖鹏飞说了什么并不关心。肖鹏飞不得不重复了一遍，李想摇摇头说：“我对这个没什么兴趣。”

“这很简单。”肖鹏飞急切地说，“你只要去楼上说你想跳楼，其他事情都不用管。我会联系媒体和警察，你只要在适当的时候下来就行。安全问题也可以放心，消防员会放气垫，万无一失。只要这样做了，我们才有可能红，你才能拿到那五百万！”

“你原来说，我们帮了你，就能拿这笔钱。”李想皱着眉说。

“对啊，可现在大众对我们的关注太少了。只有这么做了，我们才能吸引大家的注意，才能大红大紫。你不是想做音乐人吗？到时候你会一举成名。你想继续开餐馆也行，很快就会有投资人给你投资，你会开连锁店，甚至说不定会上市！”

肖鹏飞给李想描绘了一幅蓝图，李想怀疑他下句话，是让他冲出地球面向宇宙。

他很不喜欢肖鹏飞这样的性格，无论他怎么说都不肯答应。

肖鹏飞对于李想的无动于衷没有办法，只好去找谢依霖。

谢依霖之前就拒绝过他一次，他这次没抱什么希望。谢依霖果然为难地说：“如果这样的事情被我老公和我婆婆知道了，他们一定会很生气，会觉得我脑子有问题。所以，还是算了吧。”

“没关系，新闻里会打马赛克，有谁知道是你？你可以假装跳楼，结束了还能去菜市场买菜，一举两得。我算算，估计一个小时就够了，一点儿都不耽误时间。”肖鹏飞殷勤地说。

“会被认出来的。”谢依霖还是很怕，“不行，我做不到。”

“你可以的。”肖鹏飞坚定看着她，“想一下，你有了五百万，你老公会怎么看你，你婆婆会怎么看你？他们肯定觉得你太厉害了！你可以拿这笔钱来买房子，或者留作他用。孩子上学需要钱吧？你可以拿来给他留学。”

“留学？”谢依霖问。

“是啊。你想让你儿子去哪个国家？”

“我……我没想过。”

谢依霖顺着这个话题说了下去，看起来好像被说动了。

只要谢依霖往楼顶上一站，他就火了。他有这个把握。

肖鹏飞信心满满，正想继续劝说的时候，没想到谢依霖的婆婆回来了。她抱着蛋蛋，怀疑地看着肖鹏飞，就好像他们两个刚才在约会似的。

要肖鹏飞说，这可是天大的冤枉！就算对方给他一千万，他也不可能做出这样没品位的事情！

他当机立断地站起身，优雅地说："谢女士，谢谢你的配合。那么，到时候我会电话和您联系的。"

他说着，对着他们点点头离开了，谢依霖的婆婆果然怀疑地问："他是谁？怎么看起来那么眼熟？"

"是肖鹏飞。"谢依霖说。

"是他啊，那个节目主持人。最近我在看他主持的《天气预报》呢。"

谢依霖很诧异婆婆居然知道肖鹏飞，转念一想婆婆爱看电视，这也很正常。

全世界可能只有她不看电视了吧？因为她根本没时间，当然也是为了保护蛋蛋的眼睛。

"蛋蛋妈啊，你今天一天在家，怎么房间都没整理好？你看地板都脏了，真是难看。蛋蛋，你不要吃手，手上有细菌。我买了菜回来，你把鱼处理一下，我们中午就喝鱼汤吧。王辉最近瘦了，你可要多关心他。蛋蛋，我说了，你不要吃手！今天天气不错啊，是洗衣服的好时候……"

谢依霖一直怀疑婆婆得了一种"说起话来就没有完"的病。眼下，她正在犯病，而且越发严重。

婆婆又突然问："肖鹏飞找你做什么啊？"

她可不敢说，肖鹏飞想让她自杀，顺便赚个五百万。

"你又不上班，你能有什么事。你靠着王辉养活，还是和这样的家伙保持距离吧。我听说，他一天到晚换女朋友，这样的男人不是好东西。"

谢依霖早就习惯了婆婆的轻蔑。

婆婆根本不会知道她经历了什么，更不会知道她甚至有了三个朋友，或许说同伴更为合适。

她早就不是过去的她了。

“对了，你不会被骗去什么传销组织吧？我看新闻里，有些名人就是做这样的勾当，为了钱脸都不要了。”婆婆怀疑地说。

“才不是。”谢依霖急忙说，“我要上一个节目，会有采访。之前还有人来家里拍摄了。”

“采访你什么？是育儿类节目吗？”

“不是，是谈谈最近的心情、生活，还有谈谈梦想什么的。”

“哦，这样啊。啊呀，鱼怎么不动了，是不是死了啊？”

婆婆专注地看着鱼，脸上的表情就好像明知道她在撒谎，但她还是选择了宽容一样。

谢依霖心里很憋屈，又没办法和婆婆解释，只好和蛋蛋说话。

她的声音是那么低，就好像做贼一样。

“妈妈，我要小便。”

蛋蛋的话阻止了谢依霖的畅想，她急忙抱着蛋蛋去卫生间。婆婆在厨房忙活，突然轻声说：“蛋蛋妈，你有没有觉得……王辉最近有点儿不对劲？”

谢依霖不解地看着婆婆。

婆婆支支吾吾地说：“有一次，我好像看到他和一个女人在外面喝咖啡。”

“喝咖啡很正常啊。”谢依霖勉强自己笑着说。

“是啊，很正常……我就随口那么一说。男人啊，还是要看好。王辉的爸爸当初就找了别人，抛弃了我们。王辉肯定不会这样。”

“是啊，王辉不会。”谢依霖轻声说。

王悦觉得，除了上次莫名其妙和肖鹏飞接吻没有下文，她的生活简直一帆风顺。

桑子搬走后，她的家里恢复成干净整洁的样子，而小橘在网上的人气越来越高，台长都问过她关于节目的事情。

要知道这可是台长，她只有在每年年终总结会的时候才能看到。

她真的就要成为栏目负责人，踏上人生巅峰了吗？

王悦想起之前联系谢依霖和李想，知道他们最近也一切顺利，心情更是极佳。她忍不住想，难道是小橘给大家带来了好运气？

对啊，故事里的主角，都是因为救治了小动物，从而获得好运气，比如白雪公主。她和白雪公主一样天真善良，一定可以笑到最后！

嗯，就是这样！

王悦想着，和汪曼云协商后，敲定了节目的播出时间。

其实，见到汪曼云的时候，她还挺尴尬，但是汪曼云好像什么事情都没发生一样，只和她说工作上的事情。

当王悦走出办公室的时候，看到钱洁在上网玩游戏。钱洁看到王悦，快速把游戏关闭了，涨红了脸，好像怕王悦告状似的。

王悦没搭理她，走到了自己的办公桌前。她打电话给谢依霖，告诉她这个好消息。

她以为谢依霖会很高兴，没想到谢依霖轻声说：“我可能不能参加节目了，抱歉。”

“啊，为什么，你是有什么事情吗？”王悦问，觉得谢依霖根本没任何事情好忙。

最多就是带孩子。她可以给她找个保姆，她出钱都可以。

“我……”

谢依霖看着楼下的车水马龙，怎么也没办法说出“我不想活了”这四个字。虽然她不太和社会接触，也知道这年头大家都心情不好。她说出来的话总觉得很矫情。

但今天不一样。

她做了一件不该做的事情，她跟踪了王辉。然后，她看到王辉和那个女人进了酒店。

她再也没有办法欺骗自己，紧紧咬住嘴唇，直到嘴巴咬出血来。她浑浑噩噩地回到家，竟然没有发现蛋蛋走向阳台，然后就那么掉了下去。

她是多么庆幸，她家是二楼，而不是二十楼！蛋蛋吓得说不出话来，谢依霖把他送去了医院，幸好医生说他没有大碍，只是被吓到了。

她也不知道为什么，突然不敢让其他人知道这件事。她承诺给蛋蛋买各种零食，让他不要告诉爸爸和奶奶摔下楼的事。蛋蛋答应了，可惜他在王辉回家的第一时间就告诉了王辉。

接下来，迎接她的是暴风骤雨。

王辉说她根本不配做一个母亲，她觉得好笑至极。她反问王辉，难道他有资格做父亲吗？王辉恶狠狠地说她神经病，还说她从生完孩子后就一直在发神经。

“你去上班好了，谁拦着你了？还不是你找不到工作，觉得在家里舒服！人家老婆都是要么上班事业有成，要么把家里打理得井井有条，你怎么什么都不行！早知道我当初就不会和你结婚！蛋蛋，不要理妈妈，她是坏人！”

看到蛋蛋抱着王辉，一动不动，惊恐地看着自己的样子，谢依霖觉得心脏裂成了无数个碎片。

她的世界只有蛋蛋，但是蛋蛋选择了放弃她——和她的老公一样。

她觉得没有说话的必要了。她就这样离开了家，站在了天台上。

其实，她也不知道自己要去哪里，可脑子里不知道为什么，一直回荡着“天台”这个东西。她想了半天，突然想起来之前肖鹏飞和她说过这个。

真是好笑啊。那时候的她觉得肖鹏飞这样炒作太过分了，现在却觉得这可能是她唯一的救赎。

也许，她真的要和大家说再见了。

不是炒作，只是为了解脱。

她真是好懦弱，边自己都看不起自己。

“谢依霖，你在哪里？我现在就过来，我们当面谈谈。”王悦说。

谢依霖没有回答。

王悦觉得谢依霖的状态很不对劲，变得有些急躁。她在办公室里打电话的时候，肖鹏飞一直看着她，也听到了她在说什么。

直觉告诉他，会有什么不能掌控的事情发生。于是，他走过去，抢了王悦的手机。

“你干什么啊？”王悦说。

这是他们这几天来，第一次说话。

肖鹏飞没有搭理王悦，听着电话那头谢依霖说：“铁塔的灯光真好看。以前，我谈恋爱的时候总是来这里，后来就一次都没有来过。王小姐，给你添麻烦了，真是不好意思，希望你以后一切都好。”

谢依霖说完，就挂断了电话，王悦再打过去就不再接听了。

肖鹏飞还想继续打电话，王悦焦躁地说：“都是你，你给她出主意自杀，现在好了，我看她真的是想寻死。肖鹏飞，你就是杀人犯！”

“你胡说什么，我只是给她一个建议，那根本就不是什么真的自杀！何况她想死和我有什么关系啊！”

“我原来不明白为什么大家都讨厌你，现在我懂了。”王悦深吸一口气，轻蔑地看着他，“你就是个彻头彻尾的坏蛋。”

王悦说着就想走，肖鹏飞拉住了她：“你干什么？”

“去找谢依霖！”

“你知道她在哪儿吗？如果她死了，你要怎么解释，你想过后果吗？你将什么都没有！就好像我当初被污蔑虐猫一样！”

“我知道。可是，我还是要去做。她是我朋友。”

王悦的坚毅让肖鹏飞有些恍惚，他很久没有遇到过这么盲目自信的家伙了。

他周围哪个人不是最知道明哲保身，她倒好，哪里有水坑往哪里跳，她的脑子里都是什么东西，糨糊吗！

“你……”

肖鹏飞被气得一句话也说不出来，王悦不甘示弱地瞪着他，他们看起来简直好像是结婚三十年的夫妻，都想把对方的脑袋塞到马桶里。

肖鹏飞和王悦都沉默了，突然又异口同声地说：“星光大厦！”

"只有星光大厦那里才能看到铁塔的灯光。"

"谢依霖说过他们之前在星光大厦约会！"

他们一起说出了这个目的地，这一瞬间是那么默契，好像之前的纷争从未出现似的。

王悦继续往前走，肖鹏飞瞬间就抓住了她的手腕。

"你想怎么去，地铁转公交吗？我送你去。"肖鹏飞说。

王悦咬了咬嘴唇，没有拒绝。

3

当他们赶到星光大厦顶楼的时候，发现这里的门本该是上锁的，不知道被谁撬开了。

他们艰难地从缝隙里挤了进去，看到谢依霖站在天台上，正呆呆地望着楼下。

夜晚的风吹动着她的长发，她看起来就好像要飞翔的鸟儿一样，带着一种决绝的美丽。王悦想开口叫谢依霖，被肖鹏飞一把捂住了嘴巴。

肖鹏飞的大手是那么温热，她软软的嘴唇就这样摩擦过他的手掌。

"闭嘴。"肖鹏飞用眼神示意。

王悦眨眨眼，表示她知道了。

他们之间突然变得很有默契。王悦觉得，这样的感觉可真奇怪，这时手机响了起来。

都什么时候了，简直是人命关天，怎么还有人打电话！

王悦想挂断的时候，又担心有什么急事，还是接听了。电话那头，有人焦急地说：“你是王悦吧？”

“嗯。”王悦含糊地说，生怕被谢依霖听到动静。

“王悦，你快点儿到黄海公园来，李想他留了封遗书就走了！他去黄海公园自杀了！”

“你说什么，你是谁？”

王悦没想到会得到这个令人震惊的消息，声音下意识变大了。肖鹏飞想阻止她，但已经来不及了。

谢依霖回过头来。

她显然没想到会被人撞见，一时之间不知道该做什么好，只能待在原地不动。

天啊，其他人在自杀的时候都是怎么做的，为什么她连自杀这件事都做不好？

谢依霖呆呆地看着王悦，王悦心急如焚。

怎么办！是救谢依霖还是去救李想！如果救了一个、死了一个，那该怎么办！

如果两个人都死了……

想什么呢，现在不是神游的时候！肯定要选离你最近的那个！争取五分钟搞定！

王悦想着，放缓了语气：“谢依霖，你看这灯光多漂亮，我们的人生也是这样。虽然感觉很黑暗，但总有什么东西会发光。”

“不，没有任何东西会发光。”谢依霖冷静地说，“除非我当初没有嫁给王辉，成了独立的女人，不然今后我的生活不会有任何改变。”

“只是因为带孩子郁闷就自杀，也太不负责任了吧！”

王悦想着李想，心乱如麻。她气急败坏下说出了这句话，然后意识到自己说错话了。

谢依霖的脸上果然带着奇怪的笑意："是啊，只是带孩子……所有人都这么说。你们没有人懂我！我也不想每天带孩子，我也想有自己的生活啊！我也想事业有成，被人尊敬，而不是每天衣服上都是奶渍。我的牺牲算什么，只是一场笑话！没有人看得起我！"

"对不起、对不起，是我说错了。"王悦急忙道歉，"你说得对，让我每天带孩子的话，我不如去死……不，我不是那个意思，生活……"

王悦还想说点儿心灵鸡汤，可是现在她脑子乱成一团，一句话也说不出来。

谢依霖轻声说："你不会懂我的，真是的，明明下定了决心，为什么还会害怕，我真是太丢人了。不知道死了以后会有什么……"

谢依霖说着，闭上眼睛朝前跑了过去。王悦的惊呼声还在嗓子里，就感觉到一阵风，然后看到谢依霖被肖鹏飞狠狠按在了地上。

王悦急忙冲上去，也按住了谢依霖，防止她继续往下跳。

谢依霖觉得胸口就好像有一块巨石一样，根本呼吸不过来。

"走开！"谢依霖大声说。

她觉得她的肺就要爆炸了！

"除非你保证不做傻事。"肖鹏飞谨慎地说。

什么想自杀的冲动，这时候都消失不见了，起码不是今天。谢依霖点头表示她同意，肖鹏飞松开了手，但还是警觉地看着她，就好像她下一秒还是会跳下去似的。

"我……我保证。"

谢依霖艰难地咳嗽着，觉得她的自杀简直要变成一场谋杀，她的脖子都要被王悦勒断了！

王悦后怕地抱住了谢依霖，死活不肯松手。谢依霖心想她一定疯了，居然感觉王悦的身上还挺温暖的。

至少，比那个家里温暖。

她们一起经历了那么多事情，她们是朋友。

谢依霖出神地回抱着王悦。当她想要说出自己委屈的时候，没想到王悦一把推开了谢依霖。

这样的举动，让谢依霖和肖鹏飞都愣住了。谢依霖甚至因为躲闪不及，一屁股坐在了地上。

王悦知道自己这样不好，可是心里实在着急，她想拉起谢依霖。

肖鹏飞终于看出来她不对劲："王悦，你到底怎么了，想上卫生间？"

"不，李想要自杀！"

当听到这个消息的时候，肖鹏飞一向淡然的脸上，终于出现了精彩的表情。王悦忍不住想，原来他也有惊慌失措的时候啊。她纠结地看着谢依霖，不知道怎么办好。

如果肖鹏飞看着谢依霖不一起去的话，她一个人找到李想的概率会小很多。可是不看着谢依霖，谢依霖怎么办！天啊，人生为什么要有那么多选择！

"我现在要去找李想，你能乖乖保证自己的安全吗，嗯？"王悦看着谢依霖。

王悦看起来简直凶神恶煞。谢依霖再一次呆呆地点头，可王悦还是不敢相信。她想走又不敢走时候，肖鹏飞拉住了王悦的手："走吧，一起去。"

"什么？"

“带着她。”肖鹏飞指了指谢依霖，就好像谢依霖是什么货物似的，“你不会惹事儿，对吧？”

在肖鹏飞严厉的眼神下，谢依霖只好拼命点头，生怕答应慢了，一拳头就会砸到她脑袋上。

王悦还有疑虑：“你要带她一起去找李想？”

“是啊，会很有共同语言。”肖鹏飞呵呵一笑。

王悦觉得，肖鹏飞的笑容简直可以用阴森恐怖来形容。不过，现在根本不是考虑这个的时候。李想才是重要的。

“走。”王悦果断地说。

王悦和他们两个人到了黄海公园，发现这公园简直大到离谱，走一圈起码一小时，到时候李想早就凉了。

呸呸，在想什么呢？

“我们分头找。你一边，我和谢依霖一边。”肖鹏飞果断地说。

“好！”

他们分别往两个不同的方向走去。王悦原来还能边跑边喊，跑到后来觉得心脏都要跳出来了。她不断地喘着粗气，捂着腹部艰难地往前走。

她不知道自己多久没来过公园了。现在是夜晚，人烟稀少，偶尔才会有跑步的人经过。

公园是那么凄凉，公园不远处却是璀璨的万家灯火。没有任何人知道，这里正有个人打算离开人世。

这个城市，有人在欢笑，有人在哭泣。他们的悲喜，并不相通。

“李想，你在哪里！”

王悦拼命呼喊。当她很幸运地在小湖的一边看到李想的身影时，立马联系了肖鹏飞，然后小心翼翼靠近李想。

王悦想学肖鹏飞搞定谢依霖的样子，不动声色地把李想拉离死亡的边缘。她会猛地去拉李想的衣袖，把他整个人拉倒在地，然后用力给他一拳。

嗯，就这么做！

王悦想着，猛地靠近了李想，没想到意外崴了一脚，变成朝着李想冲了过去。李想感觉到背后有什么东西冲过来，下意识往旁边一闪，还是被巨大的冲击力给撞到了湖里去。他极力稳定身体，用力扒着草皮。即使这样，还是半边身子都进了水里。

“李想！”

王悦又气又急，把李想往上拉，李想也用力抓住王悦的手，终于爬上来，坐在地上不停地喘着粗气。

当肖鹏飞赶到的时候，李想终于回过神来，愤怒地看着王悦：“你想谋杀吗？”

“什么啊！”

“你为什么要把我推到湖里！”

王悦后知后觉发现，好像确实是自己不小心撞了李想一下子，顿时变得心虚起来。

李想生气地看着王悦，事实上他已经很少有这样的情绪了。

是的，他欠了一百五十万的债务，而不是五十万。换回来的是那一房间的保健品。他妈妈已经疯了，觉得只要做区域代理就能翻身，再一次去借了高利贷，而且把房子抵押了。

他根本不可能还上这笔钱。

所以，他把房子卖了。这笔债务可以还清，甚至还有点儿结余。但是他突然觉得一切都没意思起来。

他写了一封遗书，其实是想有人发现他的不对劲——说不定这样会上报纸，大家会发现他的音乐才能呢。

他非常贴心地把他近些年来创作的歌曲都放在了一边，这样记者会方便刊登，说不定他会一举成名。

说起来，这些都是肖鹏飞给他的灵感。虽然肖鹏飞挺讨厌的，但是他这个主意确实不赖。

他在湖边坐着，等了很久都没有等来记者。他没想到坐着坐着，突然写歌的灵感来了，他已经很多年没有这样了。

可是，王悦突然出现了。

她想谋杀他。

她可真是个天才。

4

李想气愤地瞪着王悦，王悦吓得后退了一步。

肖鹏飞环视四周，皱着眉说："你想自杀？"

"和你没关系。"李想说。

他是死是活，还真的和他没啥关系。

他们不是朋友，只是偶尔见过几次面的人。只是一起养着一只猫而已。

肖鹏飞一时之间愣住了，不知道该怎么回答，而王悦气愤地说："怎么没关系？你答应过要上我的节目！现在节目还没开始你就没了，你让我怎么办！我的未来都被你毁了！"

王悦这个死缠烂打的回答居然打动了李想。他不是个喜欢给人添麻烦的人，下意识说："那等节目录制结束后呢？"

“那就随便你，我也管不着。”王悦只能这样说。

“好了，我们都需要好好休息下。”肖鹏飞疲惫地说，“有地方可以喝一杯吗？”

有那么多人看着，李想也没什么孤独感了，想了想还是带他们去了酒馆。

因为许久没心情营业，酒馆内蒙上了一层灰。李想给他们拿出了几瓶酒，他们都喝了起来，谢依霖也喝了。

沉默在他们中间蔓延，没有人知道应该说什么才好。

谢依霖的整张脸都哭肿了，现在还在继续哭。

肖鹏飞耐着性子问谢依霖：“你今天到底怎么了？”

如果她说老公出轨了，他立马起身就走。肖鹏飞想。

“我老公出轨了。”

当听到这个答案的时候，肖鹏飞简直想骂一句脏话。他猛地站起身，想抽一根烟，李想说：“这里不能抽烟。”

“我知道这里不能抽烟。”肖鹏飞烦躁地说，“不过，到底为什么不能抽烟？你是怕影响其他客人，可是这里根本没有客人。”

“那也不能抽烟。”李想坚持说。

“得了，你别这么不知变通。她老公都出轨了，你还不让我在这里抽烟？有点儿同情心啊，少年。”

李想想说，他根本不是少年，从他退出乐队的那刻起，他就只是一个庸俗的成年人罢了。他懒得和肖鹏飞废话：“想抽烟就出去。”

“我就是要在这里抽，你拿我怎么着吧？”

肖鹏飞拿出香烟和打火机，嚣张地就想抽烟，而李想一把抢过香烟，丢在了地上。

“哟，还挺横啊。行啊，想打架吗？”

肖鹏飞解开外套上的纽扣，卷起了袖子。谢依霖不知道事情为什么会变成这样，不知道该说什么。王悦生气地说：“肖鹏飞，都什么时候了，你别闹了！我们是团队！”

团队？她真以为他们是什么团队吗？

虽然他这样说过，但他们什么都不是，他们什么关系都没有。如果非要说有关系的话，那就是他们都是倒霉蛋。

肖鹏飞烦躁地想踢翻椅子，没想到有人抢先这么做了，一声巨响让大家都安静了。

肖鹏飞还以为王悦突然成不良少女了，没想到有五个人走了进来。他们骂骂咧咧地把椅子踢倒，为首的光头走到李想面前，说：“李老板，找你真是辛苦啊。今天到了还钱的日子了。你看是你把钱还了呢，还是我们把店砸了？”

李想闭上了眼睛。当他再次睁开的时候，已经很平静了：“我已经把房子卖了，最迟月底就能给你。”

“真的假的？”

“这是卖房合同。”

李想把手机里的卖房合同拿给光头男看，光头男这才信了。他呵呵一笑：“下次我来的时候，你最好把钱准备好，不然这店我都给你砸了！”

光头男说着，看到桌子上有寿司，抓起就吃，还推了李想一把。李想踉跄了一下，好不容易才站稳。

他麻木地想，今天的难关总算按了暂停键。他现在只想去休息，却没想到肖鹏飞不愿意消停。

肖鹏飞站在他们面前，傲慢地说：“你们拿钱就拿钱，那么嚣张做什么？这钱给你没问题，但你要向李想道歉。”

没有人知道，肖鹏飞刚才还想和李想打架，现在又为他站出来说话。王悦诧异地看着肖鹏飞，总觉得肖鹏飞好像被什么东西附身了。

“你说什么，道歉？”

光头男重复着肖鹏飞的话，大家都开始哈哈大笑起来。王悦有点儿害怕，谢依霖已经浑身颤抖了。

李想皱着眉说：“肖鹏飞，算了吧。”

“他说了月底给，那就是月底给。你们要揍他，也只能等到月底。所以，现在你要么道歉，要么也让他给你一拳。”

肖鹏飞高傲地看着他们，只觉得满腔怒气终于发泄了出来。他不介意打架，他可是跆拳道的黑带，那帮人会被他打得满地找牙。

他可是肖鹏飞！

“肖鹏飞，算了吧。”王悦紧张地拉住肖鹏飞的衣服。

“放手！来啊，你们来啊！”

肖鹏飞摆好了进攻的姿势，然后被一拳打倒在地。他的脑子很长一段时间都是空白的，不知道发生了什么事。他不可置信地看着那个光头男，下意识说：“我是跆拳道黑带。”

“我还是海带呢！”

光头男对着肖鹏飞又来了一拳，肖鹏飞感觉他就好像羽毛一样飞了出去。桌上的碟子、盘子尽数砸到了他身上，他可能哪里受伤了，感觉额头有液体流了出来。

然后，他被人扶了起来。

“你没事吧？”

王悦担心地看着肖鹏飞，拿出纸巾想给他擦拭额角的血迹，被肖鹏飞拒绝了。肖鹏飞到现在还不明白，他怎么可能输给这帮家伙？他可是跆拳道黑带，电视台办年会的时候，他每次都表演踢木头！他，他怎么就输了？

肖鹏飞一脸震惊，久久没有说话，王悦很怀疑肖鹏飞的脑子是不是被打傻了。她担心到不行，拿出了手机。

“我来报警。”

王悦想报警，可是被李想一把握住了手腕。李想的表情显得十分痛苦：“不要报警。他们都是小流氓，他们会剪断电线，给大门泼油漆……不要报警。”

王悦垂下了手，看着李想。从认识李想以来，李想总是一副平淡的表情，好像发生什么事都无所谓，而他现在终于鲜活起来。

这样的感觉倒是比以前好了一些。

“那怎么办？”王悦茫然地问。

这时，肖鹏飞突然站起身。他朝门外走去，王悦再一次拉住了他。

“你要干吗？”

“找他们算账。”肖鹏飞愤愤地说。

“大哥，你今年四十岁了，那帮人也就二十多岁，你怎么和人家打啊！更何况他们人还多！你能不能认清楚现实啊！”

王悦的话深深刺激到了肖鹏飞。他确实是完了，可这并不意味着他要被一个小姑娘羞辱。

肖鹏飞冷冷地看着她：“一个月赚三千五百元，被男朋友甩了，还被对方告了的人，有什么资格这么说我？如果我是你的话，早就大哭一场，看看能不能把脑子里的水排干净。”

王悦的脸色变得苍白，她用力掐着掌心，不让自己哭出来。肖鹏飞继续说：“怎么不笑了，你不是对谁都是笑嘻嘻的吗？你这样的人我见多了，说得好听是友善，说得难听就是屄。你啊，连发脾气都不敢，现在倒管起我来了？”

“还有你。”肖鹏飞指着谢依霖，“你到底闹什么啊？你老公出轨，你自杀做什么？我实在很不懂你们这些家庭妇女。”

“肖鹏飞，你过了。”李想淡淡地说。

“还有你！你以为你那点儿事谁都不知道吗？其实我们都知道。你就是个傻子，你说你干吗退出乐队呢？现在人家那么红，只有你是个笑话。你这儿不装电视，就是根本不敢看以前的同伴过得多好吧？你就是个懦夫。你们都是懦夫。”

李想的手掌青筋毕露，一把揪住了肖鹏飞的衣领。

“够了！不要吵了，我们是伙伴……”谢依霖结结巴巴地说。

“从来不是！”

肖鹏飞、王悦、李想他们三个人异口同声地说。之前那个虚伪而和平的局面，也终于被撕破了。

他们从来不是什么同伴。他们彼此看不起彼此，就算有小橘，也不能阻止这个局面出现。

他们互相瞪着对方，就好像在看杀父仇人一样。谢依霖难受到眼泪都要流下来了，不断说着：“对不起，都是我的错，对不起……”

“说对不起干吗？根本没用。”肖鹏飞整整衣领，“承认吧，我们都是失败者，我们完了。”

肖鹏飞早就知道他完了。

他的同事都开始叫他“老肖”了，而不是“肖老师”。台长早就想赶走他，这件事只是给了他最好的时机罢了。

他没办法自我欺骗了。他在工作上受限，前妻还是他的顶头上司。那帮狐朋狗友不会对他施以援手，他会成为一个笑话。

王悦也知道自己完了。她的工作看不到希望，她的男朋友不要她了，她一事无成。她的未来会像桑子一样，每天吃吃喝喝，打打游戏。她会老死在出租屋里，没人关心她。

李想知道他完了。放弃了音乐梦后，他的酒馆也快开不下去了，他舍弃了梦想，却也没有获得所谓的成功。他还欠了一百五十万。

他们都沉默了，只有谢依霖呆呆地问："什么失败者？你不知道我有多羡慕你们。"

"羡慕什么，羡慕我的前妻做我上司吗？"肖鹏飞不耐烦地说。

"我也很想有一份工作。"谢依霖向往地说，"你们不会知道，每天除了给孩子换尿布，就是给他擦奶渍是什么滋味。"

"而且老公还出轨了。"

肖鹏飞恶毒地说，谢依霖又要哭了。王悦瞪了肖鹏飞一眼，拍了下他的手背，她的力气真大！

肖鹏飞白了王悦一眼，到底没有继续刺激谢依霖。他淡淡地说："抱歉，我刚才失态了。这事儿和我没关系，我给你出什么头。放心，以后你们不会再看到我了。"

"我看天气预报的话，还会看到你啊。"王悦耿直地说，"还是你打算辞职？"

肖鹏飞被噎了一下："我当然会辞职。"

"总之，我们就此别过吧。"肖鹏飞站起身说，"五百万没了，我也付不起。不管怎么着，也算做了点儿事情，我们就这样散伙吧。"

肖鹏飞揭露了一个血淋淋的事实——他们都是失败者，而且是不能翻身的那种。天啊，难道一辈子就这样吗？

所有人都这样想着，而他们没有勇气问出来。

王悦站起身拦住了肖鹏飞："你要去哪里？"

"回家。"

"你、你不要我们了吗？"

王悦看起来简直就好像被遗弃的小狗，肖鹏飞的心不知道为什么软了一下。但他很快意识到，现在的他根本没有任何资格对王悦心软，于是冷冷地说："我们再聚在一起没有任何意义了。"

"可你刚才帮了他们不是吗？"

"对，我帮了他们。可是我能一天二十四小时跟着他们吗？别傻了，我们都是成年人，都要为自己的决定负责。没有人能管得了他们。"

王悦知道，他们将会一拍两散再也不见，而她人生中唯一的那抹光亮，也要消失不见了。

她会失去她的栏目，小橘也会失去它的金主。

不行，绝对不能这样，她要不惜一切代价挽留住大家！为了他们，也为了她。

"我得癌症了。"王悦说。

王悦也不知道她为什么会撒谎。大家都诧异地看着她，停下了脚步，肖鹏飞更是立马走到了她身边。

他死死地盯着她，就好像看穿她在说谎一样，让她紧张不安起来。

"什么癌症？"谢依霖问，她惊讶地张大了嘴巴。

是啊，什么癌症好呢？肝癌、肺癌什么的，感觉有点儿大众化，还是选个女性化点儿的吧。

"乳腺癌。"

王悦尴尬地说完，脸色红了起来，而别人以为她是难受到想要哭泣。没有人说话，他们都觉得自己的难题，和王悦的相比，根本不算什么。

她没有事业，没有爱情，还得了癌症，唯一的心愿就是让他们上节目，而他们还残忍地拒绝了她。他们还是人吗？

巨大的愧疚感将他们包围。肖鹏飞简直怀疑，如果王悦现在让他出家，他都会答应。

王悦继续说："求求你们，为了自己，也为了我。"

没有人能拒绝一个命垂一线的女孩，他们也不能。

"多久了？"肖鹏飞问。

一分钟前。王悦想。

"半年前。"王悦说。

"医生怎么说？"

"要保持心情好，还要定期……那个。"

"哦。"肖鹏飞说。

他真的不知道该说什么。

她看起来那么年轻，可是她……为什么得癌症的人是她，而不是其他人？任何人得病都比她好。

王悦倒是轻松地说："没什么啦，现在医学很发达，说不定有特效药什么的……"

"对，当然。"

肖鹏飞发现，他引以为傲的口才现在消失得无影无踪，他的脑子一片空白。王悦说："不管怎么样，我们都不要放弃。我知道，要求你们为了我改变'人生计划'不太现实，现在距离录制节目也就两周，起码撑过这两周怎么样？如果两周后你们还是一样的想法，我也不反对。”

没有人反驳王悦的话。王悦继续说：“在这两周的时间里，我们要尽可能地改变，看看事情会不会往好的方向发展。比如说，想做一个活出自我的人，就去做自己喜欢做的事。想还钱的就想办法赚钱，大家一起想办法。我们每个人都有各自擅长的领域和社会资源，如果我们紧密合作的话，说不定会有意想不到的效果。我们就是兄弟姐妹，不，比兄弟姐妹还要亲。”

李想轻声说：“王悦，你的提议很好。我可以答应你，一定会去你的节目。”

他们都看着谢依霖，谢依霖只好说：“我也保证。”

他们这一次的保证，看起来比以前真心多了，王悦终于放下心来。她目光坚定地说：“至于互相帮助这件事，我们可以把最困难的事情都说出来，看看有没有解决办法。”

“上次我们好像有过类似的谈话。”谢依霖说。

“是有过，但是大家都没有说实话。我现在想知道你们到底有什么烦恼。”王悦坚持。

这样的提议，在以前会被所有人敷衍过去，但是现在没有人忍心欺骗此时的王悦。李想犹豫了下，说：“我欠了一百五十万，我最大的梦想就是尽快还钱。还有，希望可以重新回到乐队。”

李想说着，心脏剧烈地跳动起来。他终于说出了自己最想做的事。

王悦问肖鹏飞：“你的呢？”

肖鹏飞倒是没想到王悦会问自己这个。怎么说，他都应该是这个所谓团队里负责摆平一切的人物。

肖鹏飞说：“我当然是想拿回我的位置，而且要比现在还红。”

“我的梦想很简单，就是做上栏目负责人，从此以后越来越顺利，再也没有人敢欺负我。”王悦说，“谢依霖，你的呢？”

“我想去苏州玩几天。”

“什么！”所有人异口同声地说。

他们总以为谢依霖是想离婚，想要完美逆袭，想要变美、变独立，没想到只是那么简单的一个愿望。

苏州距离上海才半个小时的火车车程，开车的话也就一个半小时左右，想去苏州简直分分钟可以实现的事情。这称得上梦想吗？

“是一个人去度假。”谢依霖补充说。

她想到希望抛弃蛋蛋去享福，心里就觉得挺愧疚的，但是隐约又有一种叛逆的快乐。

在她的记忆中，去苏州就是毕业旅行那次。那是她第一次在外过夜，还参加了篝火晚会，那一刻她觉得自己长大成人了。

就算那么多年过去了，她依然清晰地记得篝火燃烧时绚丽的样子，所以想再去一次。

“这个很简单吧？”肖鹏飞说，“想走随时可以走。”

“啊，是个很棒的梦想啊，那你想什么时候走呢？”王悦白了肖鹏飞一眼问。

“有点儿难。蛋蛋需要人照顾，家里又那样……”

“很简单，我会处理好。”肖鹏飞用不容置疑的语气说，“那么就第一个实现你这个梦想吧。现在我们回家，明天一起去苏州。”

虽然肖鹏飞很不靠谱，但是这话说出来，大家都信服了。王悦终于放下心来，站起身说：“好，有什么事情，都明天再说吧。”

王悦说完，大家都离开了酒馆，各自回家。

王悦慢慢地往前走着。她没说话，也没回头，但她知道肖鹏飞跟在她后面。

不是因为所谓的心灵感应，而是她看到了地上的影子。

路灯的灯光拉长了他们两个人的影子，几乎要重叠在一起。她的心里莫名产生一种奇怪的感觉，就好像他们真的很亲近似的。

他们还接过吻。想起这个，王悦就觉得心怦怦直跳。她到底没忍住问：“你跟着我做什么？怕我离开这个世界吗？放心，我还想一举成名，我怎么舍得死。”

肖鹏飞皱着眉说：“不要老把这种话挂在嘴边。”

“是觉得不吉利吗？其实没啥，每个人都会有死去的那一天，谁都不知道明天和意外哪个会先来。可是，就好像刮奖刮到一个‘谢’字不死心，非要刮到‘谢谢惠顾’一样，我们就算明知道结果，还是希望那一天能来得晚一点儿，再晚一点儿。还有，也会希望过程更美好一点儿。”

王悦的面容在灯光的照射下有一种温柔的美感。肖鹏飞看着王悦，问：“你以后有什么打算？”

王悦一愣，然后反应过来肖鹏飞在问她“生病”的事情。她含糊地说：“都听医生的。”

“要不要去美国看看，费用我来出，就算提前借给你的。”

王悦笑了：“谢啦，不过我觉得现在的医院还挺好的，我不想说这个了。”

为了避免肖鹏飞再问下去，王悦装出难过的样子，肖鹏飞果然没有再追问。

这时，他们走到了一条小河旁。看着河边的万家灯火，吹着清凉的风，居然有一种岁月静好的感觉。

肖鹏飞把王悦送到家门口才离开，在此期间他一直非常绅士，让王悦一度怀疑他根本不是肖鹏飞。

不过，她在他眼里都是要死的人了，装一下绅士风度也很正常吧。

这个谎话到底要怎么圆？

也许根本不用想那么多。反正节目录制后他们就不会见面了，最多到时候说是误诊就好。

对，就这么做吧。王悦想着，长长地叹了一口气。

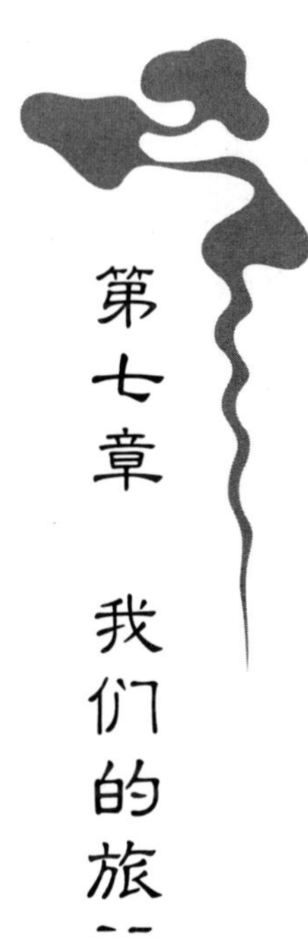

第七章　我们的旅行

1

第二天，他们按照约定，一起开车去苏州。

这一路上大家都挺沉默的，丝毫都没有出行应有的快乐。唯一高兴的，可能就是谢依霖了。

谢依霖一直不敢相信，自己就这么轻易去了苏州，她紧紧抱着手中的笼子。

是的，她把小橘也带上了。其实她可以让婆婆照顾，或者让宠物店照顾，但她就是想带着，大家也没有反对。

谢依霖觉得，小橘对于他们而言，更像是一个象征。他们本来毫不认识，小橘是将他们联系在一起的纽带，所以她必须带上。

这样也算是对于大家的一点儿感谢，毕竟他们帮她解决了一个大难题。

谢依霖想，如果要她来办这件事，可就复杂了。

她会和王辉、婆婆说她想要出门，而且要编一个她非去不可的理由。如果说去玩之类的，肯定不行，只能是她一个亲戚有事儿，而且是不能带着孩子一起去的大事。比如这个亲戚得了癌症，在生命的尽头突然想见她最后一面。

这个理由真的很好，除了有点儿费心思。

可是，肖鹏飞去她家的时候，只是通知了她婆婆这件事。他严肃地说，需要谢依霖配合做一个采访，婆婆就晕乎乎地答应了，都忘记责问她蛋蛋受伤的事情。

要知道，在此之前，她已经被婆婆骂了十二个小时。

为什么肖鹏飞就能把事情办得那么好？

谢依霖看着窗外的景色，心脏怦怦直跳。她觉得，自己正在做一件特别叛逆的事情。

她想好了，晚上她要喝一杯，借着酒意给王辉打个电话。她要和他说离婚。

对，她一定要离婚，她为什么要做别人的老妈子？蛋蛋受伤，只是她一个人的责任吗？是他犯错在先！

可是王辉真的答应离婚怎么办？蛋蛋能判给她吗？

谢依霖晕晕乎乎地想着，心中百转纠结。到了苏州，在看到酒店的那一刻，她倒吸了一口凉气。

天啊，这个酒店看起来好高级！这里有好闻的香水味，吊灯是那么璀璨，而且还有个小喷泉！

这里一晚上要多少钱，她要怎么付这笔钱？

“我请客。”

好像是看出了谢依霖的心思，肖鹏飞笑着说。王悦觉得他这一瞬间让人看着挺顺眼的。

王悦才不想占肖鹏飞的便宜，推辞说：“不要，各付各的好了——不，我的意思是，你请客。我坚决不会付钱。”

在看到谢依霖为难的表情时，王悦才反应过来，恨不得给自己一巴掌，迅速改口。谢依霖见状，也松了一口气。

他们是两男两女，所以很简单。王悦和谢依霖一间房，李想和肖鹏飞一间房。

王悦到房间后，躺在软软的大床上休息，谢依霖则局促不安地坐在椅子上，生怕把床单弄脏似的。王悦给她们一人来了一杯红茶，享受地喝了一口，看着窗外的景色。

王悦简直不敢相信，就在一天前她险些目睹自杀事件，现在又住在五星级酒店。

王悦觉得，人生就好像在开盲盒。你永远不知道，你手里拿的是限量款还是欲哭无泪款。

她怎么能想出这么棒的比喻，她可真厉害。

“你带什么衣服了？”王悦突然问谢依霖，“我们去酒馆喝一杯怎么样？”

“啊？”

“快让我看看。”

在王悦的坚持下，谢依霖害羞地拿出了几条很一般的连衣裙，简直不敢看王悦。

她觉得很羞愧，可是王悦没嘲笑她，还认真地给她选了一条墨绿色的连衣裙。王悦给她涂了一点儿淡妆，她看起来瞬间精神了很多。

“我，我这么打扮很奇怪吧。”谢依霖不自信地说。

“你看起来太漂亮了。”王悦坚定地看着她。

谢依霖不确定王悦说的是真是假，心里突然有了些自信。要知道，在上学的时候，她也是班花。

就算没有班花的级别，起码是个小组长花之类的。不然王辉也不会喜欢她。

怎么又想起王辉了？今天是来度假的，她不属于任何人，只属于自己。

谢依霖想着，看到王悦也拿出了一条裙子。

为了配得上这条裙子，也为了省钱，她已经好几天没好好吃饭了。她瘦了一些，所以这次穿起来的时候很合身。

王悦看着镜子，对自己前凸后翘的身材很满意，可是想起肖鹏飞对自己的态度，心里又难受起来。

天啊，她在想什么？今天来就该开心！王悦，你们没有可能的，你要认清楚这一点！

王悦想着，和谢依霖一起走到了酒馆，肖鹏飞和李想也在。王悦看到肖鹏飞后有点儿紧张，可是肖鹏飞没有赞美她的裙子，甚至都没多看她几眼。

他们一起点了酒，酒过三巡后话多了不少。他们从天气，聊到了经济、房价，最后聊起了小橘。

“小橘喜欢吃罐头。”李想说。

“是吗？我觉得它更喜欢猫薄荷。”肖鹏飞说。

王悦瞪了肖鹏飞一眼：“你自己醉生梦死，别带着小橘一起这样。它还是个孩子。”

“你什么意思？”

“就是你想的意思。”王悦硬邦邦地说。

肖鹏飞呵呵一笑：“你看起来好像对我很不满的样子，我哪里得罪你了吗？”

“你觉得呢？”

王悦突然生起气来，虽然她也知道自己发火挺没道理的。肖鹏飞显然习惯了女人突然生气，喝了一口酒，说：“你那个关于宠物治愈师的栏目，其实也没啥意思。你说，我们为什么总要做什么正能量的节目，我们就应该做最悲惨的。寻找全城，啊不，全国最悲惨的一百个人，让大家说出自己的故事。你会看到一些断手断脚的，一些失业失恋的，还有一些生病得了癌症的……对不起，今天的酒不错。”

肖鹏飞意识到自己说错话了，生硬地转移了话题，而王悦并没有生气。她捂着脸说：“其实这是个不错的创意，可是电视台不能这么放，我们永远要传播正能量。”

“所以，更要这么做，这样更能吸引人。我们可以把这个因素和宠物治愈师结合起来，一定能火。”肖鹏飞坚定地说。

他们就这个问题展开了讨论。最后，大家一致认为，他们足够做这一百名悲惨者中的前四名。

他们也不知道为什么，突然骄傲了起来，反正在其他事情上他们也做不到前四名。

到后来，他们都喝多了。谢依霖和李想上去了，王悦觉得不能白化妆，还想多喝几杯。

王悦极力表现出自己妩媚动人的一面，可是就没有人来搭讪，她有些丧气。肖鹏飞就坐在她对面，所以她把没有被人搭讪怪到了肖鹏飞身上。

“你走开。”王悦不客气地说。

“我在这里妨碍你什么了吗？”

“是啊，妨碍我交朋友了。”王悦说。

“原来你想艳遇啊，这可不是认识好男人的途径。”

“是吗？那该在哪里认识，图书馆还是健身房？”王悦讽刺地说，“反正是你不出现的地方，对吧？”

“你好像对我有很大的意见。”肖鹏飞问，“为什么？”

虽然肖鹏飞有些不靠谱，但好像真没做过什么伤害她的事情，相反还挺帮她。王悦心里越发烦躁起来，说：“因为你不负责任。”

“对，我确实不负责任。”

“你还总是说大话。”

“没错。”

“你还有很多女朋友。”

“你可太聪明了。”

王悦惊奇地发现，无论她说什么，肖鹏飞居然都没有反驳，这可太奇怪了。

王悦站起身想回去，不小心踉跄了一步，用力踩在了肖鹏飞的脚上。

肖鹏飞肯定很疼，但他只是问了一句："你没事吧？"

"我没事，对不起，我刚才……"

"不，是我不好。我不该走在你正后方，扶起你也太慢了。"

肖鹏飞脸上的笑容，让王悦觉得不舒服起来。她简直怀疑，她现在说皮球是方的，肖鹏飞也会说她说得太有道理了。

而这一切都是因为她得了"癌症"。他对她的好，只是谎言罢了。

她承认，她想让肖鹏飞对她好。但是她不想用这样的方式得到。

"我回去了。"王悦说。

肖鹏飞没有阻止。

王悦转身想走的时候，突然想到了什么，诧异地问道："有谁把小橘带回去了吗？"

"它不是在吃小鱼干吗？"肖鹏飞愣住了。

他们都看向空荡荡的一边。王悦只觉得脑子都要炸了。

"小橘……好像不见了。"王悦说。

"跟我走。"肖鹏飞当机立断地说。

2

肖鹏飞带着王悦出去找猫。

虽然他们住的酒店很高端，但是酒店附近是类似棚户区的地方。这里的空气中夹杂着一股难闻的味道，还有穿着暴露的女人在警惕地看着他们。

他们在这样的小巷子里找小橘，时不时学猫“喵喵”叫着，他们都觉得自己这样挺傻的。当他们路过一户人家的时候，门突然开了。

“你们在找猫？”一个老太太问。

这个老太太穿着破旧的外套，精神看起来萎靡不振，满脸沧桑。王悦急忙点头，老太太看了她几眼，说：“进来吧。”

王悦和肖鹏飞一起走了进去。王悦发现，这个老太太家收拾得很干净，没有什么多余的东西。

而房屋的正中央，放着一个女孩的黑白照片。那个女孩很漂亮，正对着他们微笑。

王悦捂住了嘴巴。

老太太进了一个房间，然后抱着小橘出来了。她抚摸着小橘，说：“我原来想睡觉，看到这只猫在窗户那儿，就把它抱进来了。这只猫真胖。我女儿以前很喜欢猫，但我不让她养。唉，我为什么不让她养？”

王悦见小橘没事，松了口气。她想接过小橘，但是老太太没有要给她的意思，她也不好硬要。

老太太说：“我的女儿叫周丹青。”

“她很漂亮。”王悦看着照片说。

“她从小到大成绩都很好，也非常乖巧懂事。毕业后就进了银行，一直认真勤恳，还交了男朋友准备结婚。可是，她因为工作压力太大，得了癌症，没一年就……”

老太太说着就哭了起来，王悦沉默地给她递上纸巾。老太太哭了一会儿，抱歉地说：“对不起，我最近老是哭。”

“这很正常。”王悦干巴巴地说。

“我有时候想，她最后的时间里，真是太寂寞了。她一直想养只猫，但我怕对她的病情不好……”

老太太说着，把小猫还给了王悦。王悦和肖鹏飞抱着小橘走了出去，一路上两个人都没有说话。王悦看着天上的月亮，忍不住想人死了以后不知道是不是还有知觉，会不会难过。

天气有点儿冷，王悦忍不住打了个哆嗦，肖鹏飞看了她一眼，把自己的外套给了她。

“这么有风度？”王悦轻声问。

“我一直很有风度，只是你一直对我有意见。”

“是你只对你感兴趣的女人有风度。”王悦白了他一眼。

王悦很快意识到这话有点儿像在暗示肖鹏飞对她有意思，脸一下子红了，幸好在夜色里看不清楚。王悦轻声说：“老太太是一个很好的人。”

“嗯。”

“不知道她什么时候能走出来。可能要很久的时间吧。”

“嗯。”

“也许她需要养一只猫，或者一条狗，这样可以陪陪她。”

“嗯。”

今晚的肖鹏飞显得十分安静，简直不像他。虽然他没说话，但是王悦知道他在想什么。

因为，他们也有可能像周丹青一样，表面看起来光鲜，却走向了灭亡。

如果当初有人陪着她，甚至只是一只猫，会不会一切都不一样？

可是，这个世界从来没有如果。

他们一路安静地走着，回到了酒店。

回到房间后，王悦的心情不知道为什么，突然糟糕到极点。王悦发现，谢依霖已经睡了。

王悦把小橘抱在手里，检查了下它有没有受伤。她掂了一下，惊奇地说："小橘，你怎么又重了？"

小橘喵喵叫着，好像很得意的样子。

王悦轻声说："小橘，你的胆子真大，什么架都敢打。可我就是个胆小鬼。我知道我应该放弃，可我还是喜欢他。我该怎么办？"

小橘当然不会说话，王悦轻轻叹了一口气，闭上了眼睛。

她没注意到，谢依霖的睫毛微微颤抖了一下。

第二天回去上班的时候，王悦发现大家都在看她。他们的目光带着探究和不解，让她有点儿不舒服。

王悦装作没看到，坐在了椅子上。钱洁故意说："有些人惨了，在外不接主任电话，主任可生气了。"

"哟，你还没辞职呢？"王悦呵呵一笑，"之前天天说辞职，我以为你忍不下去了，没想到你就和某些男人说'我爱你'一样，都是瞎说的啊。"

钱洁的脸一下涨红了："你什么意思？我随口说的话，需要你去告状吗？"

王悦把文件递给她："这些报表做一下。"

"这，这是你答应给我做的！"

"是啊，可我现在不答应了。"

王悦嘻嘻一笑，不管钱洁难看的脸色，走进了汪曼云的办公室。汪曼云皱着眉说："昨天为什么不回复我？你……"

"主任，昨天是我的休息时间。不过你说的问题，我已经都解决了。”

汪曼云看着手中的资料，觉得胸口有点儿闷，说：“关于‘宠物治愈师’的计划书好了吗？”

“嗯。我一共做了五个方案，您可以选出最满意的。”

“团建活动联系好了吗？”

“这不是我做的事情，我已经移交给行政了。”王悦温和而坚定地说，“我下午要去拜访两个客户，到时会和您及时反馈的。”

王悦把每件事都处理好了，汪曼云眯起眼睛看着她：“王悦，你很好。”

“谢谢主任表扬。”王悦不动声色地说，“没事的话我先出去了。”

王悦就这样从汪曼云的办公室里全身而退，办公室里又掀起了一阵不小的风波。大家都觉得王悦的变化简直太大了，都不敢上前和她说话。

如果是以前，王悦会觉得自己被排挤了，很孤独什么的，现在倒是觉得清净无比。因为不再帮任何人做事，她很快就处理好自己手头的工作，然后出门去见即将和他们合作的百货公司的黄主管。

她没想到，在地铁里遇到了一个猥琐男。

当一股热乎乎又恶心的气息传来的时候，王悦还以为自己出现了幻觉。地铁里人很多，她艰难地往另外一个方向挪了挪，可是那人还是跟了过来。

对方看起来有六十多岁，穿得很奇怪，死死盯着她身后，呼出来的热气带着一丝恶心的味道。

王悦意识到不对劲，狠狠瞪了那人一眼，那人装作什么都没发生的样子，走到了一边。这时，有座椅空了出来，王悦就坐下了。

王悦用余光看到那人居然走到另一个年轻女孩身后，开始往她身上蹭。那个女孩露出了痛苦的表情，但是什么都没有说。她看起来就像要哭了。

王悦只觉得火气一下子上来了。

她打开手机对准他拍视频，那个男人发现后，生气地说："你发什么神经，为什么拍我！"

"大叔，我没想到她敢这么对你！"王悦一脸认真地说，"怎么就故意把屁股凑在你手上了呢！这样恶心的女人就该被曝光！"

男人愣愣地看着她，一时之间不知道该说什么，这时周围有人笑了起来。男人终于意识到王悦是在故意恶心他，生气地说："把手机给我！"

"怎么着，有脸摸人没脸认啊？"

"你现在就把手机给我，不然我对你不客气！"

"你来啊！"王悦虽然害怕，还是挺起了胸膛，"正好我们去警察局，谈一谈今天的事情啊！你觉得这事儿不够大的话，还能找你的亲朋好友来围观下，让他们给你评评理。"

"神经病！"

那男人灰溜溜下了车。那个女孩感激地看着她，说："对不起，我刚才……我刚才太害怕了。我，我不该穿那么短的裙子……"

她为自己的懦弱而羞愧，没想到王悦没有嘲笑她，而是说："我也会害怕。"

"什么？"

“遇到这种事，女孩子都会觉得羞耻，可是该羞耻的不是我们，而是那帮讨厌的人。还有，这和你穿什么没有关系，你一点儿错都没有，错的是那个混蛋。”

王悦的表情是那么坚定，女孩轻轻点头：“对，该羞耻的是他们。以后遇到这种事，我不会再胆小了。谢谢你。”

“不客气。”

王悦下了地铁后，去找客户确定了合作，却没想到她在地铁上的那一幕被人拍了下来。

她更没想到的是，这个视频一夜之间在网上突然爆红。

当她醒来的时候，发现手机来了一堆信息。

无数人都问她，视频上的那个人是不是她，她一头雾水。

王悦急忙点开视频，发现她骂人的样子被人发到了微博上，话题是“遇到猥琐男就该这么办”。

出人意料的是，没有人责骂她。网友纷纷为她的行为点赞，还有人说要拜她为师向她学习。最可怕的是，居然有人认出来她的身份，说出了她的职业。

他们是怎么办到的？难道她也是“名人”，所以才会被认出来吗？

就好像肖鹏飞一样？

王悦心里有点儿高兴，不过很快又意识到，这件事可能没那么好收场。

她去办公室的时候，发现同事果然都很好奇。大家纷纷问王悦，是不是真的教训了那个猥琐男，还很遗憾为什么没把他送到警察局。

一片喧嚣中，汪曼云叫王悦去办公室，脸色很不好看。

她劈头盖脸地说：“王悦，你怎么回事啊？你怎么惹了这么大的事儿！现在好了，大家都开始给我们电视台打电话了，你想过后果吗？”

“那要我看着那女孩被欺负吗？”王悦轻声说，“我可看不下去。”

“你那么英雄啊！你那么英雄你就别在这儿干，没有任何人管你！我们最需要的是什么？就是低调和稳定，你闯祸了，你知道吗！”

汪曼云的责骂让王悦的心情很不爽。她看着汪曼云的眼睛，说：“如果是你的话，你会怎么做？装没看到吗？”

汪曼云一愣，没有看她：“这和你没关系。”

“就是因为这个世界上都是你这样的人，才会让那些坏人那么肆无忌惮。”

“你闭嘴！”

汪曼云拍了一下办公桌，显然十分生气。

这时，广电集团要开大会，他们部门也要出席。王悦跟着大家一起走了进去。

汪曼云在进会议室的时候，不小心把本子掉在了地上。王悦就在她身后，汪曼云没想到，王悦不帮她捡起来也就算了，还从本子上跨了过去。

“王悦，你看不到吗？”汪曼云忍不住说。

“啊呀，我真没看到。”王悦显得很无辜。

王悦看到，台长还没有来，肖鹏飞倒是到了。她敏锐地发现，以前肖鹏飞身边总是围着一圈人，可以说是众星捧月，但现在一切都变了。

王悦也看到，肖鹏飞的前妻罗燕平和沈亮坐在一起。沈亮现在可是电视台最火的主持人，大家都说他迟早能取代肖鹏飞。

罗燕平是肖鹏飞的前妻，沈亮是肖鹏飞的徒弟，他们两个人的关系有点儿暧昧……

肖鹏飞一定很难受吧？

王悦忍不住看着肖鹏飞。这时，肖鹏飞突然回头，和她对视，她急忙挪开了目光，心脏怦怦直跳。

没看到吧？应该没看到吧？

王悦自我安慰着，再次悄悄看向肖鹏飞的时候，她绝望地发现肖鹏飞还在看她，甚至对她笑了一下。王悦的脸红了起来，这时其他人也开始看着他们。

“你听说了吗，肖鹏飞说他和王悦在交往？”

“对，我也听说了。王悦疯了吧，几个月前我还能理解，现在跟着他就是脑子被门夹了。”

“你懂什么，肖鹏飞虽然现在不如意，但瘦死的骆驼比马大，他前些年可是没少赚钱。”

“也是。”

大家的议论声有点儿大，王悦只能装作没听到。

就在这时，台长走了进来。台长和往常一样，说了一些场面话，然后说：“我今天刷微博的时候，看到我们有位员工上热搜了。我和你们说很多次了，我们媒体人不是明星，一定要低调。你们知道，我一早上接到了多少电话吗，嗯？”

所有人都看向王悦。王悦的心情紧张起来，但还是装作什么都没听到的样子。台长发了一会儿火，最后叫王悦走到台上来。

王悦磨磨蹭蹭站在了台上，台长这时正好喝完了手中的茶。他下意识把茶杯递给王悦，心想王悦肯定会抓住机会讨好他，可是王悦对此视而不见。

台长的脸色一下子阴沉起来，所有人也都保持着沉默。大家没有想到，王悦会有那么大的胆子，汪曼云简直冷汗都要下来了。

“快给台长倒茶。”汪曼云走到王悦身边提醒道。

“这不是我的事儿，我不管闲事。”

王悦下定决心听汪曼云的话，做一个不管闲事的女人，那么她就要有始有终，就算对方是台长也不能改变。

汪曼云只觉得脑子都要炸了，台长也简直不敢相信自己的耳朵：“什么叫这不是你的事儿，你不管闲事？”

“这是汪主任告诉我的。台长，您也告诉我，见义勇为是错的，不要管闲事。那么从现在开始，我谁的事情都不管。”

3

没有人在公开场合这样顶撞过台长，就连肖鹏飞也没这样过。

所有人都安静地低着头。在场面一度非常安静的时候，肖鹏飞笑出声来。他的笑声在会议室里是那么明显，有人也跟着笑了起来，然后很快又憋住了。

众目睽睽之下，肖鹏飞站起身来。他走到王悦身边，问：“昨天你真的在地铁上骂人了？”

“嗯。”王悦点头。

“骂得好。”

肖鹏飞的话引起了轩然大波。台长简直被气得手指颤抖：“肖鹏飞，你什么意思？”

“她这是见义勇为，又不是欺负人家小姑娘，而且现在网络上都是正面评价。我们不做一个独家报道，反而指责她，我倒是第一次听到这样做新闻的。你们不做报道的话，我来做。”

肖鹏飞的话让台长下不了台，他脸色难看地说：“这件事到底怎么样还两说，她这里只是一面之词！”

“所以更要做报道，告诉大家真相。台长，这件事就交给我做吧。”

“可是……”

眼见台长下不了台，沈亮忙说：“肖鹏飞，现在是调查取证阶段，你那么着急做什么。我们可不是那些抢新闻的新媒体，千万不能犯错误。我想，现在最关键的是要找到那个女孩，让她说出真相。”

“对，就是这样。”台长忙说。

肖鹏飞没有说话，只是轻蔑地看着他们。他的眼神中写满了不屑，王悦低着头，极力忍住笑。

就在这时，突然有人惊呼：“呀，有人找到那个姑娘了！不对，是她联系媒体了！她说她当时被人欺负，多亏了王悦出现！”

这句话，就好像巴掌一样重重扇在台长的脸上。那人说完后，很快意识到自己说错话了，急忙捂住了嘴巴，但场面还是变得混乱起来。

汪曼云恶狠狠地瞪着王悦，就好像她刚做了什么天理不容的事情一样。在一片混乱中，有人说：“呀，还有人爆料说王悦得了癌症……王悦，这是真的吗？”

王悦刚才有多高兴，现在就有多被打入谷底。她的嘴唇情不自禁地颤抖起来，慌忙拿出手机，找到了微博，只见凌宇对着镜头说："对，我是她的前男友，当初也是我把她告上了法庭……不不不，她没有做错任何事，是我变心才会这样的，我现在特别后悔。嗯，我总觉得她哪里不对劲，于是就去问了她的朋友，我才知道她得了那个病。我真的没想到，她会救我的表妹。她自己已经那么艰难了，还见义勇为……"

等等，那个女孩是凌宇的表妹？怪不得凌宇之前还恨不得要她去死，现在却是这样的感激。

不过，癌症什么的……

王悦想起自己说的那个谎言，脑子乱成一团。许多人都凑上来，问王悦是不是真的生病了，王悦只觉得眼前一片眩晕，还有点儿想吐。

她想，她早上不该吃那根油条的，现在胃里难受到极点。她苍白的脸色让大家都后退了几步，肖鹏飞皱着眉走过来，问她："要不要紧？"

"没事。"

王悦觉得眼前一片漆黑，肚子里也翻滚得厉害。她似乎看到有金色的星星在眼前闪过，疼得她冷汗直流。她对自己说一定不能晕倒，至少不能现在晕倒，那样也太丢人了。

"我先走了。"

王悦用最大的力气说，慢悠悠地往前走，手指甲深深插入掌心，用疼痛来转移难受。

肖鹏飞看出王悦不对劲，一把抓住王悦的手腕，被她难看的脸色吓了一跳。下一秒，肖鹏飞抱起了王悦。

"你干什么啊！"王悦虚弱地问。

"闭嘴！"

肖鹏飞抱着王悦往楼下走去。王悦见肖鹏飞要送她去医院，一下子着急了。她挣扎着说了几句话，肖鹏飞没听清，还是想送她去医院。

“我要上厕所！”

王悦用最大的力气说，肖鹏飞愣了下，急忙扶着王悦去了洗手间。王悦在洗手间里上吐下泻，她的腿软到根本没办法动弹。

肖鹏飞干脆进了女洗手间，扶着她上了车，却没有送她回家。

“我不去医院。”王悦难受地说，“你让我去医院，我就跳车。”

“王悦，你疯了！”

“反正我就要死了，早死晚死也一样。”

王悦打定主意不去医院，肖鹏飞第一次尝到了无奈的滋味。这样的感觉，就好像越用力握拳，越是握不住手中的沙子一样，不能掌控局面的感觉简直太糟糕了。

他只好开车带王悦回到自己家，给她倒了一杯水。一杯热水下肚，王悦觉得好了很多。肖鹏飞去厨房忙活了一会儿，然后端出来一碗热气腾腾的白粥。

“我不想吃。”王悦疲惫地说。

“吃！”肖鹏飞语气恶劣，“你以为我很闲，很喜欢下厨房吗？”

王悦其实挺担心肖鹏飞的厨艺，但更怕被肖鹏飞的唾沫淹死，于是视死如归地尝了一口。她做好了难吃的准备，却没想到，肖鹏飞的手艺还不错。

“很奇怪我为什么会做饭吗？我还会做馒头、花卷呢。”肖鹏飞得意地说。

“你学过？”王悦好奇地问。

“不是。当时毕业后没找到工作，为了省钱就自己做饭。做馒头和花卷最省钱，一顿饭成本才几毛钱。喂，为什么用这样的眼神看着我？”

“没什么。”

王悦没想到，肖鹏飞也有过这样艰难的时候，心里不知道为什么微妙地平衡了一些。她小口喝着粥，发现肖鹏飞一直在看着她。她实在喝不下去了：“有什么话你就说吧。”

“你……要不要吃点儿药什么的？”

“什么药？啊，你说那个啊……我不吃药。我遵循生命的规则。”

王悦觉得自己这个理由实在是太荒唐了。

肖鹏飞没有追问下去，而是说：“王悦，你想过那件事的后果吗？”

“你是说我帮那个姑娘的事情？就算知道会这样，我还是会做的。”王悦警觉地说。

“如果那个男的没那么好脾气，把你揍一顿你该怎么办？你觉得当时会有人帮你吗？”

“你也让我别管闲事吗？”王悦烦躁地说，“是，我知道我这么做很傻，也根本没办法改变这个世界，可我至少救了那个女孩啊！”

王悦显得很激动，肖鹏飞却笑了起来。他伸出手揉了揉王悦的脑袋，说：“我又没骂你，你那么激动做什么？你这么做很好，只是下次可以用更简单的方式。比如说你可以拍下来后告诉我，我去把他揍一顿。”

“啊？”

“其实，这件事是一个很好的机会。”

“什么？”

“你会红。”肖鹏飞平静地说，“女孩子都会支持你，你会成为见义勇为的代表。你生病的事情，也会让那些质疑你的人开始支持你！”

“我就是想帮大家，”王悦一脸真诚地说，“李想、谢依霖和你。你们可以参加我的节目，就是我最大的愿望。”

“王悦，你会如愿以偿。”肖鹏飞轻声说，“而且，得到的会比你想要的多得多。”

王悦很快知道肖鹏飞的话是什么意思了。

只是短短一天时间，她教训猥琐男的新闻在网上疯狂传播，甚至压过了明星谈恋爱的热搜。如果只是以“见义勇为的英雄”红起来也就算了，可是为什么大家都叫她那个令人尴尬的称呼？

王悦深吸一口气，看着微博，气不打一处来。

为什么其他人叫“雷神”“蜘蛛侠”“钢铁侠”，她只能叫个“绝症女侠”？这是什么乱七八糟的称呼！

王悦心烦意乱到了极点。她打电话给谢依霖，谢依霖承认了自己对凌宇说了她得癌症的事情。

“王悦，他找到我了，我觉得他应该知道这个。”谢依霖认真地说，“你为什么要一个人默默承受这些？他必须知道，他这辈子都要活在内疚里！”

可我不想让这个男人知道，而且，我根本没生病！

王悦不知道该怎么解释了，只好说：“这是我的私事，你不要随便和其他人说！”

“对不起，我也没想到……给你添麻烦了吧？对不起啊。”

谢依霖不断道歉，王悦简直怀疑她下一秒就会来负荆请罪。事情都已经发生了，王悦只好忍住火气挂了电话，然后发现她的手机全是来电。

“悦悦，你怎么生病了都不和家里说！”

她的爸妈在电话里痛哭流涕，说要卖房子帮她治病，已经在赶来的路上。

王悦急忙解释，说这一切是炒作。但是他们不太懂“炒作”的意思。

“那到底什么意思，你得病没得病？”王悦妈疑惑地问。

“哎呀，和你说不清楚。总之我不会死，都是节目效果。过段时间我回去和你们解释。”

王悦好不容易说服了自己的爸妈。和他们摆事实讲道理还是挺难的，但是说“工作需要”，他们就会很尊重她，不再多问。

王悦让爸妈保证，这件事不会对外说起。为了防止他们说漏嘴，王悦当机立断给他们报了个去泰国的旅行团，这样他们就不会来烦她，也能让这件事尽快消失在人们的视野中。

她挂断爸妈的电话后，又有许多以前的客户和朋友来关心。面对他们，王悦只能装出一副明明很难受又假装很坚强的样子。

王悦觉得她就要疯了。她曾经渴望关心，但是这样的关心，她现在实在受不了。

她多么希望这件事可以快点儿结束。她决定一周后宣布这是误诊，到时候大家一定会为她高兴，这一切也能结束了。

对，就这么做吧。

王悦第二天到办公室的时候，惊奇地发现她的桌子上摆着一束花，上面有张卡片写着“加油，绝症女侠”。她问同事这是怎么回事，同事一脸神秘地说，这是她的粉丝送给她的。

可是，他们怎么可能知道她的工位！

王悦继续追问下去的时候，他们什么都不说了，每个人的脸上都挂着神秘的笑意。

王悦没办法，只好开始工作，但又一直觉得心神不宁。她没猜错，因为一上午不知道有多少电话找她，大家都鼓励她要笑着面对生活。

这时，汪曼云叫王悦到她的办公室去。

4

王悦以为她会骂自己，没想到汪曼云说起了公事："关于宠物治愈师那个栏目，下周就要开始录制了。我想增加一个环节，你也上台说一些。"

"我上台？可我是制作人，这样不合适吧。"

"你现在名气很大，大家都想看到你。"汪曼云一顿，接着说，"这会增加不少曝光率和收视率。"

"好吧，我想想。"

"还有，下午你要去接受一个采访。新闻部门非要叫你说几句，你就当帮帮忙。"

"我能拒绝吗？"王悦绝望地问。

"这是台长的意思。你应该感谢这件事，你会变得很有名气，成为电视台的典型。我听说台长还打算帮你去申报见义勇为奖，还要给你做专题。"

这些听起来是那么夸张，王悦结结巴巴说不出话来。汪曼云以为她太过激动，说："我们私下举行了一次捐款，一共有七万八千元，下午财务就会打到你的账户上。好好工作，也好好休养身体，想请假的话，和我说一下就可以了。"

王悦被吓了一跳："这钱我不能要。"

"给你就拿着。"汪曼云不耐烦地说，"这是大家的一点儿心意，你收下就行。下午要采访，你现在去准备一下吧。"

汪曼云不给王悦任何拒绝的机会。

新闻部的主持人和她约好了，在咖啡馆里采访，王悦觉得这半小时从来没这么难熬过。

"王悦小姐，你上次救那个女孩的时候，在想什么？"主持人问。

"没想什么。"王悦含糊地说，"我只是做了每个人都会做的事情。"

"你的勇气真是让人敬佩！对了，听说你生病了，你可以具体透露一下吗？"

"没什么，就是……就是一般的病。"王悦不想谈这个话题。

"好像是乳腺癌，你的病是不是很严重？听说你只有三个月的时间了，是吗？"

"也不一定。"王悦模棱两可地说，"也许保持好心情之类的，会多活一阵子。网上不是有新闻吗？有的人以为自己只能活几个星期，后来活了十几年。"

"当然，当然。"主持人忙说，"你一定会没事的。"

"谢谢。"

王悦想快点儿结束这个话题，主持人又问："我听说，你救了两个人的命？因为一只猫？它是什么宠物治愈师？"

王悦心想又是谁在外面瞎说，警惕地回答："不是的，他们只是当时心情不好。至于那只猫，它叫小橘，确实给大家带来了治愈和欢乐。”

“啊，你就是这么救了他们！通过一只猫！”

王悦不知该怎么说。

在主持人的问话技巧下，她糊里糊涂成了拯救别人生命的英雄。

之后，主持人又问了她很多问题，当肖鹏飞过来的时候，王悦仿佛看到了救星。

“时间差不多了，我们该走了。”肖鹏飞一脸严肃地说。

“对、对，时间到了。”

“王小姐……”

主持人还想拦着他们，但看到肖鹏飞冰冷的眼神时，只得放弃。

到了肖鹏飞的车上，王悦终于松了一口气。她问肖鹏飞怎么会来找她，肖鹏飞说：“微信群里在直播对你的采访，我又不是瞎子，我当然能看到。你不喜欢采访的话，为什么不拒绝？”

对哦，为什么不拒绝？不是说好放飞自我了吗，怎么又被人道德绑架？

王悦想着，突然郁闷起来。她一副垂头丧气的样子，就好像被放了气的气球。肖鹏飞的唇角微微上扬，突然很想捏一捏她的脸。

肖鹏飞克制住这种奇怪的冲动，从后视镜看着王悦说：“今天该从李想的店里把小橘接到你家了。”

“是啊。”

王悦想起小橘，想象着去捏捏它的大胖脸，心里一片柔软。肖鹏飞看着王悦的神色，呵呵一笑，说：“我其实真不太理解，你们为什么会这么喜欢猫。”

“因为猫很软！摸起来的时候，就好像在抚摸棉花一样。而且比起狗的话，猫很安静，乖巧又懂事。”

“女人都觉得自己像猫，你也觉得自己像吗？”

“有点儿吧。”王悦有点儿不好意思地说。

肖鹏飞这话是在恭维她，王悦这样确信。女人说自己像猫，是因为猫是那么美丽神秘，又是那么独立。

王悦满怀期待地看着肖鹏飞，准备享受着肖鹏飞的恭维。肖鹏飞却说：“漂亮的女人是波斯猫，高贵的女人是布偶猫，至于你，则是……橘猫。”

“为什么说我是橘猫？”王悦装作诧异的样子问。

因为我和小橘一样可爱？因为我和小橘一样毛发光亮？

“因为你和那只猫一样能吃。”

“喂！”

王悦生气了。她的脸涨得通红，怒气冲冲地瞪着肖鹏飞。要肖鹏飞说，此时的她可比刚才垂头丧气的样子好多了。

肖鹏飞达到了目的，笑呵呵地带着王悦去了李想的酒馆。他们开门的时候，愣住了。

李想的酒馆就好像被龙卷风肆虐过一样，碗碟碎了，凳子也倒了，李想垂头丧气地坐在一边。王悦顿时紧张地问：“怎么了，是不是那帮讨债的又来了？可你不都要还钱给他们了吗？”

“还没到还债的时间，他们倒是没有来。”

“那，那是怎么回事？”

“有一只野猫跑了进来，小橘和它打了一架。”

“你是说，这些都是小橘弄的？”王悦不可置信地问。

李想点点头。

王悦看着在一旁一脸无辜的小橘，冲了上去。李想还以为王悦在担心小橘，忙说："我检查过，它没受伤。"

"它那么肥，当然不会受伤！它连人都敢打，还有什么事情做不出来。"王悦没好气地说。

李想愣住了。

王悦接过小橘，小橘在她的怀里倒是很安静。她有点儿担忧地说："小橘最近越来越野了。"

"可能是和我们熟了，就开始肆意妄为了吧。人类也是这样啊，对陌生人客气到不行，但是会和熟人撕破脸。不管之前对那人有多好，在碰到利益冲突的时候，那人一定会放弃你。"

虽然肖鹏飞没说那人是谁，但王悦知道他说的是沈亮，也可能在说罗燕平。

徒弟抢了他的栏目，前妻做了他的领导，这事儿确实让人很不平。

王悦开始同情起肖鹏飞来，再看到小橘一脸无辜的样子就气不打一处来。王悦把它拎到破碎的碗碟面前，说："看看，这是谁打碎的？"

小橘一向聪明。它看到自己闯祸的现场，不自在起来。它喵喵叫着，想要逃走，但是被王悦死死抱着。

王悦苦恼地说："下周就要录节目了。它还是这么野，要是在节目现场打一架可怎么办？"

要肖鹏飞说，那场景可就太美了。如果它能对着台长的脸挠几下的话，他一定会对着它的脑袋狠狠亲上一口。

可是，王悦会疯的吧。她可受不了这刺激，他也会烦死。

肖鹏飞一时半会儿也想不出什么好办法，对王悦说："回去再说。"

王悦点点头。

从酒馆出来的时候，已经是夜晚了。王悦慢悠悠地走着，看着窗外的景色，不知道为什么，现在她并不想回家。

好吧，其实她知道原因。

她想和肖鹏飞待着。做啥都可以，甚至一起在街边踢小石子也行。

可是她怎么可能开这个口，这样显得太不矜持。

“要不要……”

“要不要喝杯咖啡？”

在肖鹏飞开口的瞬间，王悦也开口了，然后她后悔地咬住嘴唇，自己怎么就那么沉不住气！

她立马说：“当我没说。”

“你已经说了，你是不想喝咖啡了？”肖鹏飞问。

“不。”

我就是想让你主动说出来。

王悦知道自己做错了，简直白瞎了她看的那些书。

《傲慢与偏见》里的贵族小姐们交流着怎么对男人给予暗示，让他们主动追求甚至求婚的技巧。她当时看得津津有味，自以为全部掌握了，但是她把一切都搞砸了。

她这么做就好像伊丽莎白揪起达西先生的领子，逼着他去家里一起吃饭。她怎么就把一个优秀的、文质彬彬的未婚夫给吓跑了！

她怎么就那么蠢！

“那愣着干什么？走吧。”肖鹏飞不耐烦地说。

好吧，她想错了。达西先生永远不会对一个淑女这么说话。

“知道了，你吼什么啊。”

王悦回了一句，跟了上去。

王悦和肖鹏飞一起走着，见不远处有一家咖啡店。她走上前去看了一眼环境，惊奇地发现里面居然有很多小猫！这些小猫有的在桌子上睡觉，有的在一旁吃猫粮，还有的在和客人玩闹。

“是猫咖啊。”王悦说。

“要不要选这家？”肖鹏飞问，神色有点儿纠结。

王悦点点头，然后有些担心地问：“你能去猫咖吗？”

“总要适应的。”肖鹏飞轻描淡写地说。

既然肖鹏飞都答应了，王悦自然高高兴兴去了。王悦还是第一次来猫咖，和肖鹏飞一起消过毒、换了鞋套后满怀期待地走了进去。

这里是猫咖，是猫咪的家，也是爱猫者的天堂。时不时有小猫从王悦的脚边经过，还有小猫对她眨眼睛放电，王悦觉得呼吸都急促了！

她撸猫的时候，无意中看了一眼肖鹏飞，发现他的脸色都白了。

“你没事吧？”王悦担心地问。

王悦不怕猫，但是她怕蛇。她在菜市场见到卖蛇的都会低着头走，在动物园看到蛇会浑身发麻，要是让她和那么多蛇共处一室的话，她简直恨不得当场去世。

肖鹏飞也是这样吧？他现在的感受一定是生不如死。

王悦想着，突然后悔起来。

这个猫咖让肖鹏飞确实很不适应。他对猫的恐惧心理最近刚好了一些，可是一下子看到这么多只猫，让他觉得呼吸急促，直到王悦拉了拉他的手。

王悦的掌心此时是温热的。这样的感觉怎么说呢，就好像是一个人在爬山的时候被人拉了一把，又好像是溺水的时候被人救了出来。

肖鹏飞看着王悦，发现王悦的眼睫毛还挺长的。这样的注视，能让他忘记有那么多只猫在自己身边，这是不是叫“转移注意力”疗法？

他一直盯着王悦，直到猫咖的小姐姐送来咖啡，还在盯着她。

王悦被肖鹏飞看得很不好意思。肖鹏飞的眼神专注到，让她觉得自己突然变成了什么倾国倾城的大美女。

当她不小心抠了下鼻子，肖鹏飞还是盯着她看的时候，她终于意识到不对劲。

“你是不是觉得看着我，就可以忘记身边有那么多猫了？”王悦试探地问。

看到肖鹏飞点头的时候，王悦觉得自己刚才的幻想就像巴掌一样，啪啪打在自己脸上。

她问肖鹏飞：“你到底为什么怕猫？你也不像是过敏的样子。你是不是有什么心理阴影？”

“我小时候被一只猫挠过，满脸都是血。现在还有点儿疤。”

肖鹏飞说着，指着额头的一角，示意王悦看。王悦凑上去看，看了半天才看出一点点白印子，没好气地说：“这点儿疤恐怕拿显微镜才能找出来。”

“可是我因为这个不完美了。”肖鹏飞遗憾地说，“不然我能去做个明星什么的。”

“你当初怎么会选择做主持人？你大学学的是这个专业吗？”王悦好奇地问。

“不是，我大学学的是土木工程，我的梦想是做一名工程师。后来，我发现自己想得太美好了。实习的时候，我还学会了怎么砌水泥……后来，老板跑路了。”

“啊，跑路？”王悦没想到会有这样的转折。

“嗯，欠了大家一共几十万的工资，就再也不接电话了。工人当然不干，就找工头儿要钱。工头儿急得要去跳楼，被我拦下来了。我对他说，我一定可以帮大家要到钱，我真不知道，当初自己怎么那么有自信。”

“后来呢？”王悦紧张地问道。

“我回到大学，问了很多人，后来有个在电视台实习的师兄说可以帮我。当我们赶到的时候，那个工头儿险些从天台上跳下来，可把我们都吓死了。这事儿后来上了电视，很多人骂老板。老板顶不住压力，送钱来了，还解释说他不是跑路，只是最近突然家里有事。大家拿到钱后也就没再追究，吃散伙饭的时候，工头儿哭了。他告诉我，要不是我的话，不光是他见阎王，那些家里有老有小的农民工，可能也会想不开。那一刻，我觉得自己是英雄。我的心里满满的，就好像有什么东西要冲出来。我觉得，我能改变世界。”

“然后你就去了电视台？”王悦问。

“嗯。我的专业不对口，一开始我是做业务员，慢慢做了小编导、小记者，然后做了主持人。这其中的过程我就不说了，省得你觉得我在灌心灵鸡汤。”

肖鹏飞嘴上谦虚，但是看得出来还是挺想说的。王悦故意说：“你不愿意说就算了，我这人就不喜欢强人所难。”

肖鹏飞果然被噎住了。

看着肖鹏飞郁闷的样子，王悦忍不住笑了起来。可是下一秒，她的笑容就维持不住了。

“根本就没有什么宠物治愈师吧？”肖鹏飞说。

王悦顿时觉得手中的咖啡变得苦涩起来。

她不动声色地放下杯子，说：“肖鹏飞，你在这里不开心我能理解，但你也没必要冲着小橘发脾气否认它啊。”

“你可别给我戴帽子。我知道有宠物治愈师这个职业，但不是小橘。它没有接受过任何训练，它就是一只普通的猫。”肖鹏飞微微一笑。

“你胡说。”王悦说着，感觉身体开始颤抖。

“你别紧张，我说这话不是要拆穿你，我只是想帮你。如果到时候有人发现这一切只是骗局，你想过结果吗？”

“我……”

王悦不知道是承认好，还是继续说谎好，脸色一会儿红一会儿白。肖鹏飞放低了声音：“你说过，我们是一个团队。既然是团队，你就别瞒着我，你也没什么好怕的。”

肖鹏飞的脸上带着笑意，就好像这是多么让人骄傲的事情似的。王悦被他的话触动，没有正面回答，而是说：“它是不是宠物治愈师，真的会有人认出来吗？会有业内人士冲出来打假之类的吗？”

“可能会，也可能不会，这个不好说。反正只要你红了，有多少人喜欢你，就有多少人讨厌你。不过，如果真的有人骂你是骗子，你其实应该高兴。这代表你受到关注了，我们的事情成功了。”

不，我不要这样。

王悦默默想着，用力咬住了嘴唇。

肖鹏飞看着她的表情，意味深长地说：“你不回答我也没关系。总之，你把节目的策划方案给我，其他的你就不用操心了。你要做的，就是让这只猫在出场的时候，别弄出什么乱子。”

“你是什么意思？”

“你没发现吗？它不怕你，你管不住它。”

“它不光是不怕我，它谁都不怕。”王悦立马说。

“这就是问题所在。一个家庭里，孩子都必须要怕一个人，何况是猫，你也不想它把节目搞砸吧？”

王悦其实也很担心小橘到时候出乱子，想了想说：“我打算训练一下小橘，要不要一起？”

她说完话才反应过来，这是邀请肖鹏飞去她家了，比起刚才约肖鹏飞喝咖啡，性质更严重。

她是那么害怕肖鹏飞拒绝，没想到肖鹏飞说：“好啊。”

“真、真的？”王悦下意识问。

“你觉得我会因为这些无聊的事情骗你？我们是一个团队。”

肖鹏飞说着，站起身来，却看到服务员朝他们走了过来。王悦下意识说：“我们埋过单了。”

“不是说埋单的事情。你，你是不是名人啊？”服务员激动地问。

5

王悦看着肖鹏飞。

和肖鹏飞认识的这些天来，这样的事情经常发生。只是，有人找他要签名，有人骂他，他的每个粉丝都不一样。

肖鹏飞也见惯了这样的事情。他露出无奈又享受的表情，准备给这个服务员签名，可是对方却激动地说："你就是地铁上骂猥琐男的那个妹子吧？你太厉害了！"

"啊？"

王悦没想到这人是冲着她来的，一下子就傻眼了。她摇摇头想否认，但是肖鹏飞说："她是。"

服务员顿时开心极了。她双目放光，看着王悦，说："我是你的粉丝！你好勇敢，我真崇拜你！下次你来这儿，我给你打折。"

"啊，不用这么客气吧。"王悦说。

"社会需要你这样的正能量！"

直到离开这家猫咖，王悦还是觉得晕晕的。肖鹏飞一边开车，一边笑着说："你的人气比我想象中的还要高。"

"是吗？"王悦捂着脸。

她觉得有点儿麻烦，有点儿害羞。但是，这样的感觉好像还挺不错。

"准备好做名人了吗？"肖鹏飞问。

"其实没准备好，我从没想过这个。"

"不是吧，电视台的每个人都想成名。"

王悦耸耸肩，没说话。

王悦知道，很多人都喜欢出名。毕竟，被大家瞩目的感觉很棒，而且出名意味着有钱，谁会和钱过不去？

她也挺想有钱的。

王悦看着小橘，瞪了它一眼，跟着肖鹏飞一起到了她家。

可能是知道自己犯错了，小橘一路上特别乖巧，到了王悦家也安安静静趴在沙发上，甚至爪子都没有往外挪。

可是，王悦知道这一切都是表象。它当初就是用这么乖巧懂事的一面骗她收养了它。

王悦从厨房拿来碗筷放到小橘面前，还摆了一把刀和一块案板。肖鹏飞不知道她要做什么，诧异地看着她。

王悦故意把碗筷砸在了地上，小橘傻傻地看着王悦，可能在想为什么这个人要做它刚才做过的事情。

而下一秒，王悦把碗里的鸡爪放在案板上，拿刀对准鸡爪用力剁了下去。

“让你故意摔东西！剁、剁、剁！”

王悦对着鸡爪子一顿猛砍，小橘看得瑟瑟发抖。肖鹏飞看着这一人一猫，彻底无语：“王悦，这就是你的办法，你觉得这样有用？”

“知道错了吗？你再打东西看看？”

王悦没有理会肖鹏飞，而是拿着小橘的爪子，要小橘去打翻碗。肖鹏飞不屑地摇摇头，却惊奇地看到小橘拼命闪躲，坚决不肯对桌子上的东西下手。

“还真有用？”肖鹏飞愣住了。

“嘿嘿，我从书上学到的。”王悦骄傲地说。

“好吧，就算它可以改掉乱砸东西的坏毛病。到时候录制现场会有很多人，小橘万一怕生怎么办，你想过没有？”

“我……我想想。”王悦说。

肖鹏飞走后，王悦一直在思考这个问题。

因为现在有四个人共同抚养小橘，小橘其实并不算怕生。可是作为真正的“宠物治愈师”，它必须要更温顺才行。

那怎么办，总不能找十几个人轮流撸它吧？

对了，确实有个地方很符合要求。那就是……

“就这么定了。”王悦愉快地说。

第二天，王悦邀请肖鹏飞去喝咖啡，去的还是之前那家猫咖。

肖鹏飞坐在王悦的对面，看着王悦一副明显想说什么，但是硬生生憋着的样子，喝了一口咖啡。

他看得出来，王悦喜欢他。其实这不奇怪，大多数女人都喜欢他。他从她的眼神里看得出来她对他的爱慕，但是，他也看得出来她一直在犹豫。

好吧，她当然会犹豫。他现在和以前不一样，虽然他换了栏目，人气也还不错，但是和想象中还是差很多。

而且他的名声还挺差，很多人都觉得他是坏人。王悦之前也是这么说他的。

可是，她还是再次约他喝咖啡了。这对于她矜持的性格来说，一定很难。

看来，她是真的很喜欢他。她怎么就那么爱他呢？

肖鹏飞心中满是奇怪的情绪，一会儿觉得现在没心思谈恋爱，一会儿又觉得有个红颜知己好像也不影响事业。

而且，她和笑笑的关系也不错，这点很难得。

“我……我最近联系了之前的一个朋友，看看他能不能去把李想家那批货给退了，他说问题不大。”肖鹏飞轻描淡写地说。

“真的吗？你那朋友是做什么的，是不是警察局的？”王悦果然露出了崇拜的眼神。

“不是。总之，他答应帮忙，事情就八九不离十了。”

肖鹏飞环视四周，还真没发现不一样。这时，一只猫跑到他脚边蹭了一下，他觉得头皮有点儿发麻，但是比他最开始遇到猫时的感觉已经好太多了。

说起来，这都是王悦的功劳。这个偶像剧小姐也不是一无是处。

王悦到底准备了什么惊喜，不会是求婚什么的吧？

肖鹏飞的脑子里闪过很多想法，他满怀期待地看着王悦，心里也夹杂着一丝紧张。王悦用手指着一个方向，说：“看，那是什么。”

肖鹏飞往猫咖前台的方向看去，看到了各式各样的猫，没明白这里面有什么玄机。肖鹏飞想，难道这个前台内藏玄机，其实有个人藏在里面，手里会拿着一大束玫瑰花之类的？

他就干过这样的事儿，那姑娘感动到当场哭了起来。

他其实不太想哭，因为会显得自己不够爷们儿。但是，如果玫瑰足够多的话，哭也不是不可以。

王悦见肖鹏飞半天没有说话，急了，推了他一把，说：“你看谁在那里？”

肖鹏飞只在那里看到了猫。他试探地说：“这猫……”

难道这猫的肚子里，藏着戒指？

“对，小橘！”王悦兴奋地说。

肖鹏飞顿时说不出话来。

他震惊地往那堆猫的方向看，果然在其中看到了小橘肥硕的身影！它的脖子上挂着一块牌子，上面写着“小橘”两个字，此时它正在奋力和一帮猫抢饭吃。

肖鹏飞一脸不可置信：“它怎么会在这里？”

“我想了半天，觉得应该让它多和人类接触。哪里的人最多，素质最高？当然是猫咖！所以我和我的粉丝商量了下，让小橘来这里打工。”

“打工？”

“对啊，我的粉丝说可以按天给它算钱。到时候，它的罐头钱都能自己赚了。”王悦骄傲地说。

这时，有几个女生围了上去。她们可能是觉得小橘肥嘟嘟的样子很可爱，拼命摸着小橘，和小橘合影，小橘都没有反抗。

肖鹏飞也不知道为什么，感觉小橘在他眼中变成了一个饱受欺凌的男子。

这是多么万恶的世界。在生存压力面前，猫也不得不出卖身体。

“别让它打工，以后它的伙食费都由我出了。”肖鹏飞下意识说。

“你啥意思？你这是不让小橘奋斗吗？就算爸妈超级有钱，也需要接触社会。我看新闻上说，很多富家子弟还会去摆地摊体验生活呢。”

“他们确实去摆地摊了，可他们没有让人随便摸。”肖鹏飞轻哼一声。

肖鹏飞突然这样正气凛然，让王悦觉得好不习惯。肖鹏飞似乎想到了什么，不可置信地问：“所以你带我来，就是为了看小橘？”

“是啊，不然呢？”

王悦的反问，让肖鹏飞觉得心里闷闷的。他看着王悦，说：“我还有事，就先走了。对了，关于宠物治愈师的资料，我已经发到你的邮箱里，有空记得看一下。你的方案也尽快给我，我帮你调整。还有……你有什么梦想，记得告诉我。”

“好。”王悦愣愣地说。

肖鹏飞就这么离开了咖啡店。不知道是不是错觉，王悦觉得肖鹏飞好像很失望，似乎还有些生气。

难道她真的不该带小橘来打工？原来肖鹏飞那么介意小橘

被人摸？

这人到底在想什么？

王悦越来越想不通。

下班后，王悦独自去李想的酒馆，打算喝一杯。李想给她端来了她喜欢的梅子酒，王悦喝了一口，觉得浑身都温暖起来。

她思考了一下，还是把肖鹏飞对她说的话都告诉了李想。她说："虽然肖鹏飞看起来挺不靠谱的，但是当了那么多年的主持人，也积累了一定的社会关系。我建议你这房子先拖几天，说不定事情会有转机。"

"他们已经来我家搬货了。"李想说。

"什么？"王悦觉得一口酒都要喷出来了。

"就在两小时前。"

别说王悦了，李想也觉得一切就好像做梦一样。就在刚才，一帮人冲了进来。

李想还以为他们是和光头一伙的，急忙说他现在就去转钱，可是他们却问起他妈买保健品的事情。

然后，他的银行卡里多了一笔钱。那帮人去他家把保健品搬走了，他看着空荡荡的家，觉得眼睛酸涩。

虽然不知道发生了什么事，但他终于能保住他的家了。

李想第一时间联系了中介，表示他不会卖房子。就算赔了一部分违约金，被中介骂了一顿，他也高兴。

他根本不知道这件事是谁做的，还在想是不是顺子悄悄出手，又或者是哪个神秘粉丝送给他的礼物，却没想到居然是肖鹏飞。

他觉得肖鹏飞是一个既愚蠢又肤浅的傻子，从没有把肖鹏飞当朋友。

他却是……真的把他当成一个团队。

李想的心中满是懊悔，看王悦的目光是那么柔和。他对王悦充满感恩，因为不是她的话，他不会认识肖鹏飞，也不会解决这个大麻烦。

他也喝了一口酒，举杯说："我们是一个团队。"

王悦不知道，李想说出这句话来有多不容易。

作为团队的一员，他理想中的团队是甲壳虫，大家都是肝胆相照的好兄弟。最低也是"尖叫乐队"那样的。

可是，他现在愿意接受他们。从此，他们就是自己的兄弟姐妹，是仅次于音乐的存在。

"对，团队！"王悦乐呵呵地举起酒，"敬团队！"

"敬团队！"

肖鹏飞和谢依霖没来，让王悦有些遗憾，但是这并不妨碍她的好心情。王悦把准备向李想提问的问题都给了他，让他做准备，李想配合地说："绝对没问题。"

李想到底没忍住，问起了小橘。他说小橘闯祸后，他原来挺生气的，但是后来想了一下，怎么能和一只猫计较，有时候他的手滑了，都会把碗打碎呢。

"它只是一只猫，也不是故意的。王悦，你没打它吧？"李想说，看起来很担心。

王悦知道，李想是真的喜欢小橘，她笑着说："没有，但我用了其他的惩罚方式。"

"什么方式？"李想紧张地问道。

"当然是……让它去猫咖打工，让它知道赚钱有多不容易，这样它以后就不会祸害东西。"

李想瞪大的眼睛，很好地取悦了王悦，两个人都开始哈哈大笑起来。王悦喝了一杯后就不再喝了，开始帮李想忙活。

随着夜色渐浓，李想的客人多了起来，也有人认出了王悦。

“你不就是那个，那个……”

“那个‘地铁女孩’。”王悦一边帮忙端菜一边说。

“对对对，就是那个‘绝症女侠’！”那人激动地说。

王悦的脸色一下就变了，表现出挺无奈的样子。李想知道王悦肯定不喜欢被人提起这件事，但也不好对客人说重话，便转移话题：“我创作了一首曲子，你们想听吗？”

“你还会作曲，真的假的？”有人提出质疑。

王悦说：“当然是真的，他以前还是乐队的主唱。”

“老板会唱歌？”

“对，他唱得可棒了。”王悦大声说。

大家都说音乐是无形的，但是李想认为音乐是有形状的。音乐有时候好像母亲温柔的手，有时候又好像是重重砸在身上的雨点，他喜欢触摸音乐的感觉。

因为这种喜欢，他放肆了几年，然后放弃了这份冲动。他没想到，在他放弃音乐后，音乐也放弃了他。

他不再写歌，不再唱歌，甚至都不再听歌。

现在，他好像又有这样的感觉了。

李想想着，拿起了吉他。他弹奏起那首他给理发店写的歌。这首歌诉说着他对一个女孩的长发的迷恋，对于女孩突然染发的不解，还有他最后爱上短发女孩的喜悦。

当李想唱完这首歌的时候，大家都热烈鼓掌。有位客人说，没想到他居然有这样的才华，还有客人让李想出专辑什么的。

李想不知道他们是真心这么想，还是为了表示客气。他犹豫地看着王悦，见王悦对他拼命点头，才觉得那颗彷徨不安的心，终于沉了下去。

王悦坐在李想身边，激动地说："真是太好听了！你快发到网上，肯定人气很高，然后我可以给你安排采访什么的。"

"你……你不是骗我？"李想犹豫地问。

"我说的都是真心话，你写的歌可比那些口水歌好太多了！现在网络很发达，不像是以前。只要你有才，就一定能被人发现。李想，你一定会成功。"

王悦的眼神是那么坚定，给了李想信心，他突然想抱王悦一下，可是他抑制住了内心的冲动。他谦虚地说："那我就尝试着给那个老板发过去，也不知道他会不会喜欢。"

"他一定会喜欢，说不定还会给你涨价。"王悦说。

回家的路上，王悦感受着微风的吹拂，心情格外愉快。她还记得以前每次去酒馆时，李想总是一副"沉默中年人"的样子，仿佛生活早就让他失去了棱角。

但是，他现在的眼神又鲜活了，还带有少年的气息。

这样真好。

王悦去猫咖把小橘接回了家。店员告诉她，小橘很乖巧，和大家都相处得挺愉快，和其他猫之间的感情也不错。

王悦原来还在想，小橘怎么会突然那么懂事，在看到小橘沉甸甸的肚子时，顿时明白了一切。

"它这是吃了多少？"王悦诧异地问。

"反正该吃饭的时候它就吃饭，人家喂它的时候它也吃，不喂它的时候它还是凑上去抢着吃，我们这儿的猫都不是它的对手。"店员哭笑不得地说。

王悦顿时明白了——猫咖里的猫都是温室里的花朵，哪像小流浪猫那样身经百战！

它现在确实不欺负人了，改欺负猫了，它怎么就那么能！

王悦气得敲了一下小橘的脑袋。见王悦生气，店员忙说："你别误会，我们都很喜欢它。它吃得多，那帮客人的购买力一下子就上来了，我们店里的生意都变好了。它明天还来打工吗？"

"不来了。体验生活什么的，一天就够啦。"

王悦向店员道谢后抱着小橘回了家。

到家后，小橘特别乖，自己在一边玩耍。王悦则打开电脑，开始加班做一些东西。

肖鹏飞果然给她发了一封邮件。她点开一看，发现肖鹏飞发来的策划案，倒是比她之前的要精妙很多。

"这家伙倒是挺厉害的。"王悦轻声说。

她一页页翻着，时不时记录一些要点，都忘记了时间。当王悦觉得脚上多了一团热乎乎的东西时，才发现两个小时过去了。现在已经是半夜十二点。

小橘显然困到不行，在她脚边找了个舒服的地方，就睡了过去。小橘入睡很快，还打着呼噜。这样的夜晚，让她有了一种岁月静好的感觉。

"傻猫。"

王悦俯下身，轻轻抚摸着小橘柔软的毛发，心里满是温暖。她突然想，如果她真的得了癌症，就再也没机会撸猫，也没有机会和李想一起喝酒了。

如果三个月后，真的是时间的尽头，会怎么样？

她会很遗憾吧？因为，她还有很多事情没有做。

她没有看过现场的演唱会，没去过鬼屋，甚至没坐过过山车。她还想去图书馆，因为她每次经过，都没有进去过。

对了，她还想去看看曾经的老师和同学，告诉他们，他们给了她很多快乐的时光……

鬼使神差般地，王悦在笔记本上写下了心愿，发现她还有三十个心愿没有完成。

如果没有经历过这些事，也许她根本不会思考这些问题吧。真是要……感谢小橘，也感谢肖鹏飞啊。

王悦想，第二天见到肖鹏飞的时候，要对他态度好一点儿，也要谢谢他做的策划案。可是，她工作的时候忙疯了，根本没机会和肖鹏飞说话。

她却没想到，下班的时候肖鹏飞对她说："走，我联系好了。"

"去哪儿？"王悦呆住了。

"游乐园。"肖鹏飞晃了晃他手中的本子。

这是王悦写的"心愿清单"。

第八章　有猫，还有男朋友

1

直到坐在肖鹏飞的车子里，王悦还没有从刚才的羞愤中走出来。

要不是刚才有那么多同事看着，她就和肖鹏飞吵起来了。为什么她写心愿的本子会在肖鹏飞的手里？他是小偷吗？竟然偷偷看女孩子的东西！

要是她上面写的根本不是什么心愿清单，而是隐私的东西呢！

可是，她知道，她和肖鹏飞的绯闻已经愈演愈烈了。她不想让自己显得欲拒还迎的样子，只能装作和肖鹏飞早就约好了，一起到了他的车里。

“你为什么偷看我的本子？！”王悦愤怒地质问。

“如果你锁在抽屉里，那才叫偷看。你放在桌子上，我只是不小心把它弄在地上，它又不小心自己打开了。这就是我们的缘分啊，偶像剧小姐。”

她咬牙切齿地说：“骗我有意思吗？”

“游乐园的票都买了，你确定要浪费？”肖鹏飞问。

这句话一下子戳中了王悦的内心，她只得闭着嘴不说话。

肖鹏飞得逞了，他心情很好，带着王悦到了郊区的游乐园，王悦都不记得自己有多久没来过了。

游乐园和记忆里一样热闹，能看到手拉手一起走的情侣，能看到不断欢笑奔跑的孩子，还能闻到爆米花的气味。

在人群中，王悦觉得她和肖鹏飞显得格格不入，他们算什么关系？朋友？一起来游乐场的那种？

他们是团队，他们到这里来是为了团建。

王悦想着，突然豁达了。她和以前一样准备去坐旋转木马，正要朝着那个方向走去，却被肖鹏飞阻止了。

“你的梦想是过山车和鬼屋。”肖鹏飞说。

“那是我瞎写的，其实我人生最大的梦想是坐木马。”王悦用最真诚的表情看着肖鹏飞。

肖鹏飞根本不管王悦在说什么，硬生生把她带到了鬼屋面前。王悦极力反抗，肖鹏飞极力劝说，鬼屋的工作人员对这样的“情侣”早就见怪不怪了。

工作人员对他们说了注意事项后，王悦敏锐地发现了可以脱身的办法。

她指着肖鹏飞，举手说：“你们说四十五岁以上的人不能参加。他超龄了，他不能参加！肖鹏飞，我们走吧。”

王悦说着，抓住肖鹏飞的手想要走，可惜被肖鹏飞像拎小猫一样，重新拎到了工作人员的面前。

“你干什么！”王悦挣扎。

肖鹏飞不理会王悦，呵呵一笑：“不好意思，她在开玩笑。我们可以进去了吗？”

“可以，签字就能进去。”工作人员说。

“我不去！我还有高血压、心脏病！”

在王悦准备一咬牙喊出她“怀孕”的时候，肖鹏飞已经把她带了进去。王悦终于意识到，她的反抗没啥用，既然这样，那就享受吧。

不就是鬼屋吗？鬼屋都是假的，她如果因为这害怕的话，也太丢人了。

她早就不是当初那个只会讨好人的“微笑小姐”了。

王悦做足了心理准备，可当她听到那毛骨悚然的音乐，看到面前昏暗的灯光时，还是害怕了。她紧紧抓住肖鹏飞的衣服，甚至把脸也贴了上去。

“王悦，你干什么？”肖鹏飞问。

“我看不清。”

在“害怕”和“看不清”中，王悦选择了相对没那么丢人的。肖鹏飞轻笑一声，却没有说什么，带着她走了进去。

王悦一直拉着肖鹏飞的手，和他紧紧靠在一起，直到走出鬼屋也没松开。

他们又一起坐了过山车。

王悦觉得，肖鹏飞的身体给了她莫大的温暖，她甚至有点儿恍惚。

她一直是付出型人格，和凌宇在一起的时候，都是她在照顾凌宇，有时候她真是怀疑自己到底是凌宇的女友还是他的母亲。

肖鹏飞虽然嘴巴有些毒，却经常帮助她，这让她有了一种也会有人替她遮风挡雨的错觉。

就好像现在这样。

肖鹏飞看着王悦，觉得那天晚上那种奇怪的气氛又来了。不知道为什么，他突然很想吻一下王悦。可能是因为心疼，也可能是因为一些别的东西，但是他就想不管任何后果亲吻她一下。

“王悦……”肖鹏飞觉得自己的声音都沙哑了。

这时，天空突然传来了一声巨响。

当天空绽放烟花的时候，所有人都尖叫起来。王悦抬头看着天空，面容在忽明忽暗的烟花下美到不像话。

“你说什么？”王悦笑着问。

肖鹏飞凑了上去。此时此刻，他的眼睛里只有她。

就算她是“窝边草”也没关系，就算她只有三个月的生命也没有关系。他会好好把握每一天。

肖鹏飞要做什么，难道是要亲吻她？

她倒是不介意……但是要不要矜持一点儿？

短短的一瞬间，王悦的脑子里想了很多。可就在肖鹏飞要亲到王悦的时候，王悦突然捂着嘴跑到了一边。

她吐了。

其实，王悦是在过山车上忍了很久才吐的，但是在肖鹏飞看来，很像是被他那个即将到来的吻给恶心吐的。

这件事可真让人上头。

肖鹏飞一时之间不知道该怎么办，最后买了一瓶水，递给了王悦。王悦喝了点儿水，才觉得好了一些。

她感觉到肖鹏飞刚才要吻她，应该是这样没错吧？可是她都干了什么！

她总不能说她是被过山车弄成这样，其实心里很愿意吧，肖鹏飞肯定不会信！

“你不会坐过山车这样吧。”肖鹏飞果然干笑说，“那你是对我……有什么看法吗？”

“没有，我就是……就……”

“你不要说了，我明白了。”

肖鹏飞的表情突然悲伤起来，又带了一丝怜惜。王悦觉得事情不对劲，肖鹏飞果然说：“你最近的情况……还好吗？”

王悦过了一会儿才反应过来肖鹏飞是在问她的病情，她瞬间表现出沉重的样子，说："好像没那么好。"

"你的呕吐是因为排异反应之类的吗？"

"可能吧。"王悦含糊地说。

肖鹏飞顿时觉得自己又做了一件令人讨厌的事情。

无论王悦怎么撒娇或者威胁，肖鹏飞都岿然不动，在王悦看来，肖鹏飞好像还挺享受的。

肖鹏飞一边站起身往外走，一边说："好了，你已经实现三个梦想了。接下来那十几个，我们也能很快实现……"

肖鹏飞的话没说完，脸色突然变了。他突然躲到一棵树后面，探着脑袋往外看，场景极其诡异。

王悦正想他到底在怕什么，看到沈亮和罗燕平一起走来的样子，也捂住了嘴巴。罗燕平的一缕发丝遮住了面颊，沈亮贴心地帮她捋顺，两个人看起来极为亲密。

"无耻至极。"肖鹏飞咒骂。

"肖鹏飞，你冷静，你们已经离婚了，她和谁在一起都是她的自由！"

"和谁在一起都行，但是和这小子不行！他抢了我的栏目！"

"这是两回事儿！"

"这不是两回事儿！"

王悦不知道该怎么阻止肖鹏飞，更悲剧的是罗燕平那边发现了这里的动静。罗燕平和沈亮就这么走了过来，罗燕平诧异地看着他们。

这可真是比电影还刺激。

2

肖鹏飞看着沈亮，倒是冷静了一些，脸上浮现出嘲讽的笑容。王悦知道他又在动心思了，忙抢先说：“罗主任，好巧。”

“是很巧。你们约会呢？”罗燕平尽量让自己的声音听起来很平静。

“我……”

“是啊，约会。你呢？”肖鹏飞问。

罗燕平用奇怪的眼神看着王悦，说：“嗯，我也在约会。”

肖鹏飞和罗燕平互相看着，王悦觉得肖鹏飞和罗燕平之间的气场太奇怪了，让她有一种要逃跑的冲动。

她拉着肖鹏飞就要走，肖鹏飞却不肯走，说：“我们今天去了游乐场，我真是不爱去，但她就是喜欢这些。罗主任，你们干吗去了啊？”

“我们去看了电影。”

“电影好啊，以前沈亮跟着我的时候，总是给我们买电影票。是吧，沈亮？”

沈亮的表情不太好看。罗燕平说：“都是很早以前的事情了，还拿出来说什么。”

“就是好奇，我们之前做过的事情，他也会跟着你一样做吗？他到底是喜欢你，还是说一直想超越我啊？”

“你闭嘴！”

王悦听不下去了，她大声阻止肖鹏飞。罗燕平倒是没有生气，只是轻声说：“那么多年了，你还真是没有变。原来我准备让你去主持一档综艺节目，看来你是不想去了。”

“什么综艺？”肖鹏飞顿时来了兴趣。

“综艺名字叫《我们离婚吧》，有五对离婚的明星夫妇会在节目里欢聚一堂。为了防止一些不可控事件的发生，主持人需要时刻盯着他们，也要给电视台贡献爆点。这项工作并不容易，我想来想去只有你合适。你觉得怎么样？”

肖鹏飞一听这个，不敢相信罗燕平要把这么好的机会给他。她不是应该让他离开电视台的吗？

“你就不怕我东山再起吗？”肖鹏飞愣了很久，问，“这样台长会不高兴。”

“台长那边就不用你考虑了，我就问你愿不愿意。”

这么好的机会突然降临，肖鹏飞下意识看了一眼王悦。看到王悦对他拼命点头，他的心脏剧烈跳动起来，过了一会儿才说：“行吧，那我就试试看。”

“加油。”

罗燕平说完就和沈亮一起离开了，肖鹏飞的心情顿时好到极点。他哼着歌送王悦回家，王悦对他表示无语：“你不生气了？”

“你是说我前妻的事情吗？当然不生气。我们早就离婚了，离婚后她有她的自由。”

“可你一直很讨厌沈亮。”

“他以前跟我那么多年，也不容易。”

肖鹏飞突然那么好说话，让王悦心里不舒服起来。她刚才还觉得肖鹏飞有棱角，现在是怎么回事，肖鹏飞也要做回鹅卵石了吗？

而且就为了那么一点儿点儿好处？

“我以为你会坚持自己。”王悦说。

“我的才华不该浪费。王悦，你为什么不为我高兴？”

肖鹏飞的眼神是浓浓的不解，王悦也不知道自己为什么不高兴。她勉强笑了下，说：“我当然为你高兴。还有，谢谢你给我的策划案。”

“不客气。”肖鹏飞说。

他们都没有提起那个没有落下的吻。

在忙碌的日子里，肖鹏飞始终坚持带着王悦去实现她的“心愿清单”。除了“谈一场轰轰烈烈的恋爱”，王悦发现她都没啥遗憾了。

她去吃了很多好吃的，去玩了她之前不敢玩的项目，还在肖鹏飞的带领下，把之前欺负她的人骂了一顿。

放飞自我的感觉实在太美妙，她和肖鹏飞的感情虽然没有再进一步，但也越来越熟络。

就在一切都那么美好的时候，录制节目的时间终于到了。

王悦做惯了幕后的工作，想着今天要上台，紧张得心脏快要跳出来了。

她必须上台，因为她是“绝症女侠”。节目缺少她这个“爆点”可不行。

等节目结束，她会一举成名。对，一定是这样。

约定的时间是上午十点，王悦发现，谢依霖九点就到了。她穿着上次去苏州穿的碎花连衣裙，脸色不太好，王悦急忙让化妆师给她补了个妆。

谢依霖抱歉地说：“我昨天睡得太晚了，所以皮肤有点儿干。给你添麻烦了，真是不好意思。”

“你几点睡的？”王悦问。

“三点。”

“啊，为什么，因为紧张吗？”

“嗯。”谢依霖诚实地点点头。

要上电视这件事对于她来说，当然很令人紧张。要知道，从小到大她都没被人这么盯着看过。

一想到全市的人都会这样看着她，她就觉得呼吸急促，要说什么台词都快忘记了。

不，她绝不能忘记，不能因为她把事情搞砸了。王悦给她的稿子，她读了几十遍，可以一个标点符号都不差地背诵出来。

背稿子这件事，让她好像回到了上高中的时候。那时候她什么都不想，只想能不能在下次的考试中多拿几分，好考上心仪的大学。

她想起了高二那年的文艺会演，大家决定跳芭蕾舞，班长让大家自愿报名。她不敢报名，但是又希望班长可以选她。

她和以前一样很安静，装作什么都没发生的样子在做作业。大家嘻嘻哈哈的时候，她一直竖起耳朵听，当听到报名的人越来越多的时候，她心里充满了绝望。幸好有人想起了她：“谢依霖不是以前学过芭蕾吗？”

“是啊，谢依霖，你来吧。”

“啊，我不行吧。”她当时谦虚地说，生怕他们信以为真！

“来啦，这是班级荣誉。”

在“班级荣誉”的命令下，她只得“不情愿”地加入了这支舞蹈队。大家都或多或少有一些底子，加上只是来一段最简单的芭蕾，其实难度并不大。

可是她们当初拿出了“艺考”的决心，每次下课休息的时候、放学的时候都会排练。一帮女生齐心协力跳舞，也会被很多男生围观。

她承认，她喜欢这样的感觉。这是她第一次这样被人注视，也是她青春期唯一的一段高光时刻。

谢依霖想，也许是自己太敏感了。

他们只是一起去了宾馆，又不代表他们真的做了什么，他们可能是去喝茶了——五星级酒店的茶特别好喝，她上次去苏州的时候也喝过。

至于婆婆，年纪大了难免疑神疑鬼，她不也险些这样？

谢依霖看着王悦，想起自己的命运都是被她改变的，心中满是感动。这时李想也到了。

李想穿着藏青色的西装，头发剪得很短，胡子也刮过了，看起来年轻了好几岁。谢依霖呆呆地看着，肖鹏飞进来后，则对他吹了个口哨。

“看起来不错，都赶上我七八分的姿色了。”肖鹏飞说。

李想崩溃地想，难道他现在的装扮看起来那么不合适吗？他简直想换一身衣服。

肖鹏飞走上前，打量他说：“你这头发太整齐了，不太好。乐队不都是走洒脱不羁的风格吗？你换成那样的。这样一会儿谈起你的音乐梦想来，才更有说服力。”

肖鹏飞说着，把李想的头发弄乱了。在李想表示拒绝之前，他示意化妆师过来，帮李想做了一个新发型。

要王悦说，这新发型还是挺适合李想的，整个人看起来多了一分桀骜不驯和洒脱，看起来更像是玩音乐的了。

王悦倒是挺想给李想安排一段他的自弹自唱，但是肖鹏飞说这样会影响主题。王悦心想汪曼云也不会答应，也就放弃了。

王悦想起自己之前信誓旦旦地说李想一定会红，她一定会帮他，觉得有点儿羞愧，简直就好像她在说大话似的。等她成名了以后，她一定会做这件事。只是，现在还不行。

“走吧。”肖鹏飞说。

当他们一起走进演播厅的时候，看着明晃晃的聚光灯，谢依霖紧张到说不出话来。李想稍微好一些，肖鹏飞则是神态自然。

肖鹏飞的怡然自得给了王悦一些信心。王悦作为主策划在和汪曼云进行最后的沟通。最后，王悦忍不住问：“如果我这次搞砸了……”

“那你就给我离开电视台。”

汪曼云下意识说，但很快又意识到自己不该这么和病人说话。她还来不及调整表情，却看到王悦居然露出了喜悦的笑容。她轻快地说：“好，知道啦。”

汪曼云觉得王悦真是有病。为什么在她控制不住责骂她的时候，她会那么开心？

难道生病也会影响一个人的性格吗？

在汪曼云的疑惑中，王悦和大家坐在了一起，肖鹏飞坐在她旁边。小橘则被留在了后台。

在音乐声中，节目开始了。

主持人对着镜头说：“在这个时代，大家都很寂寞。所以，有的人谈恋爱，有的人则选择养猫养狗。不管怎么样，都算是在钢筋水泥的房子里，给大家的一种慰藉。今天我们请到了‘宠物治愈师’王悦，大家欢迎！”

在掌声中，王悦颤抖着手和大家挥手。主持人让他们依次介绍了自己，然后看着王悦：“据我所知，你的主要职业是编导，好像和宠物治愈师没什么关系。你为什么会选择这个行业？”

王悦按照肖鹏飞交代她的话说：“其实，宠物治愈师是我的兼职，我在大学期间就对这个很感兴趣。我来简单介绍一些下关于宠物治愈师的相关情况。小动物不会歧视患者，患者与小动物接触也不会抱有戒心，这种接触有助于稳定患者的情绪，帮助他们建立愉快的心情，放松身心，从而使得患者病情减轻。研究发现，对于老年人来说，有宠物相伴，能提高他们的自我认知能力和生活满意度，与其他人的沟通也比独居时更顺畅……”

王悦一开始讲话还是磕磕巴巴的，后来说得很流畅，她也慢慢不再紧张。

主持人点点头，说：“我也做了一些功课，发现这样的治疗师其实在国外有很多，比如说海豚就很受欢迎。自闭症的孩子会喜欢和海豚一起玩，海水的浮力也有助于缓解他们的压力。”

“对，近年来，英国、美国的心理治疗师在动物疗法方面的研究居于世界领先地位，海豚、热带鱼、狗、猫、鹦鹉、马等各种动物被引进医疗场所、康复中心和福利机构，它们被有效地运用于身体残疾者、心理障碍人士和老年病人的辅助治疗之中。”

“那你为什么会选择猫？”主持人问。

“因为我喜欢猫。我相信很多人和我一样，都喜欢猫。”

“我听说，它叫小橘。”

“对，是叫小橘。”

“你和小橘是怎么认识的？”主持人问李想。

这个问题很好回答。

他会说出王悦是他酒馆的常客，然后很自然地说到他的人生上面去。

可是他卡壳了。

“我们是……是……”

李想觉得嗓子里无比干涩。他呆呆地看着主持人，忘记了自己要说什么。

他不光是忘记了自己要说什么，甚至不记得他为什么会在这里。为什么这个主持人要采访他？因为他做的菜好吃吗，还是因为他的乐队火了？

李想脑子里一片空白，场面就这样僵持着。王悦急得就要跳脚，这时有人开口说：“我真的没想到，宠物治愈师会改变我的生活。”

3

没有人想到，在关键时刻，居然是谢依霖顶了上来。她平淡地说：“我是个家庭主妇，大学一毕业就结婚了。其实，大家都觉得我的日子很幸福——不需要上班，只要带孩子，而且老公赚得还不少。可是，只有我知道，其实我是不开心的。”

“你哪里不开心？”主持人问。

“物质生活上很满足，但我总觉得缺点儿什么。我以为是陪伴，当小橘来到我身边的时候，我才发现是聆听。无论我说什么，小橘都不会嫌我烦。我会和它说很多心里话，只要它在我身边，我就会很幸福。”

摄影师急忙给了谢依霖一个特写，发现她的表情真是太棒了！这时，李想终于找到了他丢失已久的大脑，说：“我是无意中听王悦说起宠物治愈师，觉得还挺有趣，就想尝试下。我没想到，只是多了一只猫，生活的幸福感会提升那么多。回到家，就有人等我的感觉，让我觉得自己并不寂寞，对生活充满了希望。我甚至以此为灵感做了单曲。你们想听……”

等等，这是怎么回事，怎么和稿子不一样？

王悦迷茫地看着李想，这时肖鹏飞抢过了话头，笑着说：“为什么没有人问我的故事，是因为大家已经对我太熟悉了吗？”

面对肖鹏飞，主持人其实还真是有点儿发怵！这样的感觉就好比你当了老师，却和你以前的老师在一个办公室，而且他还要来听你的公开课！

“哈哈，哪里哪里。看来我们的肖鹏飞老师已经等不及了。说实在的，大家都对你虐猫挺感兴趣的。有人说你是为了洗白，才来参加这期节目。有网友说你根本不喜欢猫，是这样吗？”

“怎么可能？我很喜欢猫，上次被人偷拍的时候，只是那只猫在我脚边跳了一下。”肖鹏飞无奈地说。

“你为什么不解释？”主持人问。

“我现在说了，你信吗？”

主持人一愣，诚实地摇摇头。

“那就是了，你是我同事都不会信，其他人也不会信。”

大家都笑了起来，现场的气氛变得轻松了一些。主持人说：“那你的意思是子虚乌有，对吗？”

“是的，事实上，我从五年前就开始给救助流浪小动物的基金会捐助资金。”

肖鹏飞说着，展示了他的一些捐款记录。他没想到自己之前的好心这次正好帮助了他。

肖鹏飞想着，又和主持人玩笑了几句，这时小橘被带了上来。小橘因为和很多人都相处过的关系，倒是并不惧怕这样的环境，还对着镜头卖萌，让王悦在心里为它鼓掌。

肖鹏飞强忍住内心的难受，去摸了小橘几下，说："小橘很喜欢我，我还给它专门开了微博，里面都是它的照片。"

"啊，难道它就是网上那个'大胖橘'？我说怎么那么眼熟！"

主持人也很喜欢猫，关注了一些宠物的微博，之前就觉得小橘可爱，倒是没想到自己会是小橘的粉丝。

他对小橘瞬间热情起来，尝试着摸了一下，惊呼："好乖巧！我家的猫就没这么好脾气，别说其他人了，就连我也别想摸它。"

事实上，别说不能摸它，有时候他找都找不到它。他一回家，它就不知道躲到哪里去了，只有吃饭的时候才会出来！

主持人看着乖巧的小橘，羡慕到不行，大家也纷纷说了小橘对自己的改变。王悦觉得，这场采访真是太成功了！

除了一开始有些小插曲，李想突然想唱首歌，每个人都按照剧本的台词说了，效果也真不错——她从汪曼云温和的表情里看得出来。

她终于要得到一个栏目，她终于可以实现梦想了！

王悦控制不住激动的心情，开始盘算一会儿该去哪里开庆功宴，要不要喝一杯。这时，主持人问："所以你打算让小橘一起陪着你，是吗？你有没有想过，也给你的病友一起分享下？"

"病友"？

啊，对了，她得了"乳腺癌"……

这可不是策划案里的！他怎么会说这个！

王悦很紧张，她觉得自己的心脏就要跳出来了！她感觉到她的掌心里都是汗，脑子里一片空白。

她恍惚地想，她接下来要说什么来着，是“宠物治愈师”的相关理念吧。到底是什么来着？

主持人到底为什么突然问起她的病？他是真的关心她，还是看出了什么端倪？

就在王悦几乎想逃跑的时候，肖鹏飞悄悄握住了她的手。要知道，现在是在录节目！他怎么就敢这样！

王悦目瞪口呆地看着肖鹏飞，肖鹏飞就好像什么事情都没发生一样看着前方，其他人好像也没注意到。

王悦终于记起，他们只拍上半身，他们根本不知道肖鹏飞在拉着她的手。

可是……他的胆子也太大了吧。

王悦悄悄看了一眼肖鹏飞，见肖鹏飞还是一脸自然，终于悄悄松了一口气。肖鹏飞掌心的温度给了她力量，她鼓足勇气说：“其实我不想在节目上说我的私事，这样显得……”

“博取同情。”主持人说。

“我不想这样。”

“你之前的见义勇为让很多人都感动，好多人都给电视台打来电话，想要你的银行卡号，可是你拒绝了。你能告诉我，是为什么吗？”

还能为什么，不就是因为我没生病吗！

“我想，把这些让给更需要的人。”王悦说。

主持人肃然起敬：“你可真是……王悦，我很佩服你，真的。”

“啊，我有什么好佩服的？”王悦愣住了。

“不管生活给了你什么，你总是笑着面对，而且总是想着帮助别人。”主持人认真地说，“你改变了很多人的人生，至少我们演播厅的几个人就被改变了。王悦，你很棒，你真的很棒。”

在王悦的记忆里，她上一次被表扬的时候，好像是她上幼儿园时主动帮老师搬椅子的时候。

没想到，这一次她又被表扬了，而且是当着那么多人的面。

她的脸顿时红了：“我也只是尽一些自己的绵薄之力罢了。”

王悦对自己得病的事根本不愿意多提，却不知道这样反而被人认为“谦虚”。肖鹏飞看到主持人动容的表情，就知道他们这一仗算是胜利了。

他可以洗刷罪名，王悦可以得到她的栏目，此外她还能得到许多别的。

她会成为有史以来，电视台里最红的小丫头。

这真是太好了。

肖鹏飞一直看着王悦，眼神是那么炽热。王悦被他看得不好意思起来，在节目结束后说：“我们去吃点儿东西吧。”

“所有人都一起去，我们可是一个团队。肖鹏飞说。

4

到了肖鹏飞家，王悦看到桌子上摆着整整齐齐的饭菜，还有一瓶红酒。

谢依霖看看时间，现在是晚上七点钟。她一想起今晚要王辉带孩子，就有点儿紧张。

她忍不住给王辉打了电话，告诉他牛奶在冰箱里。她想了一会儿又打电话给他，告诉他牛奶不要在微波炉里热，最好煮开。

当她想再一次打电话的时候，肖鹏飞拿过她的手机，丢到一边，说："今天来我家就是为了喝酒，一会儿我会安排人把你们送回去。放心，上次你在苏州的时候，不也是好好的吗？"

谢依霖想起之前肖鹏飞帮她的事情，有些不好意思。她解释说："我是故意给他打电话的，别让他误会我是不是跟其他男人干什么去了，婚姻里需要给对方安全感。"

肖鹏飞的笑容顿时变得微妙起来。王悦知道，他下句话要说什么——不外乎是，"你对自己太自信"，或者是"你老公根本不会怀疑你"。

王悦觉得这样说可太不好了，急忙打断肖鹏飞，说："没错、没错。以后我结婚的话，也要给我老公安全感。不过，我好像这辈子都不会结婚，哈哈。"

王悦是想说，她好像没办法遇到爱情了，但是大家都想歪了。

大家都用特别隐晦又同情的目光看着她，场面一下子沉寂了。

肖鹏飞醒了醒红酒，递给她说："这红酒是我在拍卖行拍的，品尝下吧。"

肖鹏飞说着，喝了一口，举杯示意大家一起喝。王悦小心翼翼地喝了一口酒，把杯子轻轻放下。李想和谢依霖也喝了一口，放下了杯子。

王悦喝得有点儿着急，顿时咳嗽起来。肖鹏飞笑了："你是不是平时不太喝酒？"

"嗯，我怕长胖。"王悦说。

“我看不光是这样吧？”

“那还有什么别的原因？”王悦问。

“你在酒馆也喝得很少。”李想说。

“我……好啦，告诉你们啦。我喝多了就容易失态。大学毕业的时候，我喝多了抱着树就要睡觉，也没有人理我。要是冬天的话，我估计就冻死在外面了。”

王悦想起那段经历，就觉得有些不寒而栗。她现在当然可以自由地喝酒，但是她不敢多喝，因为她知道自己喝多了会很丢人，而且根本不会有人管她。

王悦想着，突然有点儿难过起来，这时肖鹏飞和她碰了碰杯子。肖鹏飞说：“那都是以前的事情了，现在你想怎么喝就怎么喝。最多不就是喝醉吗？我家的房间管够，你也可以想吐哪里吐哪里。”

要王悦说，肖鹏飞这话还真是很讲义气！她又喝了一口酒，觉得身体开始燥热起来。

她感慨地说：“谢谢你们，我觉得这个节目播出后，我们都不一样了。如果汪曼云不食言的话，我能负责一个栏目。你们知道吗，这是我从进电视台第一天开始一直以来的梦想。我真的没想到，我能做到。”

王悦突然很想哭。她控制住要哭的冲动，发现其他人都在温柔地看着她，居然没有任何人嘲笑她。李想说：“你的策划案很好。王悦，你很厉害，你值得拥有一个属于你的栏目。”

“对，是这样。”谢依霖也说。

王悦不好意思起来：“其实还有很多人比我厉害。我也不算很聪明，就是很努力……”

“是吗？我倒是截然相反。我觉得我就是特别聪明，虽然没付出什么努力，可还是取得了不小的成效。真是不好意思。”

肖鹏飞的话，引起了一片嘘声，但是他一点儿都不在乎。王悦笑了起来，问：“肖鹏飞，这次节目播出后，就不会有人骂你虐猫了。你的栏目会拿回来吗？”

“应该不会。”

“啊，为什么啊？”王悦愣住了。

“没看出来吗，台长早就想让我走人，只是想让我自己提出来。现在罗燕平也给了我一个新栏目。想着他气急败坏的样子，我就高兴！”

肖鹏飞想象着台长拿他没办法的样子，嘿嘿笑了起来。王悦见他高兴的样子，有一些不太好的预感，但没有说出口，而是说：“你终于等到这一天了，恭喜你。”

“对，这个新栏目将会是我的重新启航。庆祝下？”

“庆祝下。我们的生活还真是被改变了。谢谢你，王悦。”李想说。

“也要谢谢小橘。”谢依霖说。

看着大家含笑的眼眸，王悦的眼睛再次酸涩起来。她想，“不忘初心”，其实这一幕就是她当初做这一行时最想见到的。

她希望自己能给大家带来幸福，带来改变。她真的做到了。

王悦想着，喝了很多酒，当李想和谢依霖回去的时候，她已经晕乎乎的了。本来李想想把小橘带走，但是王悦喝多了，根本不受理智控制。

她抱着小橘说：“不行，你们不能带走！小橘是我的，是我的！你们明白吗？”

“王悦，你喝多了。你要不要喝点儿水？”谢依霖担心地问。

“谁说我喝多了，我好着呢。”

“好了，你们回去吧。她这样子不适合回去，就在我家睡下吧。”

谢依霖顿时瞪大眼睛看着肖鹏飞！她正想说什么，但是李想说：“你放心，肖鹏飞不会做什么的，他没这个心思。”

李想看了一眼肖鹏飞，在他眼中看到了一丝惊讶，他一定很奇怪为什么自己能看穿他。

其实，他一直这么犀利。只是他不了解他罢了。

“可是……”

“都是成年人了，你就管好自己吧。”李想说。

李想到底把谢依霖带走了，剩下王悦在肖鹏飞家。王悦觉得她好像真是喝多了，觉得天旋地转，胃里有些难受，可是吐不出来。

她很想让自己保持理智，但是她的身体根本不听使唤。她踉踉跄跄走到肖鹏飞面前，说：“我今天很高兴。”

“我知道你今天很高兴。”肖鹏飞说。

“我不会吐的。”

“嗯，你不会吐的。”

“你为什么就会重复我的话，上次也是这样！我知道你们都在想什么，你们就是觉得我生病了，说不定明天就会死，所以你们都特别照顾我。说什么照顾，其实你们就是可怜我。你们觉得我年纪轻轻的就要死，实在太可怜了。”

王悦说着，顿时觉得恶心起来，虽然她也不清楚为什么会觉得恶心。

王悦想，人和人真是不一样。为什么有的人在难过的时候，那么需要人的安慰，而对于她而言，别人同情的眼神就是一把刀。

她想靠自己赢取大家的尊重，而不是怜悯。

她真的一丝一毫都不想这样。

王悦仰起头看着肖鹏飞，眼中满是火花，肖鹏飞只觉得心微微颤了一下。这样的感觉，就好像被小猫的爪子轻柔地挠着，酥酥麻麻又满怀期待。

他吻了上去。

他终于做了自己最想做的一件事。

他有点儿担心王悦会推开他，没想到王悦紧紧抱住了他。

“我们交往的话，你会不会嫌我年纪大？”这个吻结束后，肖鹏飞不知道为什么问了这句话。

“呵。”

王悦终于有了男朋友，这可真是个好消息。更让她高兴的是，关于宠物治愈师的节目，终于上线了。

为了迎接这档节目，王悦制造了一些仪式感。她特地换了一条新裙子，肖鹏飞还开了瓶红酒。

“就是一个节目而已，又不是什么大事。”王悦故作轻松地说。

“准备好了吗？我要打开电视机了。”肖鹏飞看看手表说。

“准备好了！”

王悦深吸一口气，看着电视机。他们的访谈很快就出来了，她发现自己在镜头前并没有想象中的那么苍白浮肿，居然还挺好看。

啊，我真是美女，以前怎么没发现这点？王悦想。

可是在下一秒，她看到自己对着镜头侃侃而谈的样子，顿时觉得浑身的鸡皮疙瘩都起来了。她立马按了关闭键，不知道为什么觉得有点儿尴尬。

肖鹏飞端着红酒杯走到她身边，笑着说："不习惯？"

"是有点儿不习惯。天啊，我的表情怎么那么做作，台词也感觉怪怪的。"王悦不好意思地说。

"哎，还真是可爱的新人期。"肖鹏飞说。

"新人期？"

"我刚主持节目的时候，看到荧幕里的自己也会不好意思，不过后来就习惯了。王悦，你表现得很棒，不要担心。接下来，我们等着结果就好。"

"什么结果？"

肖鹏飞没有说话，只是抱住了她，而王悦很快就明白了。

第九章　一切是那么美好，除了我

1

节目播出后，网上的播放量很高，电视台的收视率也很不错。当节目结束后，有许多人打电话过来，王悦的同事都来不及接电话了。

这些热心观众，都对王悦的遭遇表示同情。其中有关心王悦的，想给王悦介绍医院的，有要给王悦钱的，还有说自己也希望预约宠物治愈师的。

这些要求让王悦的脑子都乱了。她不知道该怎么处理的时候，汪曼云出来了。汪曼云有条不紊地进行分工，让同事们记录下观众的需求，然后对王悦说："你来一下我办公室。"

"啊？"

王悦没反应过来的时候，汪曼云已经到了办公室，王悦只好跟了上去。汪曼云坐在座位上，沉默半晌，说："这一次的节目，比我预想的要成功。我承认，你做到了。从现在开始，《宠物治愈师》会成为我们的长期栏目，两周一次。这个栏目就交给你负责。"

"谢谢主任！"王悦说。

这曾经是王悦一直以来的梦想，但不知道为什么，此时她只感到如释重负，并没有什么开心的感觉。

怎么说呢，就好像排队几个小时买到了网红煎饼，却发现它只是煎饼。和家门口三块钱一个的那种，没什么区别。

不，王悦，你才二十五岁，怎么就丧失对生活的希望？

这是多好的事情，你该高兴。

“谢谢主任。”王悦又说了一次，这一次认真了很多。

“出去吧。对了，你要配合我们再做一次访谈。”

汪曼云轻描淡写的语气，就好像在讨论晚上要吃什么。王悦原来准备踏出办公室的脚步停住了。

她纠结地问道：“要做什么访谈？”

“关于你病情的采访，现在大家都关心这个。”

“能不能不要再说这件事了？我不想让人关心我生病的事情。”王悦慌乱地说。

同样的谎言，她真的不想再说第二遍了！

汪曼云诧异地看着王悦，似乎不能想象这个向来温顺的下属居然会说“不”。她的表情瞬间冷却：“理由？”

“这是我的隐私，我不想让那么多人知道。”

王悦尽量让自己的表情看起来真诚，并带着一丝生病后的倔强。她把细微的表情把握得恰到好处，觉得自己都能进军奥斯卡了。

可是，汪曼云说：“作为电视台的员工，你是因为节目才红的，现在你和我说隐私？你说那些明星有隐私吗？他们连吃饭、上厕所都会被人拍！既然得到了好处，就要承担起应有的责任！”

汪曼云的厉色，让王悦想起了旧社会那些万恶的资本家。王悦很不解：“我拿到什么好处了？”

“你拿到了你一直想要的栏目。”

“这不是凭我的实力拿来的吗？”

“如果你不生病，不被大家关注，你觉得凭自己的能力能拿到栏目吗？你觉得世界上所有的便宜都能被你占了？是什么给了你这样的幻想？”

王悦看着汪曼云猩红的嘴唇，只觉得心一寸寸变凉。她不可置信地说："你根本不认可我，只是同情我？"

"不，是广大观众同情你。珍惜这份同情吧，王悦。"汪曼云说。

"我……我拒绝。"

沉默半晌后，王悦终于说出了自己的想法。汪曼云简直不敢相信自己听到了什么，愤怒地说："你再说一次！"

"我拒绝。我虽然是电视台的员工，但生病只是我的私事。"

"你不想要栏目了吗？"

"如果得到栏目的前提是这个，我……我不要了。"

"王悦，你疯了！你会后悔的！"

"我做出的决定，绝不会后悔。"

王悦说完，离开了汪曼云的办公室。她刚才和汪曼云争吵的声音，有很多人听到了，大家都诧异地看着王悦，非常不理解她到底为什么和汪曼云起争执。

钱洁酸酸地说："看来，有些人真是翅膀硬了，都敢和主任吵架。"

来找王悦的肖鹏飞听到了她们的对话，皱起了眉头。他还没来得及开口，王悦已经反驳："是吗？我也这么觉得。"

"我就是开个玩笑！"

"感觉是开玩笑，但更像是妒忌吧。你是不是妒忌我红了，可你还是一事无成？抱歉啊，让你心情不好了。可是你这样遇到事情只会逃避的人，怎么可能承担得起责任？"

"王悦，你……"钱洁被气傻了。

她的脸涨得通红，看起来就要揍王悦一顿，最后却落荒而逃。

王悦第一次真正意义上战胜了钱洁，只觉得神清气爽。她下意识看着肖鹏飞，看到了肖鹏飞含笑的面容，似乎在说“亲爱的，你真棒”。

要不是在办公室里，王悦真想和肖鹏飞拥抱一下！她目不转睛地看着肖鹏飞，当肖鹏飞朝她走来的时候，她突然紧张起来。

他要做什么？不会真的当众拥抱她，或者亲她一下吧！

她还没做好准备！

王悦正惊慌失措时，只听肖鹏飞说：“有时间一起吃午饭吗？我想和你谈谈关于宠物治愈师的相关事情。”

肖鹏飞迅速对王悦眨了下眼睛。

“啊……好。”王悦说。

王悦和肖鹏飞坐在咖啡馆里。王悦捧着咖啡杯，脸色还是有点儿苍白，肖鹏飞说：“说吧。”

“说什么？”

“你为什么和汪曼云吵起来。”

“她就是个冷血的怪物。”王悦不屑地说，“为了收视率让我卖惨，这样的事情我可做不出来。”

“可是对于节目而言，最重要的就是话题和曝光度。如果我是你的话，我会利用目前的状况，争取最大的利益。当然，我也理解你的想法。无论你做什么决定，我都会支持你。”

虽然肖鹏飞是那么温柔，但王悦明白，肖鹏飞不理解她。这样的认知让她烦躁起来。

是啊，她现在是个得了癌症的“网红”，这是她的天然优势。按照一般人的思维，她要在最后的时间里，赚最多的钱，让更多的人记住她。肖鹏飞也是这样想的。

她知道，肖鹏飞是为了她好，但是她根本没有病！她到底要怎样才能结束这个谎言？

不如，现在就对肖鹏飞说实话吧。

“我……”

王悦刚开口，肖鹏飞便拉住了她的手：“我知道你的心思，你不愿意被人怜悯，你想靠着自己的实力得到一些东西。但是亲爱的，这并没有什么好羞涩的。不管用什么样的方式，只有做到一个行业的顶端，才能去做自己真正喜欢的事情。你现在就有这样的机会。我知道你不愿意这样，但我也知道你的梦想。你实在没必要被这些束缚了。”

王悦看着肖鹏飞琥珀色的眼睛，一时之间愣住了，然后眼睛酸涩起来。她说：“对，我的病就是我的优势。我靠我自己就没办法做到，是吗？”

“可现在，就是你自己做到的啊。你的一切，都属于你，不是吗？”

肖鹏飞说得很玄妙，但是王悦懂了。她喝了一口咖啡，还在想要怎么告诉肖鹏飞真相的时候，肖鹏飞突然说：“你应该恭喜我。”

“啊，为什么？恭喜你找到这么好的女朋友吗？”

王悦觉得她自己幽默极了。肖鹏飞也笑了，他说：“我从这周开始，就要主持《我们离婚吧》了。”

“哇，真的吗？可你之前刚……”

王悦不太理解，罗燕平明明刚和肖鹏飞吵过架，为什么还要给他这个机会？她欲言又止，肖鹏飞说：“你是说罗燕平吗？我们吵习惯了，不管私人感情怎么样，也不能影响工作。”

“肖鹏飞，恭喜你，这会是你的新起点。”

“最困难的时候已经过去了，我当然要绝地反扑。这一切都是因为你，王悦。”

“啊，因为我？”

“嗯。这个《宠物治愈师》的视频播出以后，网上对我的诋毁少多了，还有很多人向我道歉。我想，我拿回之前的节目也是指日可待。”

肖鹏飞看起来是那么意气风发，王悦的心里突然难受起来。她喃喃地说：“看来，我真的给大家带来了好运气。”

“想确定下吗？”肖鹏飞问。

“啊？”

“下班后，我带你去检验成果。”

2

下班后，肖鹏飞带着王悦去了谢依霖家。

现在是晚上六点，谢依霖已经吃完晚饭，正陪蛋蛋在楼下玩耍。

看到王悦，谢依霖眼前一亮，热情地说：“王悦，我带了鲜榨的橙汁，你要不要喝？”

“谢谢。”

王悦接过橙汁。谢依霖看着肖鹏飞，一副欲言又止的样子，肖鹏飞爽快地说：“我不渴。”

有不少散步的人经过，很多人都朝他们的方向看了过来，谢依霖很不习惯地说：“好多人看了那个节目。”

“他们说什么了吗？”

“我去接孩子的时候，有几个妈妈拉着我说，其实她们也很抑郁。我去超市的时候，有阿姨安慰我说，孩子小的时候都是这样，等长大就好了。我婆婆看了电视后，也向我道歉了。”

“啊，真的吗？”王悦诧异地问。

谢依霖羞涩地说：“嗯。”

直到现在，谢依霖还是觉得好像做梦一样。

她没有告诉家里人节目的播出时间，总觉得这样做像是炫耀似的。她不想这样。

当节目播出的时候，她在房间里悄悄打开了电视机。当看到自己出现在电视上时，她的眼圈都红了。

她真没想到自己会有这么一天，像明星一样出现在电视上。说起来，现在有不少家庭主妇也成了明星。

谢依霖想起肖鹏飞说她是个很优秀的女人，也许他说的是真的，也许她真的只是被“家庭主妇”这个外壳束缚住了呢？

她是个很优秀的女人，她有无限可能，现在开始还不晚。

谢依霖控制不住落下泪来，这时婆婆走进了房间。婆婆显然也看过了电视，对她说：“依霖，你辛苦了。”

谢依霖愣住了，有点儿不好意思：“妈，你说这个做什么？”

“我以前真是不知道，其实你的心里也很苦。我们那个年代，谁不是每天带孩子做家务的？我就想我能做你为什么不能做。其实，时代变了。依霖，你真是辛苦了。你把这个家打理得井井有条，我要谢谢你。”

“妈，你太客气了。”

当时的谢依霖对于婆婆的转变还觉得挺不好意思，现在回想起来，她心里确实多了一丝甜蜜和欣慰。

原来，她不是一个失败者。她的付出和改变，大家也是能够看到的。

这样真好。

虽然王辉还是经常出差，但是他已经知道每天晚上打电话回家。婆婆理解了她的辛苦，蛋蛋也比以前乖巧了，她已经别无所求了。

谢依霖想着，温柔地看着蛋蛋，王悦也看着蛋蛋。蛋蛋和一个小朋友起了争执，两个人开始抢玩具，但是很快和好，手拉手去玩滑梯了。王悦诧异地说："蛋蛋好像比以前长大了很多。"

"是啊。以前我不爱和大家交流，节目播出后我成了名人，带着蛋蛋也开朗了很多。"谢依霖笑着说，"王悦，谢谢你。我好期盼小橘来我家的日子。"

"就快了。"王悦说。

从谢依霖家告别后，他们去了李想的酒馆。这里有很多人，李想忙得团团转。

李想都没工夫招呼王悦，好不容易忙完了，才气喘吁吁地说："抱歉，今天人特别多。"

"你是做了什么促销吗？"

"不，他们是来看我的。因为我是名人。"李想说。

要肖鹏飞说，李想这想炫耀又藏着掖着的样子可太讨厌了。他故意说："我倒是没想到，现在还有年轻人看电视。"

"他们是在网上看的。"李想诚实地说。

"网络上有那么多节目，他们看到更难了。这是和你的缘分吗？"

"不，是我告诉他们的。"

“啊？”王悦愣住了。

这和李想平时的人设不符合啊！他不是最清高的吗？

“我想，这样才会有更多人了解我的音乐梦想，对我更有帮助。等到合适的时机，我会关了这家酒馆。”

“啊，你要关掉酒馆，为什么啊？”

“我不属于这里。从一开始，我就知道这个，但是为了生活，我还是在这里生活了这么多年。不得不说，这次给人作词作曲，让我觉得当初的李想又回来了。原来，我是可以被人认可的，这么多年来我也没有和时代脱节。我有这份天赋，这是上天赐予我的，我不能浪费。”

李想说话的时候，眼睛熠熠发光。王悦为他高兴的同时，说出了自己的担心：“那你准备全职玩音乐的话，生计会有问题吗？”

“当然不会。之前的客户又给我介绍了几个单子，足够我几个月的开销。”李想兴致勃勃地说道，“到时候，我的客户会越来越多，我有时间还可以考虑下演唱会的事。”

“啊，你准备开演唱会？”

“嗯。虽然我更喜欢乐队，但是组建乐队有一定的难度，所以只能做个人演唱会了。我会准备十二首歌，每首都是经典的曲目。到时候你们一定要来捧场啊。”

“好啊！”王悦忙点头。

其实王悦很想问，如果到时候演唱会的门票卖不出去怎么办，但是看李想那么高兴的样子，她没有说出口。

王悦喝了一口酒，说：“李想，你现在幸福吗？”

“当然幸福，不是之前骗你们的那种幸福，是真的挺幸福的。”

李想的脸上，是自信满满的笑意，这笑意感染了王悦，却也让她的心情越发沉重。

她忍不住想，如果她的事情暴露了，结果会怎么样？会连累到他们吗？

他们现在所有的一切，是不是就会被掠夺？他们是不是又会回到之前那种浑浑噩噩的状态？

可是，已经触碰了幸福，又怎么可能再回到从前？

从酒馆出来后，王悦显得心事重重。她去肖鹏飞家见到了小橘。当她轻轻地抚摸着小橘柔软的毛发时，肖鹏飞端着一杯热牛奶走过来。

“你刚喝了酒，喝点儿牛奶会舒服些。”肖鹏飞说。

“谢谢。”

王悦倒是没想到，肖鹏飞还有这么细心的一面。热牛奶确实让她的胃舒服了一些，她看到小橘嘴馋的样子嘿嘿一笑，对小橘说：“小橘，你不能喝牛奶，会乳糖不耐受，到时候拉肚子就麻烦了。”

小橘才不懂什么叫“乳糖不耐受”，眼巴巴地看着王悦，还在她的脚边蹭来蹭去。王悦硬着心肠不给它喝牛奶，肖鹏飞拿出一根猫条，小橘瞬间放弃王悦，朝着肖鹏飞走了过去。

王悦见猫条少了不少，诧异地问：“才几天啊，怎么猫条都要吃完了？你一天给它吃多少？”

“三四根？”肖鹏飞也不记得了。

王悦感到无语：“猫条是为了改善伙食的，一天一根足够了，很多人都是几天给吃一根。你这样是不是太奢侈了？而且这玩意儿只是零食，是为了改善口味，对身体也没那么好。小橘吃惯了猫条，不爱吃猫粮可怎么办？”

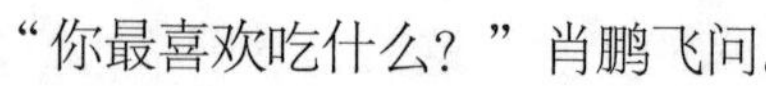

“你最喜欢吃什么？”肖鹏飞问。

“火锅。”王悦下意识说。

“那就是了。我们很多人都知道，蔬菜、水果对身体好，可是都喜欢吃烧烤、吃火锅。如果天天吃青菜，就算能活到一百岁，那有什么意思？是吧，小橘。”

小橘叫了一声，好像很赞同肖鹏飞的说法似的。王悦见肖鹏飞熟络地抚摸小橘，呵呵一笑：“你现在倒是不怕猫了。”

“说是怕，其实更该表述为不喜欢。我还是不喜欢其他猫，但是小橘是不一样的。它是我的小宝贝。”

看着肖鹏飞对小橘宠溺的样子，王悦突然想，肖鹏飞对笑笑也是这样的吧。虽然他们看起来关系并不算融洽，但是笑笑喜欢的事情，他都会尽力帮她争取，只要笑笑高兴，他什么都愿意做。

虽然他是个没什么原则的人，但是是个好爸爸。

3

王悦想着，心里充满了温柔。她拒绝了肖鹏飞留宿的提议，带着小橘到了李想的酒馆。

李想正准备打烊，看到小橘非常高兴。他拿出早就给小橘准备好的零食，王悦终于知道为什么小橘会长那么胖了。

“你们太宠它了。”王悦无语地说。

“就一只猫陪着我，我不宠它还宠谁？”

打烊的时间到了，李想抱着小橘就要走，王悦突然说：“李想，如果……只是如果，我们的节目根本没红，甚至是反效果，你会怎么样？”

“可能，就永远浑浑噩噩地活着了吧。”李想说，“你为什么会问这个问题？”

“我就是……”

“我知道，你是担心节目结束了，我们可能会回到从前，就好像陌生人一样，对吗？不会的。就像你说的那样，我们是同伴——啊不，是朋友。我们一起经历了那么多事情，还有小橘。我们不会分开。”

“这样啊。”王悦突然不好意思起来。

从李想的酒馆出来后，王悦的心情极其郁闷。她一会儿觉得自己做了一件让大家都幸福的事情，一会儿又觉得自己可能把大家推向了罪恶的深渊。

她根本无法想象，当大家知道这一切都是骗局的时候，他们会怎么样。

大家都好幸福。就让这样的幸福持续久一点儿，有什么事情以后再说吧。

王悦回到家，昏昏沉沉睡去。第二天醒来的时候，她发现网上关于“宠物治愈师”的帖子已经铺天盖地，微博也上了热搜。

王悦看着小橘的照片被很多公众号转发，还看着自己“绝症女侠”的称呼再一次被提及，苦笑了一下。

这一切如她所愿，但是和她想要的又有些不一样。

可能是因为，这一切的基础是谎言的关系，她是那么害怕这些幸福就像沙子一样，稍稍触碰就会轰然倒塌。

该死的，想这个做什么。

唯一让她庆幸的是，肖鹏飞对她的态度一如既往。他没有把她当“红人”，也没有把她当“病人”，该开玩笑的时候开玩笑，甚至和以前一样惹她生气。

这样真是太好了。

“王悦，我的胃最近有点儿不舒服。”办公室里，肖鹏飞对她说。

“啊，怎么回事，是胃病吗？”王悦担心地问。

“老毛病了，也不要紧。”肖鹏飞皱着眉头说。

“要不要去医院看看？”

“也行。”

肖鹏飞捂着胃部的样子看起来是那么可怜，让王悦担心不已。王悦请了假，陪着他去了医院。他们去了一间单独的问诊室，让她诧异的是医生没有看肖鹏飞，而是看着她。

医生说：“我叫王力，是乳腺癌这一类疾病的专家。你之前的报告可以给我看看吗？我也想给你做个全身的检查。”

“啊，给我看病？不，我不需要！”此时的王悦就好像炸毛的猫。

王力点点头，声音很温柔：“我理解，有很多患者会故意逃避这件事，好像这样就没发生，但这对你的病情没有好处。王悦，现在的科技很发达，治疗其实不会那么痛苦。你该给自己一个机会。”

“是啊，王悦，试试看。说不定是误会，你根本没那么严重。”肖鹏飞说。

事到如今，王悦怎么会不知道，肖鹏飞是故意把她带来的。这位专家看起来很厉害的样子，要约到也不简单吧？看来肖鹏飞是真的不想让她离开这个世界，也是真的喜欢她。

这让她心里暖暖的，可是她根本没有生病。

她要怎么混过这一关?

等等，她为什么要混过去?这是宣布她“误诊”最好的时机！她既可以摆脱目前的困境而不被公众指责，也能告诉肖鹏飞，他们能一辈子幸福下去。

这真是太好了。

王悦想着，只觉得心脏剧烈跳动起来。她说：“那……那我就做个检查吧。”

王悦看到，肖鹏飞明显松了一口气。肖鹏飞抱住了王悦，他抱得是那么紧。

她用力地回抱住肖鹏飞，准备结束这个谎言，没想到门突然开了。

王悦诧异地看到，李想、谢依霖都走了进来。他们身后是汪曼云，还有好几个拿着摄像机的记者，最引人注意的就是沈亮了。

沈亮穿着黑色的西装，拿话筒对着王悦：“王悦，大家都很关心你现在的状况。你是来看医生的吗?你的病情现在怎么样了?”

“我……我还没做具体的检查。”王悦结结巴巴地说，“我也不知道。”

“你之前帮助的人，现在都很关心你。你虽然身患绝症，但是依然积极向上，真是让我们看到了生命的温暖。李想，是这样吧?”

李想点点头，拿着话筒说：“对，我们都很关心王悦的病情。王悦不顾自己的身体，想方设法帮助我们、治愈我们，让我非常感动。我为王悦创作了歌曲，我可以现场表演一下。”

“真的吗?那我们非常期待了。”

于是，王悦眼睁睁看着李想拿出了吉他，真的在病房里弹唱起来！他在歌曲中歌颂着她的美丽、善良和面对生命的勇气。王悦呆呆地听着，觉得尴尬无比。

她立马去看肖鹏飞，在肖鹏飞脸上也看到了一丝迷茫，更多的是愤怒。

“你们来做什么？”面对直播，肖鹏飞尽量让自己的语气显得温和。

“来给你加油打气。”谢依霖认真地说，“王悦，你不是一个人，你还有我们。”

“对，还有我们电视台和成千上万的网友。”沈亮当机立断地补充道。

沈亮看着谢依霖，提醒说：“你不是给王悦准备了东西吗？现在就给王悦吧。”

“啊，好的。”谢依霖如梦初醒。

她把手中的饭盒递给王悦，不好意思地说：“这是我亲手做的糖醋排骨。大家都说我的糖醋排骨很好吃，我想让你也尝一尝。”

“谢谢。”王悦说。

如果不是在这样的情况下，王悦一定很乐于品尝，但是她现在什么胃口都没有。她觉得自己就好像动物园的猴子一样，被人围起来参观，这样的感受真是糟糕透了。

王悦不知道该怎么应对，肖鹏飞站出来说：“王悦该治疗了，你们是不是先回避下？”

“医生，王悦现在的病怎么样，需要我们做些什么？要不要换骨髓什么的，我们已经联系了不少志愿者。”沈亮说。

“什么？”王悦惊呆了。

“这都是大家的一片心意……”

“你们出去吧。”肖鹏飞的语气有些强势。

在这样的情况下，王悦根本没有心情检查身体，只想快点儿离开这里。肖鹏飞给了她一顶帽子，这样她可以最大程度地遮掩自己。

肖鹏飞拉着王悦的手，护着王悦离开。王悦看到医院外有人举着“王悦加油”的牌子，还有人为她做了花环祈福，她觉得头皮开始发麻。

在肖鹏飞的掩护下，王悦终于上了车子。她惊魂未定：“这帮人都怎么回事？”

“偶像崇拜。他们这一阶段，把你当成了他们的偶像。”

王悦心里苦涩难咽，回头看着李想和谢依霖，说：“你们到底怎么回事啊，为什么不打招呼就过来？”

谢依霖局促不安地说：“那个叫沈亮的主持人找到我们，说什么希望我们一起给你惊喜，这样也能帮到你。王悦，你知道我一直很感谢你，所以就答应了。你这是怎么了，你是不是不高兴？”

“我觉得惊喜来得太突然，她有点儿反应不过来。这样可以理解。”李想贴心地说。

“什么惊喜，是惊吓，从头到尾都是惊吓好吗！”王悦突然暴躁起来，“谁让你们不经过我的允许就过来，还让我上了节目！我最近和台里周旋，就是为了不上节目，你们到底为什么要给我拖后腿！”

谢依霖愣住了：“可、可我们不知道啊。”

“不知道可以问啊！如果你们生病了，被那么多人盯着，关心着你什么时候死，你是什么心情？”

谢依霖沉默了。她光是想象那个场景，就觉得毛骨悚然，依稀觉得她好像确实做错了。

她想道歉，但是李想说："可是你没告诉我们，我们怎么会知道？我们也是好心，想报答你一下罢了。"

王悦郁闷到说不出话来，肖鹏飞说："你为了什么，你自己心里清楚。"

"肖鹏飞，你什么意思？"李想问。

"没什么意思。"

"我没记错的话，暴露在公众面前这个提议，是你最早提出来的。"

"对，我还说给你们一人五百万。"肖鹏飞说，"不是因为这个理由的话，我们也根本不会聚在一起，现在也不会在一起说话，不是吗？"

李想皱眉："肖鹏飞，你什么意思，你觉得我都是为了钱吗？"

"我可没这么说。"

"你……"

"好了，别吵了。抱歉，我之前忙自己的事情，确实和你们减少了联系。这件事我也有责任。"

王悦最近忙着和肖鹏飞谈恋爱，还有很多琐事缠身，她觉得自己也有错的地方，应该理解她的同伴。

肖鹏飞看了一眼王悦，没有说话。李想沉默了一会儿，说："不，我们也确实做了让你不开心的事情。很抱歉。"

"王悦，那你的身体现在怎么样？"谢依霖担心地问。

"我不想说这个问题。"王悦说。

大家陷入一片沉默。

王悦想，事已至此，她必须找其他机会公布真相。什么时候最好呢？是现在，还是热度下来之后？

在王悦脑子里混乱一团的时候，肖鹏飞笑着说："饿不饿，去吃点儿东西？"

"啊……也行吧。"

4

王悦郁闷地发现，无论什么时候，不管心情好不好，她都吃得下饭。

肖鹏飞不断给她夹菜，她一边吃，一边捂着脸说："我是不是应该很生气？这帮家伙，下一步是不是要带着我去看殡仪馆？看我喜欢什么布置？"

"王悦，别说了。"肖鹏飞说，他的表情突然很沉重。

"啊？"

"其实这段时间，我一直在极力让自己忘记这件事。如果你真的离开了，我要怎么办？你是那么美好，那么善良。在遇到你之前，我从没想过，这个世界上会有这么美好的存在。王悦，谢谢你出现在我的生命里。"

肖鹏飞说着，安静地看着王悦。王悦的眼睛酸涩起来，她不知道要怎么告诉肖鹏飞，这只是一个骗局，她真的很怕自己在肖鹏飞的眼里成为一个谎话精。

她抬起头，目光是那么一言难尽。肖鹏飞又说："王悦，今天你还是太客气了，你不喜欢的事情直接拒绝就好，不要给任何人面子，台长也一样。王悦，你就是你，我更希望你开开心心地活着。”

“也包括不要顾及你的想法吗？”王悦低声问。

“当然不用。我能为我的人生负责，你不需要把我当成你的负担。你为什么会有这么奇怪的想法？”

“没什么。”王悦勉强一笑，“对了，你那个新栏目怎么说？”

“下午要去录制。你要好好照顾自己，还有小橘。”

“放心啦。”

肖鹏飞要出差五天，录制《我们离婚吧》这一期节目。一想到要分别，王悦还是挺难受的。王悦送肖鹏飞上了车，周围很多人都投来好奇的目光，但是王悦不在乎。

毕竟，比起“生命走到尽头”而言，这些都不算什么了。

王悦回到办公室，看到她在网上的话题度还是很热，只觉得头痛欲裂。她关掉电脑，不想再看下去，突然接到了桑子的电话。

她们已经很久没联系了。

王悦很奇怪她打电话来做什么，犹豫了一下，这时桑子挂断了电话。她想了想，觉得她们之间没什么好说的，就没有再回复。

她却不知道，这件事会对她以后产生那么大的影响。

甚至将她推向了深渊。

让王悦高兴的是，虽然《宠物治愈师》不是台里的重点栏目，但由于她自带的热度，观众非常多。

一时之间大家都对宠物治愈师非常感兴趣，还有人联系询问能不能申请宠物治愈师。

有越来越多的人了解了宠物治愈师，而且有越来越多的人得到了帮助，这让王悦觉得自己做的事情太有价值了。

王悦找了一家医院，做了一个体检。体检报告要过几天出来，到时候她就可以说自己治好了乳腺癌，这就是科学的力量！如果有人不信的话，那就是不相信科学。

到时候，大家不会再叫她“绝症女侠”，而是叫她“希望之星”。她会成为很多人的榜样，会号召大家愉快乐观地面对生活。她能改变很多病人放弃希望的现状，给他们无尽的力量。

她可真厉害。

王悦想着，说服了自己。她记着《我们离婚吧》的播出时间，打开电视后，果然见到了肖鹏飞。

她看到，在度假村中，八个人一起出现，四对夫妻，有年轻的，也有年长的，共同点是他们都有一段失败的婚姻。

肖鹏飞负责给大家发布任务，还要采访大家的情感历程，这个任务可谓十分艰巨。肖鹏飞在面对明星的时候，侃侃而谈，不愧是她看上的男人！王悦心想。

王悦的心中充满了对肖鹏飞的崇拜。肖鹏飞开始问其中一对曾经的明星夫妇。他先是问孙阳为什么会离婚，孙阳平淡地表示，他们聚少离多，感情越来越淡，自然和平分手。

肖鹏飞却说：“是吗？可是当时都说是你出轨了，才会离婚。”

孙阳的表情变了。他说：“当然不是，那些都是谣言。”

“那你和那个姑娘一起约会，其实是去讨论人生理想的吗？”

“你……你什么意思！”

“就是你想的意思。做的事情就要承认，这样欺骗观众，甚至欺骗自己，我挺看不起你的。”

王悦震惊了。

要是肖鹏飞私下说出这种话，她不会觉得这有什么，但是这是在节目上！主持人不都该在和谐中完成采访吗？

王悦的心中是那么紧张，但不得不继续看下去。肖鹏飞找到张晓萱的时候，张晓萱正在做菜。她的姿态是那么优雅，肖鹏飞却说："有小道消息说，你在家里从来不做家务，甚至连内衣都是阿姨洗。可是你现在要走贤惠人设，为什么呢？是觉得年纪大了吗？"

张晓萱做菜的手抖了一下。肖鹏飞看着她切的菜，继续说："一看就是新手。既然不擅长做菜，为什么非要做？"

王悦看得出来，张晓萱简直想给肖鹏飞一拳。但是她拿出了很高的素养，说："因为我想力所能及地帮一下大家。"

"你不会在饭菜里做手脚吧？其实我一直很担心你这么做。"

"你说什么呢？就算离婚了，我们还是朋友啊。"张晓萱认真地说。

"有人说如果分开还能做朋友，那说明根本没爱过。你觉得你们是这样吗？"

"当然不是。我们只是感情淡了……"

"他传绯闻的时候，有人拍到你去酒馆买醉。你们后来说自己是和平分手，其实你很介意这件事吧。"

"当然不会，我相信他。"张晓萱美丽的脸上，满是温柔的笑容。

"所以说酒馆买醉是假的？"

"我只是和朋友去喝酒。"

"你觉得当初你们的感情出现了问题，到底是什么原因？是你们的生活习惯吗？"

肖鹏飞的问题是那么尖锐，王悦简直不敢相信综艺节目可以有这么大尺度！他就好像和他们有仇一样，死死追问嘉宾在一起的细节，这样实在太违反主持人的操守了。

王悦急忙去网上看，果然看到粉丝圈热闹极了。张晓萱和孙阳的粉丝本来不在一条战线上，如今倒是齐心协力一起骂肖鹏飞。

他们原来骂肖鹏飞虐猫，但如今这件事被澄清，他们就开始骂肖鹏飞没有职业操守，甚至还说他私生活混乱。王悦看到这些热评只觉得头皮发麻，急忙给肖鹏飞打电话。

“肖鹏飞，你为什么要在电视节目里那么说？”王悦真的不理解。

“你以为真人秀是什么，是我随意发挥的吗？当然是有剧本的。剧本希望我问一些尖锐的问题刺探他们的隐私，增加话题度。”肖鹏飞说。

“那你就这么做了？节目倒是有了话题度，你怎么办？”

电话另一头，肖鹏飞的声音带了一丝笑意：“好了，别担心我了——如果不是这样的话，你觉得罗燕平为什么会把这个栏目给我？台长为什么会默许？”

“你的意思是，他们为了收视率，拿你当炮灰？”

王悦的眼睛顿时酸涩起来。她想到肖鹏飞遭受的不公平待遇，心里格外难受，压低声音说：“那你为什么要去做？”

“因为，这是陷阱，也是机遇。如果我这次能起来，就会笑到最后；不能的话，就得靠你养活我了。”

“都什么时候了，你还在玩笑。”

王悦说着，自己也忍不住笑了起来。她真是不知道该生气，还是该感慨肖鹏飞如此“心大”。

她说："无论怎么样，我们都是……团队。"

"是吗？我还以为你会说，无论发生什么事，你都特别爱我，特别崇拜我。我看错你了。"

肖鹏飞的玩笑让王悦的伤感消失得无影无踪。她终于明白，肖鹏飞为什么不和她一起看节目，就是怕她一气之下做什么吧。

第二天，王悦心情郁闷地去上班，果然发现大家都在讨论肖鹏飞的事情。肖鹏飞已经回来了，台长把肖鹏飞叫到了办公室。他过了很久才出来。

肖鹏飞还是一脸轻松的样子，王悦却担心到不行。她忙问肖鹏飞，台长对他说了什么，肖鹏飞只是笑笑，没说话。

"晚上见。"肖鹏飞在王悦耳边说。

王悦没想到，肖鹏飞晚上并没有来找她，他的工作突然无比繁忙。王悦很理解肖鹏飞目前的状态，倒也没有介意。

更让她幸福的是，自从负责《宠物治愈师》这个栏目后，她有了单独的办公室。眼下，她起身冲泡咖啡，在想晚上还是要抽时间和肖鹏飞见面的好，这时肖鹏飞打过来电话。

"大忙人，你想到我啦？"

正在王悦准备好听肖鹏飞讨好她话的时候，却没想到，肖鹏飞在电话里问："王悦，你到底得病没有？"

一瞬间，王悦只觉得浑身的血液都要凝固了。

她故意装作不解的样子："我不知道你在说什么。"

"你当初根本就没有去医院，也没有做检查，所谓的乳腺癌都是骗人的，是真的吗？"

王悦愣住了。

她觉得周围的声音好像变得虚无起来，她都能听到自己的心跳声。

她不知道这件事怎么被肖鹏飞知道了，更不知道这件事有多少人知道，她要怎么面对肖鹏飞。

慌乱中，王悦挂断了电话。

她颤抖着手，匆忙点开微博，搜索自己的名字。尽管心中不断祈祷着，但她还是看到了关于“绝症女侠”相关报道的视频。

视频里，桑子对着镜头说：“我是王悦的室友，王悦就是大家说的‘绝症女侠’。但我根本不知道她生病了，她也没有什么生病的症状。她平时就是个冷酷无情的女人，虽然我是她的亲表姐，但她还是把我赶了出去，让我流落街头……”

桑子对着镜头控诉着王悦的罪行，王悦被气笑了——这可真是最标准的“斗米恩，升米仇”！

怎么，她之前收留桑子的时候，桑子都忘记了吗！

她根本不想看下去，而下一秒，沈亮出来了。

沈亮是在医院出现的。

让王悦诧异的是，沈亮采访了她当初挂号的医生。医生说：“王悦今天才来挂号，目前还不好说她到底有没有得乳腺癌。”

“如果只是从迹象上看呢？”沈亮问。

“迹象上并不像是得了癌症的样子。”

“谢谢医生。”

采访完医生后，沈亮说：“我们对全市十三家医院的乳腺专科都进行了采访，只有这家医院表示王悦来过，而且她似乎并不像她所说的那样得了癌症。她可能去外地完成了确诊，也可能这一切根本就是骗局。关于她的一切，我们会做后续的报道。”

王悦愣住了。

她真的没想到，她的同事那么闲，会针对她做这些事！这个世界上有那么多新闻，为什么大家就是抓住她这个不放？

全世界只有她这条新闻了吗？

王悦感到脑子一阵眩晕。她对自己说没事的，这只是猜测，网友们不会被沈亮牵着鼻子走。

可是，网络上的评论出现了两极分化。

有的人觉得，王悦从一开始就在卖惨和炒作，也有人坚信王悦是真的生了病。王悦发现，无论他们是什么立场，她似乎都变得进退两难！

如果她现在站出来说她是“误诊”的话，那些曾经相信她的网友，一定会转身攻击她。

到时候，所有人都会攻击她！

光是想象，王悦就觉得身体颤抖起来。这时，突然有很多人打她的电话，其中既有熟人也有记者，她慌乱之中干脆关掉了手机。

可是，门外还是响起了敲门声。

这敲门的声音，就好像锤子一样，重重敲击着王悦的心脏。

之前那种被陌生人围攻、被逼问自己有没有生病的回忆，再一次袭来。此刻王悦觉得呼吸都困难了，抱着头躲在房间，好像这样她就听不到，也能逃避那些她不愿意面对的事实似的。

她蜷缩成一团，努力让自己不要听，也什么都不要想，却没想到门突然开了。

“王悦！”肖鹏飞叫她的名字。

“你……你是怎么来我家的？”王悦不可置信地看着肖鹏飞。

“我见过你输密码。”

这时候，王悦已经没力气去责怪肖鹏飞了。肖鹏飞皱着眉头说："闹出这么大的事情，你先去我家住一阵子，避避记者。声明我已经帮你写好了，到时候我帮你录制视频，这件事很快就能平复。"

肖鹏飞说着，去拉王悦的手，但是王悦一直没有动。

肖鹏飞问："王悦，你怎么了？"

肖鹏飞的表情是那么担心，王悦还是没有说话。肖鹏飞硬要带着王悦走的时候，王悦说："我不走。"

"王悦，别和我赌气了，有什么事，等这阵过去再说。"

"我真的不能走。"王悦声音沙哑地说。

"你到底怎么了？"

肖鹏飞一阵烦躁，他的心里突然有了一种不好的预感。王悦定定地看着他，突然说："那些传言是真的。"

"你说什么？"肖鹏飞愣住了。

王悦平静地说："我根本没有得乳腺癌，从头到尾这都是谎话。但我不是故意的，当时我不那么说的话，你们根本不会答应我……"

"所以说，这就是你一直不肯看医生的原因？你从头到尾都在骗我？"肖鹏飞愣住了。

王悦烦躁地说："我是没办法！谁都会说谎，你当初说给我们一人五百万，也是在骗人，不是吗？"

"王悦，你为什么要这样？你可以告诉我实话！你知不知道，我有多少天夜不能寐，我……"

肖鹏飞不再说下去。他看着王悦，叹了一口气说："你道歉吧。你需要给那些人一个真相。"

王悦惊恐地说："不，我绝对不能说！他们会骂死我！或者我可以装作自杀什么的，这样大家肯定会同情我。"

王悦说着就准备去找工具，被肖鹏飞一把抓住了手臂。肖鹏飞无可奈何地说："都什么时候了，你怎么还在想着那些虚无缥缈的东西？"

王悦愤怒地说："因为我不想落魄，就和你一样！已经感受过被人仰慕，你让我怎么再做回一个月只拿三千五百元的小员工？你凭什么指责我，你也一直在骗人，不是吗？"

王悦的话，让肖鹏飞的脸色变得惨白。王悦意识到，自己好像说错话了，但是她不想道歉。

一片沉寂之后，肖鹏飞苦涩地说："对，我是个骗子。你一直要让我变成一个诚实正直的人，我觉得你很可笑，但是更可笑的是，我居然按照你的说法做了。可是，你现在又在做什么？王悦，我对你很失望。"

"你是要分手，再也不管我了吗？你走吧，我也不稀罕你。你还有个对你余情未了的前妻，你现在还丑闻缠身呢！"

王悦像刺猬一样尖锐，肖鹏飞关上门离开了。王悦在心里喊："不是这样的！"她并不想那么说肖鹏飞，也不想要肖鹏飞离开，但是她一句话都说不出口。

她知道她完了。

她真的完了啊。

"喵。"

就在这时，小橘走到了王悦的身边。它拿头蹭了蹭王悦，王悦抱着小橘，就好像抱着世界上最后的温暖。

"小橘，对不起。我真的不想这样的。"王悦说。

王悦的眼泪就这样掉了下来，小橘疑惑地看着她，不明白发生了什么事。

"对不起。"王悦轻声说。

第十章 有些路不能回头

1

王悦所料没错，这条新闻引起了轩然大波。第二天她去上班的时候，汪曼云把她叫到办公室，问她到底是怎么回事。

王悦的沉默说明了一切。

汪曼云倒吸一口凉气："王悦，我没想到你的胆子那么大！你想过后果吗！你知不知道，你这样不光是害了你自己，你还害了我！我们的栏目可能会被停播，我也会被处罚！"

"可我当时也给大家带来了热度不是吗？要不是我的话，节目怎么成功？"

"你所谓的成功，是建立在欺骗的基础上！你不知道谎言总有一天会被戳穿吗！"

"那你要我怎么办！我一直那么努力工作，就是想得到栏目，可是你理我吗？你的眼睛里看得到我吗？你只看到了那些马屁精！"

"王悦，都到了这个时候，你还不知悔改！"汪曼云气得拍了下桌子，"你出去！"

"我不做了。"王悦说。

"你说什么？"

"这样无聊的公司，我早就不想待了。这样的话，你也不用为难了。"

汪曼云愤怒地说："王悦，你不要后悔！"

"一个月三千五百元的工资，我有什么好后悔的？"王悦嘲讽地说。

汪曼云没再说什么。

从汪曼云办公室出来后，王悦深深地舒了一口气。她在办公室里收拾东西的时候，有很多人看着她，但是大家一句话都没有说。

不说就不说，她也不稀罕！

她的东西并不多，很快就收拾好了。当她抱着纸箱出门的时候，看到了肖鹏飞。

“王悦。”肖鹏飞叫住了她。

王悦轻轻咬住嘴唇，没有理会，从他身边离开。

她不配和肖鹏飞说话，因为她就是个骗子。

她从没有什么时候，像现在这样厌恶过自己。

辞职后，王悦回到了家。

忙碌的生活突然变得空闲起来，王悦很是不习惯，觉得心里空荡荡的。

她不想看网上的任何信息，但是又控制不住自己，还是偶尔会点开看一下。

她发现，网上对她的谩骂简直是不绝于耳。大家骂她装病卖惨，甚至都开始怀疑之前她的见义勇为也是在炒作。

他们不再叫她“绝症女侠”，而是叫她“谎话精”，还有人开始“科普”，说她根本没有“宠物治愈师”的资质。甚至有人叫嚣，她这样的人根本不配养小橘，让她把小橘交给更好的机构养。

“你们知道吗？王悦她虐猫！我亲眼看到，她把那只猫拿去猫咖打工！”

“不是吧，为了赚钱都这么没底线了吗？猫身上的钱都要赚？”

“怎么会有这么恶心的人啊！”

“对，希望她真的得乳腺癌！”

王悦看到那些恶毒的诅咒，心里难受极了。她把手机丢到一边，想给自己做一点儿吃的，但是脑袋晕晕的，一点儿力气都没有。

王悦躺在床上，觉得身体的每一寸都疲惫不堪。不知道为什么，她突然想起了她收养小橘之前的日子。

那时候，她是那么迷茫。她日复一日地工作，不知道自己的未来在哪里，甚至不知道明天会发生什么。

她知道，自己就是世界上最平凡的那类人——上着不好不坏的学校，有着不好不坏的工作，最后碌碌而为地老去。

她以为，她的命运在二十五岁那年就已经定格了，没想到在遇到小橘和那帮人之后，一切都变了。

她有了男朋友，有几个好朋友，实现了自己的梦想，还有了一只可爱的小猫。

她从没想过自己会那么幸福，也害怕这样的幸福会离她而去。

她的害怕没有错。现在，他们一个个都离开了她。现在她唯一有的，就只有小橘了。

“小橘，你不要离开我。”王悦抱着小橘，喃喃地说道。

小橘舔了舔王悦的掌心，酥酥麻麻的感觉让王悦笑了起来。这一次，王悦没有把小橘赶下床，而是让小橘和她一起入睡。

还好，还有小橘。王悦想。

王悦一晚上都没有睡安稳，肖鹏飞同样不好受。

他真的没想到，王悦会闯下那么大的祸，他在王悦身上跌了这么大的一个跟头。

他从没想过王悦会撒谎。

虽然他也爱撒谎，从不相信任何人，但是他确实没有怀疑过王悦。就算王悦抗拒看医生，他也会给她找许多理由，努力说服自己。他觉得，他对王悦就好像自带滤镜，无论她怎么做，他都不会怀疑。

现在想来，她简直是漏洞百出。如果他早点儿发现，是不是就会处理得更好一些？至少不是现在的状况？

一想到王悦闯的祸，肖鹏飞就气不打一处来。王悦的手机关机了，他现在根本没办法联系她，就算想为她做些什么也没办法。

对了，李想，谢依霖，也许他们还有用。

肖鹏飞先去找了李想。出乎意料的是，李想的酒馆关门了，他给李想打了很久的电话，李想才愿意和他见面。

“我们没什么见面的必要了。”一开门，李想就这样说。

肖鹏飞发现，李想不知道多久没刮胡子了，看起来又回到了之前苍老颓废的样子。肖鹏飞没有说王悦的事，而是问：“你的酒馆怎么不开了？”

“最近不想开，就不开了，我有这个自由吧？”

“当然。”

“如果你是为了王悦的事情找我的话，你走吧。”

李想说着就要关门，肖鹏飞阻止说：“我还没说什么，你就让我走，你也太不地道了吧。”

“那你觉得，我们还有什么要再见面的理由？如果想说团队什么的，还是闭嘴吧，我已经听烦了。”

“我也不想和你说这些。最近有人找过你没？我是说媒体方面。”

“你们电视台有个姓沈的找了我。”

“他问你什么了，你有没有说什么？”肖鹏飞追问。

“我说，王悦把我的生活搞砸了。这是实话。”

肖鹏飞深吸一口气：“李想，我知道王悦可能让你不开心了，但她不是故意的。她的出发点是为了帮助你……”

“就算出发点是为了帮我，就能做伤害我的事情吗？肖鹏飞，你觉得我最看重的是什么？”

“音乐？”肖鹏飞问。

“不，是尊严。我当初做了一个错误的决定，余生我都因为这个而后悔。你明白吗？我已经很惨了，但是我不想让人看到我这么惨的样子，特别是他们。我希望你以后不要找我了，我们根本不是朋友。”

肖鹏飞没有多说什么，离开了。

李想知道，肖鹏飞一定在心里骂他，但是他不在乎。

他真的没想到，就在不久前，王悦找到顺子，提出他想回归的事情。顺子当然拒绝了。

顺子给他打了电话，那真是他人生中最羞辱的时刻。

他没想到，这件事后来被很多人都知道了。他前不久去交稿子的时候，那个客户说：“听说顺子拒绝你去他的乐队？你也别太在意，你们现在根本就不是一个层次。你慢慢努力，说不定有一天你们还能再续前缘。”

李想简直不敢相信自己听到了什么。他沉默了很久，问：“你怎么知道我和顺子的关系？我不记得我和你说过。”

“是他让我给你点活儿干。你不会不知道吧？”

李想觉得自己就像被人打了一巴掌。他曾经以为，他到现在还有能力和激情，他创作的音乐感染了大家就是一个很好的证明，但是事实根本不是这样。

他还是靠着顺子，并且以最卑微的方式。

顺子随手把他不想要的东西给了他，而他却诚惶诚恐。

最可怕的是，他还恬不知耻，企图加入乐队……他怎么就这么异想天开？

开酒馆才是他的维生之道。

从他选择的那天起，一切就注定了。

李想想着，轻轻叹了一口气。此时，肖鹏飞正打电话给谢依霖，但是谢依霖没有接听。

谢依霖不想接他们的电话，她谁的电话都不想接。

认识王悦之前，她一直觉得自己的生活挺好的。但是，认识王悦以后，她突然意识到了所谓“自我”的存在。

她其实知道王辉出轨了，这让她非常痛苦，她还一度想过离婚。但是，王悦的境遇让她清醒了。

王悦总是说些激励人心的话，但她是个骗子。她的病是假的，她说的话自然也是假的。

她真是疯了，居然觉得王辉出轨就该离婚。其实，她有着多么美好的生活。

当王辉打电话来的时候，谢依霖跟他说，蛋蛋今天很乖，多吃了一碗粥，王辉则表示该给他多吃点儿蔬菜和肉类，这样才能保证营养均衡。谢依霖虚心接受了王辉的意见，表示她一定会遵循，然后王辉挂断了电话。

谢依霖觉得，她又回到了以前的生活，这样很好，她本来就不该想着有什么改变。

她看着在一旁玩玩具的蛋蛋，心想孩子大了后真是好带了很多。

再过几年，蛋蛋就上小学了，她将为蛋蛋的成绩担心。然后是青春期，蛋蛋可能会很叛逆。

不过，青春期的孩子也许都这样。上大学后，孩子到了外地，她会轻松很多，也会觉得寂寞吧。她可以考虑去蛋蛋所在的城市租个房子，给他做做家务什么的。

等蛋蛋结婚生了孩子，她的身体还不错的话，还能帮他们带带孩子。

在带孙子的过程中，她的一生就这样过去了。

谢依霖想着，不知道为什么突然打了个寒战，她把这个寒战归根于最近天气变冷了。

谢依霖起身关上窗户，这时看到了家里的逗猫棒。她想起自己之前给小橘买了很多东西，但是这些都用不到了。

真是的，为什么还会想起那只猫？明明是不属于她的东西啊。

这只猫和那帮人，曾经打乱了她的生活。现在，一切都回到正轨，她不能再胡思乱想了。

谢依霖想着，把小橘的东西都放到了一个盒子里，也收拾起她纷乱的心情。她始终没有接听电话，这让肖鹏飞知道他们两个人是肯定不会帮忙了。

其实，这一切都在肖鹏飞的预料之中。他们根本没有什么坚固的友谊，唯一的纽带只是一只猫。

他只能祈祷他们不要拖后腿，不然到时候王悦真的没办法收场。

唉，真是好笑啊。

明明明白一切，为什么他还会寄希望于他们，想让他们帮助王悦？就好像他们真的是朋友似的。

他和王悦在一起那么久，脑袋也变傻了。

肖鹏飞敲敲他的头，苦笑起来。

2

肖鹏飞非常担心王悦，却没想到台长找他。

这一次，台长对他的态度好了很多，可能是他主持的栏目虽然毁誉参半，但是收视率特别高的缘故。

台长先是大大夸奖了肖鹏飞，然后话锋一转："鹏飞啊，王悦的事情你都知道了。不管怎么样，她都是我们电视台出来的，我觉得做个后续报道肯定收视率高。这活儿就交给你了。"

肖鹏飞笑了："台长，王悦好歹也是你的员工，落井下石可不地道。"

"我这是给她提高知名度，怎么就是落井下石？如果你不做的话，自然有人做。你那档栏目，也最好让贤。"

肖鹏飞知道，台长是见曾经被视为"烫手山芋"的栏目火了，又想留给他的"自己人"了。他可以和台长谈条件，但是他突然累了。

"行，那我让贤。"

"你、你什么意思？"台长震惊地问。

"我要跟随王悦的步伐，做自己的主人。再见！"

肖鹏飞辞职后，只觉得神清气爽。此时的王悦并不知道肖鹏飞为她做到了什么地步，她不和任何人联系，把自己关在家里。

王悦多么希望全世界都遗忘了她，可惜还是有不少记者来联系她，肖鹏飞也一直给她打电话，只是她从来不接。

后来，那帮记者在她屋子外堵着，她一直不开门。过了几天那些人慢慢也就散开了。

是啊，有谁会那么执着呢？她又不是什么明星。

这个世界上有那么多值得报道的事情，她的事情根本不算什么。

只是……一辈子没办法抬起头罢了。

王悦知道，闹了那么大的事情后，自己不可能在媒体行业再找到工作。到时候，她只能去做别的行业，比如送外卖什么的。

送外卖挺好的。她戴着头盔，不会有人认得出来。

嗯，就这么决定吧。

王悦想着，就在网络平台上开始注册骑手。但是注册骑手有很多步骤，非常麻烦。她注册一半的时候，突然放弃了，把手机丢到了一边。

她真的不知道自己在做什么。她想做的明明是媒体，为什么要因为那么一点儿点儿挫折就想放弃呢？

其实，她可以做自媒体什么的，到时候换个名字，别人都不知道她是谁。

她现在的名字，简直成了某种禁忌。

她怎么就到了如今的境地了？

不不不，不要这么想。幸好，还有小橘。

王悦抱着小橘，它已经是她在这个世界上唯一的温暖了。她的力气太大了，小橘被她抱得不舒服，叫了一声，王悦急忙讨好地给它吃罐头。

看着小橘胖嘟嘟的身影和吃得香喷喷的样子，王悦露出了微笑。

虽然自己是个失败者，给大家增添了那么多麻烦，但对小橘总是好的。

她改变了小橘身为流浪猫的命运，给了小橘一个温暖的家，她也不是一无是处啊。

王悦想着，轻轻抚摸着小橘，突然门外响起了敲门声。

她还在想那帮记者怎么又来了，又突然期盼会不会是肖鹏飞来找她了。当她从猫眼里看到一位中年妇女的时候，顿时失望了。她不知道对方是谁，但还是打开了门。

这位中年妇女自我介绍说，她叫张阿姨，是王悦一个小区的。

“你好，张阿姨。”王悦客气地说。

王悦没有请张阿姨到家里坐坐的意思，但是张阿姨毫不客气地走了进来。她看着小橘说：“这是你的猫？”

“是啊。”

“你是从哪里弄到的？”

“小橘是流浪猫，我把它捡回家了。”

“什么流浪猫，它就是我家的！”张阿姨大喊。

“怎么可能，就是我捡到的，是它跟着我回家的啊。”王悦愣住了。

“我家的大花生了五只小猫，只活了这一只，后来不知道为什么走丢了。原来在你这儿啊，终于找到了。咪咪，我们回家。”

张阿姨说着，就要抱走小橘。王悦当然不愿意。

王悦阻止她，生气地说：“阿姨，这猫我捡到的时候是流浪猫，你怎么能说是你的？”

“它爪子是白的，你看就是这儿！和妈妈的一模一样！”

“天底下长得像的猫多了去了，都是你家的吗？”

“它明明就是我的，你抢了我的猫，现在还有理了？”

张阿姨说话的声音越来越大，这时突然从门外闯进来几个男人。王悦见他们来势汹汹，心知不妙。她下意识抱住了小橘，可惜还是没有用。

“让开！”那帮男人大喊。

那几个男人不顾小橘的尖叫，把小橘带走了，还推了王悦一把。当王悦追出去的时候，他们都已经上车，不见了踪影。

“小橘！”

王悦颤抖着手打电话报警，警察倒是很快就来了。警察了解情况后安慰说，会查监控，但是多久能找到他们，很难说。

“而且，你丢的只是一只猫……”

“这不是猫，这是我的命！”王悦打断了他们的话。

王悦的反应是那么激烈，警察没说什么。可是邻居们开始议论纷纷。

“不就是一只中华田园猫，也不值多少钱吧？”有人说。

“是啊，本来就是捡来的，至于吗？”

“我听说她靠这只猫赚钱，当然心疼了。”

“那也不能抢别人的猫。”

他们懂什么！

王悦顿时狠狠瞪了过去。

那几个人被王悦的眼神瞪得害怕，退到了一边，但还是有人嘴里嘀咕着“你本来就假装生病骗人，估计猫也是抢来的”之类的话。

这些话是那么恶毒，王悦却没办法反驳，只好装作没听到。后来警察说让王悦等通知就离开了。邻居们也走了，王悦家顿时空荡荡的。

王悦到现在还是不敢相信，小橘就这样从她身边被抢走了，她懊恼到恨不得给自己一个耳光。

她当时怎么就被推到一边了！只是几个男人罢了，如果她努力下也是可以反抗的。

她不是不相信警察，但是在找小橘的这段时间，实在会发生太多事情了！如果那帮人虐猫，她该怎么办？

王悦的身体颤抖起来。

她犹豫了几秒钟，给他们打了电话。

“小橘丢了。确切地说，是被人抢走了。”王悦说。

王悦没想到，他们居然答应见她，这让她的心情着实很复杂。

其实，谢依霖也不知道自己为什么要来，可能是习惯了服从，也可能是想看看王悦到底想干什么。

当知道这个消息的时候，谢依霖倒吸一口凉气。

李想倒还算冷静，问：“他们是怎么来抢猫的？”

“当时我在家，有个阿姨来敲门，我以为有什么事就开了门。没想到她说小橘是她家的，还带了几个男人把小橘抢走了。我追出去的时候已经来不及了。”王悦哽咽着说。

“报警了吗？”肖鹏飞问。

王悦点点头。

“那就好。”谢依霖松了一口气，然后发现大家都用奇怪的目光看着她。

她又说错话了吗？

谢依霖的心里有些不舒服，偏偏其他人没有解释的意思。幸好，王悦解释说：“警察抓住他们不知道要多久，而且这些都是民事案件，大多数就是调节。这一来一去的时间，估计要很久，小橘也可能……可能遭遇不测。”

“啊！”

谢依霖终于意识到了事情的严重性。她说：“那我们现在该怎么办？”

“我去打听了一下，知道那位张阿姨住处。我去找过她，但她怎么都不肯开门。我想看看你们有什么办法。”

王悦看起来就像急疯了。她穿着居家服就出来了，头发乱糟糟的，没有一点儿都市白领的样子，这让谢依霖觉得她们俩还挺像的。

是啊，如果自己的孩子被人抢走……她能理解这种崩溃。

如果蛋蛋被人抢走了，她会疯掉。就算是小橘，也是一样。

“我帮你。”谢依霖说。

出人意料，谢依霖第一个表态。李想觉得被抢了风头，立马说：“我也加入。”

然后，大家一起看着肖鹏飞。

“我当然参加。”肖鹏飞耸了耸肩，“你们这是什么眼神？我一向是领队。”

“谢谢你们。”王悦说。

王悦没想到，在经历了那么多事情，或者说她做错了那么多事情后，大家还愿意帮助她。

也许是为了小橘，也许，是为了她。

这就是朋友吧？不掺杂任何利益，只是出于关心。

可她做的都是什么？

王悦越想越难过，这时肖鹏飞说：“别聊天了，我们现在就去找小橘。”

他们一起出发，很快就到了王悦说的那位张阿姨家。王悦想再次敲门，肖鹏飞阻止了王悦，让谢依霖去敲门。

“啊，我吗？”谢依霖一愣。

“你就说是上门送温暖的，要给他们十个鸡蛋。他们开门后我们就进去，把小橘抢走。”

“这个计划就这么简单？”王悦觉得有些难以置信。

“越是简单的计划，越能有奇特的效果。他们不也是这样从你家抢走猫的吗？”

肖鹏飞的话很有道理，王悦无法反驳。于是，按照计划，谢依霖敲开了张阿姨家的门。

“真的送鸡蛋？”张阿姨疑惑地问。

在她没有反应过来的时候，王悦他们就冲了进去。张阿姨大声尖叫，嘴里喊着要报警，但是他们根本不在乎。

可惜，他们把张阿姨家翻了个底朝天，除了找到一只和小橘极为相像的大猫，根本没有看到小橘的身影。

王悦急疯了，质问张阿姨：“小橘在哪里？”

“你们私闯民宅，这是犯法，你们知道吗？”张阿姨愤怒地说。

“你也私闯民宅，抢了我的猫！”

眼见王悦又要和张阿姨吵起来，肖鹏飞示意她闭嘴。肖鹏飞站在张阿姨面前，成年男人的体格给了她巨大的威慑力。

张阿姨的表情有点儿微妙了，这时肖鹏飞说：“我给你五万，你告诉我们，小橘在哪里。或者，把你家给砸了，然后赔偿你五万。告诉我，你想要哪个钱？”

“你、你威胁人！”张阿姨惊慌地说。

“对，我就是威胁你。我们有四个人，你只有一个。你知道什么是最好的选择。”

“我……”

“你最好快点儿决定。”肖鹏飞说着，看了看手表。

王悦发现，果然“恶人就怕恶人缠”。在肖鹏飞的强势“攻击”下，张阿姨说她无意中和一个亲戚聊起来，说小橘特别像她家走失的，她亲戚就让她去抢猫，还给了她五千块钱。

“你那亲戚是做什么的？她为什么那么想要小橘？”王悦迫切地问。

“她好像是什么网络公司的。”

为了拿到五万块钱，张阿姨把她的亲戚出卖得彻彻底底。王悦联系了那个叫楚歌的女人，但是她一听到王悦的来意就挂断了电话，而且再次打过去就拒绝接听了。

这样的反应，不说是阴谋，恐怕都没有人相信。

不过他们到底想做什么？难道是她的黑粉，想要报复她？

王悦越想越紧张，把她的担心说出来后，肖鹏飞说：“不是没有这个可能。”

“小橘……”王悦觉得自己的心脏都开始疼了。

见王悦就要晕倒的样子，肖鹏飞忙说：“但这个可能性不大。我刚查了下，对方是网络公司，所以他们……”

“想把小橘作为人质，让我跳槽帮他们赚钱！”王悦愤怒地说，“太卑鄙了！”

王悦是那么义愤填膺，肖鹏飞愣了一下，说：“不，可能是想包装下小橘，为他们赚钱。”

原来是这样啊。

王悦不知道为什么，突然有点儿失望，还觉得有点儿丢人。

她的脸红了。不知道是不是错觉，肖鹏飞的脸上浮现一丝笑意。

肖鹏飞继续说："这是个好消息。这意味着小橘不会有什么危险。"

"那就好。"王悦松了一口气。

"但也意味着，对方把小橘作为摇钱树，不会轻易放出来。"肖鹏飞说，"这是一场有预谋的绑架。"

王悦的呼吸变得急促起来。她烦躁地问："他们到底想干什么？想要猫的话，会有很多，还有很多比小橘聪明漂亮。"

"小橘很出名。"肖鹏飞说，"总之，我们先去打探下吧。"

在结束完交谈后，王悦心事重重地离开了酒馆。她没想到，肖鹏飞一直跟在她的身后，她都能看到肖鹏飞在灯光下长长的影子。

王悦不知道该怎么和肖鹏飞说话，就干脆没有开口，肖鹏飞也没有说话。他们就这样慢慢走着，王悦看着地上的影子，突然想起了自己之前也曾经和肖鹏飞这样走过一段路。

那时候，他们还是陌生人。后来，他们在一起了，还很幸福。只是现在，他们又变成陌生人了。

王悦想着，心里有点儿难受。在她准备过马路的时候，一辆车呼啸而过，肖鹏飞拉住了她的手。

王悦诧异地看着肖鹏飞，他们已经分手了，不是吗？他明明那么讨厌她，为什么又要关心她？

"小心。"肖鹏飞说。

"嗯。"王悦低垂着头。

在打破了最初的安静后，他们的聊天突然变得自然起来。肖鹏飞问王悦是不是还会受到很多骚扰，王悦说最近感觉好多了，那些记者似乎不再缠着她。

“台长把这活儿交给了沈亮，我警告了他。”肖鹏飞说。

“啊？”

王悦没想到居然是肖鹏飞在帮她，诧异地看着肖鹏飞。肖鹏飞耸耸肩。

“好吧。奇怪，台长为什么不交给你做？”

“我辞职了。”

肖鹏飞轻飘飘地说，而王悦瞪大眼睛，一脸不可置信：“你之前一直坐冷板凳，现在好不容易翻身了，为什么辞职？”

“因为没有你的地方，就没有任何乐趣。”

“好好说话！”

王悦发现，自己真没办法和肖鹏飞拉开距离，因为肖鹏飞就好像牛皮糖一样黏人。

她的心里只觉得酸涩无比，是那么感动，又是那么难受。

可是……她已经这样了，怎么能拖累肖鹏飞？

她见肖鹏飞似乎有要送她回家的意思，说：“我自己走回去就好。”

“就算分手了，我们也还是朋友，没必要和我刻意保持距离吧。”

王悦心想，自己刚刚都接受肖鹏飞的帮助了，现在撇清关系的话，好像也不太好……

算了，状况已经这么复杂了，就别矫情了。

“好。”王悦说。

他们沿着小路慢慢走着，一路上都很安静。月光洒在肖鹏飞的身上，王悦看着他的身影就觉得很安心，好像有个人一直在保护她似的。

事实上，肖鹏飞确实在一直保护她。他一次次为她挺身而出，可是她却骗了他。

对不起。王悦在心里默默说。

只是她到底没有说出口。

3

王悦家很快就到了。正当王悦准备和肖鹏飞告别时，没想到肖鹏飞说想要去看看小橘留下的东西。

“这不方便吧。”王悦说。

天啊，这家伙到底在搞什么，为什么要学“上去喝杯咖啡”那么拙劣的招数？

他都四十岁了！

“行吧。”

让王悦出乎意料的是，肖鹏飞并没有死缠烂打，而是直接离开了。看着肖鹏飞离去的背影，王悦愣了一会儿才上楼。

回到家中，王悦躺在床上，觉得家里安静到让人不习惯。

她的家里不再有小橘绵软的叫声，也不会有它闯祸时发出的噪声，安静得出奇。她不喜欢这样的感觉，所以打开了电脑看电影。

她看了一部很搞笑的喜剧片，但是没有笑。她看片子的时候，下意识地想搂搂身边的猫，但是没有摸到那么软软的毛团。

是啊，小橘已经不见了。它不会和以前一样赖在她床上，也不会陪着她一起看电影。

她好想小橘。

就像想念肖鹏飞一样。

这个认知，让她突然难受起来。

肖鹏飞的速度很快，第二天就打探到了那家网络公司在哪里。这家公司叫“盛世美颜”，位于一座大型写字楼里，写字楼的安保很严格。

肖鹏飞在大楼门口，和大家说了计划。

他们首先要分组去这家网络公司了解情况。肖鹏飞和王悦负责了解小橘到底在哪里，而谢依霖和李想负责了解这家公司为什么要抢走小橘。

虽然和肖鹏飞不再是恋人的关系，但王悦知道肖鹏飞这人靠谱的时候非常靠谱，于是耐心地等着肖鹏飞的调查结果。

他们却没想到，在肖鹏飞找到小橘的下落之前，那家网络公司却突然行动了。

他们发了一段视频，画面是小橘舔爪子的样子，很多人都在吹捧小橘。

王悦一方面很高兴大家喜欢小橘，一方面又很气愤——就没有人认出来这只猫是被偷的吗？这是她的猫！

她忍不住用小号评论了下，说这只猫看起来很眼熟，是不是在哪里见过。没想到，官方居然一本正经地回答了她：“你好，这只猫确实是之前上过节目的宠物治愈师小橘。如今它已经换新主人了，就是我们。”

王悦忍着愤怒说：“为什么会突然换主人？你们是不是抢来的？”

“当然不是，我们有着合法的手续。”

见鬼的合法手续！

王悦还想去和对方理论，这时水军开始出没了。

有水军“科普”王悦撒谎的过往，也有人说她这只猫就是抢来的。水军刷屏刷得很猛烈，王悦都回复不过来了，气到恨不得摔键盘。

要是肖鹏飞在就好了！他吵架那么厉害，肯定不会输！王悦愤愤地想。

肖鹏飞自然也看到了网上那些报道。

他查了一下对方的文件，发现和他预料的一样，确实无懈可击。不过，这也有好处，他知道了小橘在哪里，就有办法夺回来。

肖鹏飞见到王悦时，王悦正好要去买菜，就带着肖鹏飞朝着菜市场走去。他们一起买了各种蔬菜和肉，王悦看到肖鹏飞特别自然地讨价还价，还和大家套近乎，就好像他是在这里长大的一样，心里有一种特别奇怪的感觉。

王悦压低声音说："你不问我吗？"

"问你什么？"

"就是我假装生病的事情。"

"我已经知道你是骗我的，你还要我问什么，重复劳动我可不干。不过既然都提起来了，那就说说呗。"肖鹏飞突然不肯放过王悦了，"你当时是怎么想到这一出的，是不是觉得自己好聪明？"

"也没有。"王悦说着，忍不住笑了起来。

她笑的时候眼睛弯成了月牙，肖鹏飞也笑了："王悦，你笑什么？"

"我高兴啊，高兴不能笑吗？在那么慌乱的情况下，我能想出这个主意，真是太厉害了。"

王悦一脸得逞的快乐，肖鹏飞也忍俊不禁。他们两个相视而笑，肖鹏飞说："你没想到，被你那个前男友卖了，也没想到你会见义勇为，然后事情越闹越大。你更没想到会爱上我。你怕我觉得你是个骗子，一直不敢说实话，也享受着我对你的纵容，是吗？”

肖鹏飞的话一针见血，王悦点点头，又摇摇头。她说：“我一点儿都不享受你的纵容，真的，我觉得那是可怜我。每一天我都活在谎言的痛苦中以及什么时候谎言会被揭穿的惊悚里。我觉得你对我的喜欢，就好像在看流浪猫一样。我们都会觉得流浪猫可怜，但流浪猫和人类本就不是一个物种。我为什么不能凭借自己的实力获得成功呢？”

王悦看起来很苦恼，却被肖鹏飞敲了一下脑袋。

王悦怒了：“干什么！”

你现在又不是我男朋友了，有什么资格打我脑袋！

“我觉得你这人吧，聪明起来很聪明，蠢起来也真是蠢得可以。你觉得现在得到的一切，都是因为你生病？这个世界上那么多人生病，为什么其他人没有成名？”

“因为他们没有见义勇为？”王悦下意识说。

“对，这就是关键，你是一个很善良的女孩子。这就是你成功的原因，也是我喜欢你的原因。”

肖鹏飞的眼神是那么深邃，王悦觉得自己几乎被他说服了。

她不知道肖鹏飞是不是在撒谎，她的眼睛开始酸涩起来。

王悦明白，在这个社会上，有些人把无礼当作直爽，也有些人把善良当成软弱可欺。

王悦曾经企图证明自己的强大，却突然被人摸着头说“你很善良”。

她觉得好像回到了她的孩童时期。

当时的她捡了一毛钱，和歌曲里唱的一样，交给了老师。

她当时特别为自己骄傲，却不小心偷听到了老师的话。

“王悦把一毛钱给我，我怎么办啊？这孩子怎么傻乎乎的？”

“是啊，这一毛钱我看着都不会捡起来。”

“唉，难办。”

听着老师们的议论，当时的王悦特别伤心，一时之间不知道自己是不是真的做错了。

但是现在，她觉得肖鹏飞站在了那个小朋友面前，对她说：“你没有错，你很善良，你是个好孩子。”

虽然大家一向看不上善良的孩子，但是没关系。

只要有一个人觉得她是好孩子，那么她就是好孩子。

4

王悦的眼圈红红的，肖鹏飞故作惊讶地说：“不是吧，别告诉我你感动到要哭了啊。我就是说了真话而已。”

“肖鹏飞你够了。”王悦顿时觉得，什么悲伤的情绪都没有了。

肖鹏飞安抚她说：“宝贝，这个世界上有很多人会说谎，你只是其中之一，只是这个谎话大了一点儿罢了，这根本不叫事儿。”

“那你当时还冲我发火！”王悦委屈极了。

“你也要考虑下我的感受。我一直给你找医生，想让你活得久一点儿，刚开始交往，就要帮你研究墓地，还看了很多心理学方面的书籍，想着到底要怎么相处才能让你觉得温暖又自在。

你觉得我好过吗？”

肖鹏飞的话，让王悦觉得他确实受了不少委屈，不好意思起来。她说：“那你是在怪我吗？”

“当然怪你！不过，我这人一向大人有大量——而且，我打了你的头了，咱们也算扯平了。”

肖鹏飞说着，又要打王悦，这一次王悦机灵地躲开了。她愤怒地说：“已经打过了，别想第二次了啊！”

“是吗，好可惜。”

肖鹏飞还是蓄势待发的样子，让王悦非常警觉地保护起自己的脑袋。肖鹏飞时不时会偷袭，王悦只得及时闪躲，她觉得他们两个幼稚得宛如幼儿园的小朋友。

王悦看着肖鹏飞，无语地说：“看你最近很有精神的样子！是不是找到新工作了？”

“进行中。”肖鹏飞回避王悦的眼神。

“那就是没有。让你当初辞职，该！”

“哈。”肖鹏飞干巴巴地转移了话题，“放心，我一定会把小橘给你弄回来的。”

“真的？”王悦满怀期待地问。

“我什么时候骗过你？你就等着吧。”

肖鹏飞当然没有骗王悦。

因为第二天，王悦就接到了让她去警察局的电话。

警察局里，接待她的是王悦之前见过的王警官。

王悦看到王警官后吓了一跳，王警官显然也记得这个偷偷跟踪男友的“跟踪狂”，这个在网上大红然后被打脸的“绝症女侠”。

“是你啊！”王警官说。

王悦看到王警官锐利的眼神，不敢和他对视。她在人群中看到了肖鹏飞的身影，发现在一帮罪犯中，肖鹏飞的气质是那么卓尔不群。

“他、他到底怎么了？”王悦颤抖着声音说。

“偷猫。”王警官说。

王悦瞬间就明白了怎么回事！她难以置信地看着肖鹏飞，简直不敢相信这就是他所说的“计划”！

他的脑子里到底装着什么啊！

肖鹏飞注意到了王悦，对她咧嘴一笑，露出了他的大白牙。他那一副无辜又带了一丝得意的表情，让王悦想给他一拳。

“对不起，都是肖鹏飞不懂事。”就算再生气，王悦也只能道歉，“不过那只猫原来是我家的，他是想帮我才会这样，不信您可以看记录……对，我之前报案了，肯定还有相关的记录。”

“确实是这样。”有个警察在王警官的耳边说。

王悦顿时松了一口气。可惜，“盛世美颜”公司的一位工作人员说：“什么你家的啊，这猫就是我们公司的，我们有合法的手续。再怎么样，你们也不能进房子偷东西啊。”

“可能不是偷东西，就是误会。”王悦硬着头皮说，“如果去你公司的都是小偷的话，那全市起码有几千个小偷。”

“其他人进我们公司会乔装打扮吗？”

“什么？”

“这家伙假装是我们公司的清洁工，还在顾总的办公室偷听，最后跟着顾总到了分公司企图偷猫！要不是顾总反应快，就被他得手了，到时候我们都要倒霉！”

这位工作人员越说越生气，看起来对公司极其忠心，或者是非常害怕那位“顾总”。

王悦想象着肖鹏飞偷猫的样子，真是又愤怒又感动，甚至还觉得有点儿好笑。她想板着脸说肖鹏飞几句，在看到肖鹏飞含笑的面容时，终于忍不住，“扑哧”一声笑了出来。

她的笑容感染了肖鹏飞，肖鹏飞也笑了。工作人员都要被气傻了：“你们、你们这是做什么！”

“不好意思，刚才没忍住。”王悦急忙说道，“这事儿我们有错，但这只猫真的是我们的。我们可以协议解决，就不用报警这么麻烦了吧。”

“你们到现在还不道歉！那就按照盗窃罪处理吧。警察同志，拜托了。”

那位工作人员一副油盐不进的样子，让王悦深吸一口气，没办法，只能准备道歉。就在这时，突然有人进来了。

这个男人大腹便便，穿着昂贵的西装。他见到肖鹏飞愣了下，笑着说：“这不是肖鹏飞吗？我是你的粉丝。”

“我现在还有粉丝，真是意想不到。”肖鹏飞说。

“哈哈，你去偷猫的地方就是我在管理。不好意思啊，手下人不懂事，给闹到警察局了。你怎么办事的，怎么对大名鼎鼎的主持人这样？”

顾总说着就开始教训起那位工作人员，然后笑嘻嘻地对肖鹏飞说：“都是误会，不如我们出去谈谈？”

“好啊。”肖鹏飞说。

出了警察局，顾总带着他们一起去了一家高级餐厅。王悦一想起这人偷走了小橘，就根本没心情和他一起吃饭，但看在肖鹏飞的面子上，也只能表情难看地坐着。

顾总问她要吃什么，王悦说：“都不喜欢吃。”

“没事，她在和我闹情绪。”肖鹏飞打着圆场，“毕竟她心爱的猫丢了，肯定心情不好。”

“小橘现在怎么样，吃得好吗，睡得好吗？”王悦忙问。

顾总说：“你们把我当什么了？它现在当然很好，我给它吃的都是最贵的猫粮，还有猫罐头什么的。它能吃能睡，都胖了一圈。”

“这是我的猫，不是你的！”

王悦生气地想要理论，被肖鹏飞拦住了。肖鹏飞说：“顾总，现在就我们三个人。您就说实话，为什么您非要我女朋友那只猫？”

“还不是因为它被训练得很听话，还人气很高吗？你也别怪我，你们当初也不谨慎，见是流浪猫就带回家了，其实根本不是你们的。唉，可惜了啊，白给人做嫁衣，还落得一身腥。”

拼了！

王悦的脑海中只有这两个字，打算把杯子往顾总脑袋上砸。肖鹏飞再一次阻止了王悦，说：“顾总，你也知道，我们对这只猫可谓倾注了不少心血。而且，我们也报警了，到时候到底判给谁，律师也不好说。如果小橘在你们这儿更有名气了，到时候要还给我们，那你们才是白给人做嫁衣。”

顾总被噎住了，过了一会儿才说：“肖老师真是好口才。我这人吧，做生意的原则就是与人为善。”

“那你还偷猫。”王悦忍不住说。

顾总就好像没听到一样，继续对肖鹏飞说：“不管怎么样，我们都和这只猫有缘分。我一向很欣赏肖老师，也知道你最近有些……不尽如人意。你去电视台是没机会了，要不要考虑来我这儿做个主播？光是底薪，我就给你这个数。”

顾总对肖鹏飞比画了五个手指。肖鹏飞说：“五千？”

“肖老师在和我开玩笑，当然是五万，而且还有带货的提成。”

王悦被这个数字吓了一跳，然后冷笑一声，肖鹏飞那么有钱，会因为这些钱低头吗?

肖鹏飞果然说：“你好像不太了解我的身家啊。”

肖鹏飞的脸上，满是嘲讽的笑容，看起来无比讨打。

对，就是这样，保持！王悦在心里呐喊。

她从没有什么时候，像现在这样喜欢过肖鹏飞的嚣张！

顾总说：“我当然知道肖老师的身家。但肖老师最近好像在卖一些东西，怕是手头也有点儿紧张。价格方面还能再谈，你考虑考虑。”

顾总说着，满眼笑意地看着肖鹏飞，突然想起了什么：“当然，也欢迎王小姐来一起上班。”

这叫什么话？就好像她没有独立人格似的！

王悦白了顾总一眼，却听到肖鹏飞说：“我会好好考虑。”

顾总点点头就离开了。顾总走后，王悦立马说：“肖鹏飞，我们再去偷一次吧。你上次就该叫上我。这次我们分工，你去偷，我帮你盯着，然后我们抢了小橘就跑。”

王悦是那么激动，肖鹏飞一直没有说话。王悦只觉得心中有一种不好的预感，试探着问道：“肖鹏飞，你为什么不说话？你不会……你不会真打算去他那里上班吧？”

“电视台的工作不好找，我必须找个新的出路。这样有了新工作，还能看小橘，有什么不行的？”

“不行！”王悦大声说。

肖鹏飞冷静地说：“王悦，你想想，你之前就把小橘送给好多人养。现在只是多一个顾总一起分享，这没什么。顾总看起来确实需要心灵的治愈，我们也是在做好事。”

“可他是骗子，你怎么能和骗子合作？”

“骗子不骗子这个问题其实没什么标准，就看你怎么看待了，是吧？”

肖鹏飞的态度，让王悦很不理解：“肖鹏飞，你就那么想要钱？甚至不惜出卖小橘？”

“这根本不是什么出卖，是双赢。我能增加曝光率，你们也能跟着赚钱。我们不是说让小橘做‘网红’吗？现在顾总那里帮我们做了，有什么不好？”

“肖鹏飞！我以为，我以为……”

王悦想说，“我以为你改了”“我以为你是真的喜欢我”，但最后一句话都说不出来。

她呵呵一笑：“是我蠢，我居然不断地给你找理由，还相信你，我真是太蠢了。再见，肖老师。”

第十一章　你笑起来真好看

1

和肖鹏飞闹翻后，王悦时刻观察着这家公司的动态，也终于发现了小橘拍摄的广告。

广告里，小橘表现出对猫粮很感兴趣的样子，一直围着猫粮打转。它看起来对那位女明星很亲近，一直在她身上蹦来蹦去，还一直亲吻她的头发。

看到这些，王悦的心情很矛盾。

她很欣慰小橘没事，又很生气小橘离开她倒还挺快乐，而且对“新主人”一点儿都不认生!

这家伙还真是好养活!

王悦一遍遍看着视频，可惜还是看不出小橘在哪里。她知道，肖鹏飞肯定知道小橘的下落，但是他不会说。这个讨厌的家伙!

王悦止不住生气，再次看视频，突然觉得哪里不对劲。她一次次看广告回放看，终于发现小橘的状态不对，就好像被什么控制了一样。

会被什么控制呢?谁能控制一只猫?

王悦想起了肖鹏飞的话，突然瞪大眼睛，对，猫薄荷!

把猫薄荷煮水涂在那个主播身上的话，小橘一定受不了诱惑，这广告就是这么拍的吧?可是猫薄荷不能多用，会让猫癫狂!他们怎么可以这么无耻!

王悦想起他们对小橘做的事情，气到手指都在颤抖。她立马给肖鹏飞打电话，肖鹏飞没有接，过了一会儿才回复，问她有什么事。

王悦没说具体的事情，约他在李想的酒馆见面，肖鹏飞答应了。王悦在家里心烦意乱，干脆去李想的酒馆帮忙。

王悦正想着，这时肖鹏飞来了，他看起来意气风发。他坐在王悦身边，说了很多他工作上的事，说顾总对他多器重，可王悦想听的不是这个。

“小橘在哪里？”王悦问。

“啧啧，还真是关心小橘比关心我多。这样我会吃醋。”肖鹏飞做出一副受伤的样子。

“好好说话！”

眼见王悦发火，肖鹏飞顿时改口说：“在城南的一栋小别墅里，拍摄团队都在那里。不瞒你们说，我到现在都没见过小橘，顾总对它很宝贝。”

“你当然看不到，毕竟你有前科。”王悦说。

“前科是什么意思？”李想问。

“肖鹏飞因为偷猫去了警察局，现在在为对方工作。因为那个什么顾总一个月给他五万。”

“我后来谈到了八万。”肖鹏飞说。

“这可是很大一笔钱。”李想说。

肖鹏飞笑了：“我以为你会和王悦一样，愤怒地指责我背叛了你们。”

“我又不是小孩子。我理解一个成年男性所面对的压力。前妻的抚养费、孩子的抚养费，还有房贷，每一样都会把你压垮。”

“原来我在你心里是这样的形象，我以为你永远觉得我是有钱人。”

“以前是这样认为的。现在我发现，其实每个人都有烦恼，你也不例外。我必须说，这让我好受了很多。”

“你很幽默。”

“谢谢。”

王悦知道，肖鹏飞和李想的关系一直不算好，他们现在居然可以平心静气地在这儿聊天，这让她觉得非常震惊。

也许，每个人都改变了吧？包括她。

王悦想着，然后对肖鹏飞说：“我查了下，他们应该对小橘采取了非常过分的方式。”

“你是指什么？”

“他们给小橘用了猫薄荷。他们根本不管小橘的身体，只想赚钱。”

“是吗？好过分。我会和顾总说的。”肖鹏飞说。

王悦难以置信地说：“等等，只是和顾总说，不是严厉谴责什么的吗？我们也能去报警！”

“现在小橘是他们的，你觉得警察会管这些吗？毕竟这样做又不违法。”

“肖鹏飞，你不是打算潜伏着好把小橘偷出来吗？”王悦愣愣地问。

“我当然不会偷猫，我又不想第二次进警察局。”

王悦看着肖鹏飞理所当然的表情，只觉得心一寸寸变凉。她觉得自己之前误会肖鹏飞就好像英雄一样潜伏在对方公司什么的，只是自己的想象。

肖鹏飞根本没打算这样。

她真是把小橘看得太重要了。也把自己在肖鹏飞心中的地位，看得太重要了。

这真是……很丢人啊。

王悦想着，不再问下去，只说自己累了要回家。回到家里，她躺在床上，却怎么也睡不着。

她的耳边一会儿响起李想今天说的话，一会儿又想起了肖鹏飞，心烦意乱到极点。

她打开微博，看到现在骂她的人已经少了很多。肖鹏飞说得对，果然没有人会永远关心她。大家都很忙，她算什么？

她知道，最好的处理方式就是置之不理。因为再过一阵子，他们就会将她彻底遗忘。

但是，她不想这样。

她会不开心。

她也想和李想一样，获得心灵的治愈。

王悦想着，打开了文档。这一刻，她突然文思泉涌。

她先为她之前的行为道歉，然后说了她这么做的理由。她还写了自己年轻时候的梦想——她是真的想做一档特别有温度的栏目。

“我还记得，小时候最快乐的事情，就是坐在电视机面前，等着《大风车》准时和我见面。我那时候就特别想也给大家带来快乐。为了这个梦想，我不断努力，可是我只能在电视台打杂。我发现，现实和梦想之间的距离实在是太远了。我努力让自己接受现实，却没想到我的一次谎言，能让我得到我梦寐以求的东西。我一次次想坦白，但是我就好像被迷惑了一样，不想放弃。我成了很多人的偶像，还鼓励了不少癌症病人，我当时真的以为，我可以改变一切。到后来我才知道，我能改变的只有我自己。谎言永远是谎言，只会成为我的噩梦……”

王悦絮絮叨叨写了很多。她写了自己和小橘的相遇以及小橘对她和大家的生活的改变，写着写着，突然满脸泪水。

小橘，可爱的小橘，乖巧的小橘。

虽然小橘是流浪猫，但是她很清楚，其实根本不是自己救了小橘，而是小橘救了她。

可是，她就要失去小橘了。

王悦根本停不下笔，后来估计又写了几千字。她也知道这样的声明其实没多少人会仔细看，但是管他呢，她无愧于心。

王悦发完后，根本不敢去看大家的反应，迅速躺在床上睡觉，好像这样就能逃避一切似的。

第二天醒来后，她故作镇定地开始吃早饭。她一直心神不宁，然而到中午的时候，她终于还是忍不住点开了微博。

和她预料的一样，很多人没有接受她的道歉。她的道歉函被很多人拿去恶意曲解。

为什么这样！为什么就不能像电视剧的剧情一样，大家明白了她的心意，并原谅了她?

唉，生活毕竟不是电视剧。

王悦想着，轻轻叹了一口气。

她要去见小橘。就算肖鹏飞不帮她，她也要用自己的方式去找回小橘。

根据肖鹏飞之前透露的信息，王悦在城南找到了他们的分公司。让她诧异的是，这里与其说是公司，倒不如说是郊区的小院子或者郊区的仓库更贴切。

门口有一名保安看守，王悦轻易不敢动。她听到里面传来狗叫的声音，那狗叫声非常大，让她担心一会儿的行动计划可能会临时有变。

王悦知道，偷偷溜进去不太可能。她看了眼保安，然后看了眼不远处的一棵树，计上心来。她努力爬到树上，发现正好能看到里面。

她看到院子正中央有大大小小十几个笼子，里面关的都是猫，其中有一只一看就是小橘！看到小橘的身影，王悦只觉得眼泪就要掉下来了，她急忙从树上下来，小心翼翼走到院子里。

然后，所有的狗疯狂地叫起来。

“别叫别叫！我只带小橘走，你们别叫！”

王悦着急地企图和狗沟通，但是那些狗根本不听她的。几名工作人员从房间里出来，其中一个正是王悦之前在警察局见过的！

他看着企图接近小橘的王悦，再抬头看看那棵树。

被抓住了。王悦想。

当任务真的宣告失败的时候，王悦反而释然了。王悦没想到，这名工作人员看起来呆呆傻傻的，其实还挺聪明的，不然为什么第一时间就往那棵树的方向看去？

“肖鹏飞也是从树上下来的，你们是不是两口子啊，作战计划都一样？”工作人员感到很无语，“好了，老规矩，报警。”

“别报警！小橘真的是我的！”

王悦说着，急忙给那名工作人员看自己手机里和小橘的合照。工作人员还是怀疑地看着她，只是表情明显缓和了：“我很理解你的心情，可这是你和我老板的问题，求你不要给我们添乱了，好吗？”

“它是我的猫，也是我的命。求你还给我吧。你要多少钱，我都给你。”

“不是钱的问题，我也是打工的，你就别为难我了。”

工作人员说着，还是要打电话报警，王悦只得苦苦哀求。

就在她在想要不要抢了小橘就跑的时候，那人说："张姐，你过来下，你帮我抓住她。我们男女有别，到时候她可别说我非礼她。"

"行！"

王悦觉得"张姐"的声音有点儿熟悉，当看到穿着工作装的谢依霖时，王悦只觉得自己的眼珠子都要掉出来了！

谢依霖！她为什么会在这里？

王悦一时之间不知道该说什么，谢依霖对她眨眨眼睛。

虽然不明白谢依霖到底在搞什么，也不明白谢依霖为什么不认她，但王悦知道，现在假装和谢依霖装作不认识最好。

王悦沉默下来。谢依霖站在王悦的身边，轻轻抓住了王悦的手臂，王悦也象征性地反抗了几下。

谢依霖看着工作人员，轻声说："我看这位小姐也蛮可怜的，要不别报警了吧？"

"那不行。顾总的规定就是遇到有人来偷，一定要报警。"

"好吧。"谢依霖瞬间被说服了。

等等，你不是来救我的吗？怎么就那么轻易放弃了？

"别放弃，你要努力说服你的同事啊。"王悦又生气又着急。

"我是新来的。"谢依霖怯生生地说。

"新来的怎么了？只要你有道理，他就得听你的。连你自己都不相信自己，别人怎么相信你？"

2

王悦情急之下，又把心灵鸡汤那一套拿出来说了。

谢依霖还是不知道该说什么好，那名工作人员不耐烦了：“走，送她去警察局。”

“我不去！你敢送我去的话，我就……我就一头撞死。”王悦悲壮地说。

工作人员笑了：“行啊，那你去撞啊。反正我们这儿有监控，你可诬赖不了我们。”

天啊，这帮人的心肠都是石头做的吗？

王悦只得干着急，终于还是被塞到了车里。她还想反抗的时候，谢依霖凑到她耳边轻声说：“你看司机。”

当看到李想的时候，王悦尖叫一声！

王悦的剧烈反应，把那名工作人员吓了一跳。他说：“小唐，快把她送到警察局。小心点儿，她的脑子好像有点儿问题。”

“好的。”李想说。

当车子离开小院的时候，王悦终于松了一口气。王悦说：“你们能告诉我，这到底是怎么回事吗？”

“为了夺回小橘！”

他们两个人异口同声地说。

王悦怀疑地看着他们：“你们是不是在进行什么计划，只有我不知道？”

李想叹了口气。

他知道这样不好，但是他真的觉得王悦的脑子好像有点儿问题。

他们当然在谋划什么，而且是故意不带着她的。

不然她以为怎么样？小橘被人抢走，他们无动于衷吗？那他们也太窝囊了。

可是他们也没办法。他们的团队里就没什么带脑子的。

一个已经被送去了公安局，要不是他安排了这一切，第二个就要被送进去了。

“是李想的计划。”谢依霖说。

谢依霖说，李想前几天找了她，说他已经了解了对方公司的很多信息。他可以去做司机，问谢依霖能不能去做清洁工，这样他们可以掌握不少资料。

谢依霖答应了。

她很顺利地成了清洁工，她总是能把家务做得又快又好。

她一开始还挺担心大家发现她真实身份，但很快就发现是她自己想多了。

她也没想到，原来清洁工可以这么轻松。

她只要负责打扫干净就好了，一天只要一次，而且大家会对她说“谢谢”。还有一个月三千五百元的工资，还包饭。这可比在家干家务轻松多了。

谢依霖一连几天都来上班，也借机了解了这里的状况。

原来他们把猫和狗混养在一起，别说什么贴心的照顾了，基本的生活保证都很难。猫还好一点，狗是极其渴望自由的，圈养让它们痛苦不堪。

谢依霖曾经问这里的工作人员，为什么不带它们出去转一圈，一名员工说：“以前有狗出去的时候就跑了，老板就不再让我们出去遛狗，不然可担不起责任。”

“为什么会跑了？”

“谁知道，可能去找它原来的主人了吧。”

“啊，不是从小养大的吗？”

“他们会有专门的小奶猫、小奶狗，但是它们就小时候可爱，长大以后很容易走样。所以我们分两块，一块负责小猫小狗，一块负责成年猫狗。成年猫狗我们一般直接购买，这样比较稳定。”

“要是主人舍不得卖怎么办？”谢依霖故意问。

“出得起钱，谁会舍不得卖？那帮主人口口声声说，是自己孩子什么的，后来还不是卖了？也有几个不肯卖的，但是宠物走丢被我们捡到的话，他们也没办法。比如说在宠物医院、宠物美容院，反正都会有意外。”

“这样不好吧，不是犯法吗？”

“我们都有合法的手续，算什么犯法？”

谢依霖只觉得脑子都晕了。

她看着给那些猫猫狗狗吃的都是最普通的食物，有的还过了保质期，顿时心中一惊。她悄悄拍下了关键的证据，甚至还拍到了有员工虐狗的视频。

谢依霖在这里潜伏了几天，拍了很多内部资料，李想那边的收获也不错。他们原打算就这样曝光，没想到王悦来了。

还和当初的肖鹏飞一样被抓了。

“你们还真是像。”谢依霖微微一笑，“有时候看到你们，都觉得自己年轻了呢。”

“肖鹏飞比你大。”王悦说。

“我知道，但有时候我看到他，就好像在看我的儿子……你可别告诉他。”

谢依霖一脸紧张。王悦说：“我当然不会说。这个计划肖鹏飞加入了吗？”

“没有。我们想给他一个惊喜，后续的事情再交给他。”李想说。

“你……你很确定肖鹏飞会帮我们？”王悦呆呆地问。

“当然，他是同伴。”李想说。

“对。虽然总觉得他很幼稚……但他确实是同伴。”谢依霖说。

“是啊，同伴。”

王悦点点头，觉得眼睛酸涩起来。她没有想到，他们的脑子是那么清醒。在他们几个人里，她反而是最不相信同伴以及做得最少的那个人。

她真的很羞愧。

不过，现在醒悟还来得及。

“谢谢你们。”王悦哽咽着说，“我说了很多谎话，但你们还在我身边……真的谢谢你们。”

这样突如其来的告白，让大家都尴尬起来。李想清清嗓子说：“我们都是小橘的父母，也是朋友。”

“对，是朋友。”谢依霖也轻声说。

当肖鹏飞赶到酒馆的时候，他穿着一身新西服，整个人看起来意气风发。

在看到王悦的瞬间，他就对她抛了一个媚眼，王悦下意识瞪了他一眼。肖鹏飞笑着说：“你就这么对待一个重新走红的主持人吗？”

“你怎么知道你重新红了？”王悦故意说。

“你还没看网上的通稿？”

“没有。”

“我也没看。”李想说。

谢依霖当然摇头。

他们居然没有围观他的高光时刻，真是让肖鹏飞深感遗憾。不过没关系，肖鹏飞拿出手机，在他们面前展示。

"这是什么啊？"

"孙阳发的视频，就是那个很厉害的影帝。前面都不重要，第四分三十秒开始再感谢我。"

"到底怎么回事啊？"

"你们不知道？《我们离婚了》栏目结束后一个月，这对嘉宾重新坠入爱河，现在热搜都是他们，还有我。"

肖鹏飞得意地说。王悦看了一下，果然现在对他的评论是两极反转。

刚主持这个栏目的时候，肖鹏飞被骂惨了。

而现在，有些人叫肖鹏飞"预言帝"，有人叫他"红娘"，还有人找到肖鹏飞当初主持节目的各种细节，进行了"细思极恐"的分析。

在他们的分析帖中，肖鹏飞每句话都别有深意，甚至连他攻击类的发言，都被认为是挑起嘉宾的某种情绪，从而让他们内心契合。

"你真的是这么想的吗？你的内心住着一个媒婆？"王悦诧异地问。

"那你装病是为了做大家的精神偶像吗？"

王悦瞪了肖鹏飞一眼，心想这人说话怎么那么损，肖鹏飞嘿嘿一笑。随后，肖鹏飞搂住了王悦："好了，事情都过去了，我们的吵架期也该过去了。"

"谁和你有过去啊，别那么自来熟。"

"我都要帮你们去挑战我的新东家了，你们就这反应？不该给我欢呼、打气吗？"

"你不是舍不得那月薪吗？"王悦故意说。

"别，钱是什么啊，我最不缺的就是钱了。我苦心潜伏到人家公司，就是想弄点儿证据。结果，你们也不错。”

肖鹏飞是真的挺郁闷的。

他从小就喜欢英雄，从奥特曼到钢铁侠，都是他的偶像。

英雄有着“低调”的宿命，而且必须在最危难的时候挺身而出。他以前就是这样拯救王悦的，他还记得王悦当时的眼睛是那么明亮。

他很快就要这样再来一次了。他隐瞒了他的目的，要在他们最绝望的时候给予支持，接受大家的崇拜，光是想象就能让他热血沸腾。

他们之前有多误会他，事后就会感到多愧疚。

可他们为什么悄悄抢了他的活儿！

肖鹏飞本来也拿到了这家公司的一些关键证据，正想一展身手。现在他觉得自己就像个小丑。

但是，他必须死撑，绝不能被人看出来他的沮丧，这是他最后的尊严。

他装作漫不经心的样子说：“你们这些录音和视频，加上我的那些东西，应该可以扳倒他们了。这件事就交给我，接下来就等这个顾总怎么磕头求饶吧。还有一件事。”

肖鹏飞看着大家，拿出了三张卡放在桌子上。李想问：“这是什么？”

“银行卡，密码都是六个一，你们一人一张。每张银行卡里都是五百万。”

肖鹏飞那么自然地说了这个惊天动地的消息，所有人的眼睛都瞪大了。王悦不可置信：“五百万？你哪里来的那么多钱？你为什么要给我们？”

“这钱是我卖房子的。至于为什么要给你们，当然是因为我之前答应要给你们一人五百万，我说到做到。”

看到他们诧异的表情，肖鹏飞的心情美好到极点。王悦终于明白肖鹏飞说的“欠债”是什么意思，心里很酸涩，说：“肖鹏飞，你是不是傻瓜？你觉得我们在一起，就是为了这个钱吗？”

“这钱我们不能要。”李想终于反应了过来，说。

“对，不能要。”谢依霖也说。

她的表情是那么惊慌，就好像这笔钱烫手一样。

“为什么不要？这是我的承诺。你们要让我言而无信吗？”

“不是这个问题，是你给了我，我也只会花掉。不如把这个当成投资款，还是你拿着。”

李想想到了这个折中的办法，大家纷纷表示赞同，肖鹏飞想了下，答应了。他说：“那我把这个作为你们的本金，我会想想做什么项目，到时候大家一起商量。”

“行。”大家如释重负。

他们达成了协议，喝酒庆祝了一下，王悦不小心喝多了。

她真的很怕自己呕吐，急忙走出酒馆呼吸新鲜空气，才觉得胃里好受了一点儿。

“你等我下。”肖鹏飞看着王悦难受的样子说。

“啊？”

肖鹏飞去了水果店，出来的时候递给她一盒杨梅。

王悦看着手中的杨梅，有点儿愣神儿，肖鹏飞说：“我洗过了。”

“我不是这个意思，就是一般人喝醉酒，都会给对方温水、蜂蜜水之类的吧？”

“我觉得杨梅好吃，也更适合现在吃。你不喜欢吃？”

不，不是这个问题。

你总是和别人那么不一样。

但我就是喜欢你的不一样。

王悦想着，吃了一颗杨梅，酸酸的味道让她皱起了眉头。但在下一秒，她的口腔里就满是甜味，她舒服地叹了一口气。

“你没事吧？”肖鹏飞紧张兮兮地说。

肖鹏飞把手放在王悦的额头上，微凉的感觉让王悦觉得很舒服。王悦把脸贴在了肖鹏飞的手上，肖鹏飞捏捏她的脸，说：“不生气了？”

“早就不生气了。不过你为什么不和我说实话？你是当初怕顾总察觉出来，才隐瞒的吗？”

“算是吧。”

肖鹏飞当机立断，隐瞒了他的真实想法。这神一般的第六感，不仅让他捡回了一条命，还赚了一个吻。

王悦踮起脚，亲了肖鹏飞一下，说：“你真厉害。”

夜风吹在身上很舒服，王悦的身上也散发着好闻的味道，似乎混合了些许酒香。

王悦的目光里充满崇拜，笑容是那么温柔，肖鹏飞觉得自己这些天真没白忙。

他爱这样的感觉。

心里的些许不快瞬间烟消云散，肖鹏飞夸张地说：“宝贝，你知道我的心理压力有多大吗？唉，每天都要见我最厌恶的人，还要对他点头哈腰，不能被他看出任何端倪。”

“你真是受苦了。”王悦愧疚地说。

“你还不理我，还不接我电话。”

“我错了。”

“我很难过。”

“对不起。”

王悦温柔地说道，这一切和他所期待的一模一样。

3

肖鹏飞把王悦送回家后，王悦因为酒意倒头就睡。肖鹏飞看着王悦入睡的模样，轻轻抚摸她的头。

王悦均匀的呼吸给了他极其安静的感觉。他觉得，无论外面的世界多么喧嚣，但是王悦这里永远最温暖，永远欢迎他的到来。

“王悦，好好睡，接下来的事情就交给我。”

肖鹏飞轻声说完，戴上眼镜，开始整理今天得到的资料。

他原来的目的只是想拿回小橘，但是看到李想他们拍到那些人虐狗的视频时，他的心还是颤抖了一下。

画面是那么刺目，用文字都难以形容。他用最大的意志力，敲击着键盘。

肖鹏飞原来并不喜欢猫猫狗狗。现在他知道了，其实宠物比人类更加忠诚和温柔。

宠物是那么柔弱。在它们的世界里，只有人类。面对人类的虐待，它们手足无措，根本不会反抗。

可是宠物又是那么坚强。它们会因为主人的喜悦而喜悦，因为主人的悲伤而悲伤，甚至为主人牺牲一切。

它们是这个世界上最奇特的生命啊！

肖鹏飞写写停停，最后坚持写完了稿子，在早上七点的时候发在了网上，给王悦准备好早餐后离开了。

他给王悦留言，让她今天都不要找他，因为他的手机会关机。王悦起床后看到早餐和肖鹏飞的留言，知道肖鹏飞出手了，立马去网上看。

王悦看到，肖鹏飞在他最热的时候，揭露了那个顾总，直指他虐猫，果然引起了轩然大波。

肖鹏飞的证据是那么充足，他的言辞是那么犀利又催人泪下。

这一次，就连肖鹏飞的黑粉都在支持他讨回公道，也有让王悦去要回猫的。

大家的支持，让王悦觉得眼泪都要掉下来了。

她急忙上网回复。她再三声明，表示自己绝没有利用小橘，还拿出了她以前和小橘在一起的合影。照片上的画面，是那么温馨。

王悦的回复，引来了一些人的攻击，但更多的人选择支持她。让王悦感动的是，许许多多的陌生人开始帮助王悦，“让小橘回家”一时之间成为最热门的话题。当参加肖鹏飞节目的那对破镜重圆的明星夫妇转发这条微博的时候，话题的人气越来越高。

顾总在办公室看到这条微博的时候，愤怒到极点。

他没有想到，他给肖鹏飞提供了平台，肖鹏飞居然这样对他！

他想好了，等肖鹏飞联系他的时候，他一定要把肖鹏飞怒骂一顿，让他把事情摆平！不然，他就开除他！

可是，他等了很久都没见到肖鹏飞，肖鹏飞也没打电话过来。到后来，顾总只好亲自打电话给肖鹏飞，可是肖鹏飞一直是关机状态。

“臭小子！”

顾总暴跳如雷，只觉得心乱如麻。而当肖鹏飞终于接听电话的时候，顾总忘记了他刚才的愤怒，甚至赔了一丝小心：“鹏飞啊，你在哪里？要不要来一趟办公室，我们谈谈？”

“我没空去办公室。”

“那你在哪里？我去找你。”

肖鹏飞说了一个地方，顾总立马去了。一坐下来，顾总就问肖鹏飞发生了什么事。肖鹏飞淡淡地说：“我之前问你们要猫，你们不肯给，我就只好这样上网要咯。”

顾总愤怒地说：“我以为我们都和解了！你还在我这儿上班，赚了不少钱！”

“是啊，你也说了我是上班。至于赚钱什么的，上班拿工资，难道不是理所当然的吗？上班也不能阻止我要回我的猫。”

“我给了你发展平台！”顾总痛心疾首。

“顾总，我们之间就是相互利用的关系，就不要称兄道弟了。这件事儿已经这样了，我建议你把猫还给我们，把那些小动物也妥善处置，这样还能被人说‘知错就改’，也算是提升公司的知名度。”

“你的意思是让我认错？这不可能。”

“这是唯一的办法。我记得，之前也有人来公司偷狗吧？如果再让人知道这些事，你说会怎么样？顾总，我这是为你考虑。”

顾总的脸色难看到极点。肖鹏飞呵呵一笑，转身就走。

当王悦见到肖鹏飞的时候，肖鹏飞对王悦微微一笑，说一切搞定。王悦不可置信地说：“你是怎么搞定的？那个顾总答应你了？”

“他当然得答应我，现在是他求我，又不是我求他。而且我还告诉他，他做那么多就是想赚钱而已，其实他那种方式见效很慢。我给了他另外一份推广计划，顾总很感兴趣，所以和我友好告别。我们现在还是朋友。”

“就这么简单？”

“就这么简单。他是聪明人，知道这是他最好的选择。”

肖鹏飞轻描淡写地说道，但王悦知道事情没那么容易，她激动地问：“那我们现在可以去接走小橘了吗？”

“当然。”

他们到了分公司，终于接走了小橘。

王悦紧紧抱着小橘，就好像抱着世界上最珍贵的东西，小橘也一直在王悦的怀里撒娇。王悦看着小橘，怎么都看不够，觉得眼泪都要掉下来了。

肖鹏飞提醒说：“你是不是忘记了什么？”

“忘了带小橘去洗澡！”王悦气急败坏地说，“那帮家伙，把小橘弄得这么脏！”

王悦说着，立马导航去宠物医院。一旁的肖鹏飞轻声说：“我的意思是给我一个吻……算了。”

王悦带着小橘，在宠物店给它洗了个澡，还给它做了一个全身检查，知道小橘健康才放下心。回到家后，王悦什么原则都没有了，拼命给小橘吃猫条，肖鹏飞也把零食都放在小橘面前。

王悦心疼地说：“小橘瘦了，它好可怜。”

肖鹏飞并不想反驳王悦，但是在他看来，小橘根本没有瘦，还是和以前一样圆滚滚。他明智地选择了闭嘴，故意在王悦家磨蹭到很久，王悦果然没有赶走他。

“肖鹏飞，你以后打算怎么办？”王悦抱着小橘问。

王悦没说具体是哪件事，但是肖鹏飞心里明白。他说：“顾总那儿是肯定不能做了，台长让我去电视台谈谈。你有什么打算？”

“我没什么打算，我觉得现在挺好的。”

王悦觉得自己胸无大志，怪不好意思的，但是肖鹏飞没有笑话她。肖鹏飞说：“那明天我们一起去电视台吧。”

“嗯，谢谢你，肖鹏飞。谢谢你帮我找回了小橘。”

王悦的声音是那么温柔，眼神是那么闪亮。在这一瞬间，肖鹏飞相信，他在王悦心里是个英雄。

“那你亲我下？”肖鹏飞笑着说。

这一次，王悦没有拒绝。

第二天，肖鹏飞和王悦一起去了电视台。

看到肖鹏飞的瞬间，台长的微笑就好像绽放的花朵，他拍拍肖鹏飞的肩膀，似乎他们是最好的兄弟。

“鹏飞，你都休息那么久了，也该回来了。《我们离婚吧》反响很好，你的风评也很好——我就知道你可以！第二期现在已经开始策划了，主持人当然还是你。我们现在就开始准备怎么样？”

“台长，你好像少说了几个栏目。我之前主持的，还有你答应要给我的那两个栏目，要做就一起做。”肖鹏飞说。

台长的脸色顿时有些不好看了。

就在这时，罗燕平和沈亮走进来，他们看到肖鹏飞和王悦时都愣了一下。

王悦觉得气氛极其尴尬，台长却神色自然地和沈亮说，他的栏目要还给肖鹏飞。

沈亮的脸色顿时变了，他愤怒地说：“台长，我那栏目做得好好的，我没有犯错，你不能这样对我！”

“你是没犯错，但你也没有做得更好。这件事就这么定了，不愿意的话你可以跳槽。”

“台长……”

沈亮气得满脸通红，罗燕平安抚地拍拍沈亮的手臂，沈亮才好一些。罗燕平说：“台长，你找我们是为了说这个的话，我们知道了。”

“罗燕平，肖鹏飞要重回电视台了，希望你们以后好好相处。”

“当然。”罗燕平说。

当他们离开台长办公室的时候，汪曼云对王悦说：“你来一下。”

王悦从汪曼云的办公室出来，已经是一小时后的事情了。王悦和肖鹏飞一起回家，他们从台长难看的表情，聊到了对未来的畅想。

回到家的时候，王悦抱着小橘说：“肖鹏飞，你得到自己想要的了，你现在还有什么别的梦想吗？比如说买个房子什么的，比之前的更大的那种？”

“你是在赶我走吗，王悦？”肖鹏飞问。

“不，当然不是！我就是想这样更符合你的身价。”

“当缺少什么的时候，就希望用某种东西来填补。我以前觉得我缺个家，就买了大房子，但现在我觉得不缺了。所以，你家就很好。”

肖鹏飞的笑容是那么温柔，王悦既心酸又高兴。她搂着肖鹏飞的脖子说："今天汪曼云找我了，说之前答应给我的栏目，现在可以给我。你说，我得到了我的栏目，你也拿回了你想要的，而且比当初想的更好。谢依霖她自己觉得家庭幸福就好，我们是不是应该帮一下李想？"

"你是说音乐方面的事情？他之前因为这个和你翻脸。"

"那是因为我以为可以给他惊喜，但是我错了。我下次当然知道该怎么办。"

"那你去试试看。"肖鹏飞笑着鼓励。

王悦说到做到。

电视台要办一场公益演出，会找一些明星进行文艺会演，她觉得是个不错的机会，便把李想的名字列入了名单里。汪曼云要是问起来的话，她就说李想以前的资历，还有现在在网上的人气。

可是，汪曼云看了一眼，没发表任何意见，只说让她好好去办。

"主任，你对名单没意见？"王悦下意识说出了心里话。

汪曼云怀疑地看了王悦一眼，再次看了下名单，看着李想的名字说："这是之前和你一起上节目的吧？"

"对。"王悦开始紧张，暗恨自己刚才为什么要反应过度，这样汪曼云就不会发现了。

"去做吧。还是说你还有别的事？"汪曼云问。

"没、没有。"

王悦简直不敢相信自己就这样轻易过关，离开汪曼云办公室的时候还有点儿恍惚。在她开门的时候，汪曼云说："你现在已经是栏目负责人了。以后执行上这样的小事，你自己决定就好。"

"是。"王悦说，情不自禁带了一丝笑意。

她知道，这是汪曼云信任她的意思。

被人信任的感觉真好。

4

下班后到李想酒馆的时候，王悦很紧张。

她想过，她之前帮助李想的时候，或多或少带了一点儿居高临下的态度，这样很不好，所以才会让李想误会。

这一次，她必须要改变李想的误会，不动声色地把事情办好。

"王悦，你怎么来了，肖鹏飞没空吗？"李想问。

"他啊，别提了。"王悦故意说。

"啊，你们出什么事了吗？"

"就是有点儿小矛盾。毕竟我们年纪相差挺大，我们喜欢的不一样，也经常聊不到一块儿去。"

王悦为了寻求李想的同情，降低他的防备心，开始卖惨，李想果然微微皱眉。

李想不知道该说什么。

王悦说得没错，肖鹏飞确实比她大很多，简直都快产生代沟了。虽然他们现在是朋友，但是他觉得肖鹏飞就是个自恋的奇葩，而王悦是个脑子有问题的小姑娘。

他们产生矛盾并没有什么问题，有问题的是为什么要和他说这个，这样的话题很隐私。

这时，王悦又说："还是你好。你会做饭，懂音乐，脾气还特别好。你是我见过的最有进取心，也最会享受生活的男人。”

王悦的眼睛似乎在发光，她的赞美让李想感觉有点儿不自在。

李想当然知道他很好。现在的生活那么浮躁，大家都喜欢吃快餐，享受快餐娱乐，谈快餐爱情，而他还会坚持看书，没事儿的时候还会去看话剧什么的。他的思想是那么有深度，可是很多人对此都不理解。

现在，王悦突然理解了他。但是他没觉得开心，反而警觉地看着王悦。

好了，你可以开始同情我了！王悦想。

用这样的方式拉近距离，让李想可怜她，从而可以邀请李想去参加活动。她怎么就那么聪明？

王悦在心里给自己鼓掌，目光炯炯地看着李想，却听李想为难地说：“谢谢你的欣赏，可我对你没兴趣。”

王悦正在喝茶，听到这个，一下子把茶都喷了出来，之后便剧烈咳嗽起来。她忙说：“我不是那个意思，我和肖鹏飞挺好的，就是想和你闲扯一下，然后邀请你参加一个演唱会。”

王悦生怕李想误会，这次干脆一次性说完。她把演唱会介绍了一下，李想愣了下，平静地说：“好啊。”

“你就这么答应了？”王悦觉得不可置信。

“嗯。”

“这个不是专场，也不是在体育馆，就是在居民楼那儿。观众可能没那么喜欢音乐……”

王悦絮絮叨叨说了很多，李想一直温和地看着她。李想说：“我知道，你是为了帮我才把我加上去的，谢谢你，王悦。你确实实现了我一个梦想，我又怎么会嫌弃？”

“不……不客气。”王悦结结巴巴地说。

李想的配合，让王悦的心情顿时美妙起来。接下来，就是为这场演唱会做准备了。

这场公益演唱会没有邀请太多明星，其实让王悦有很大的压力。但在肖鹏飞帮她宣传，并主动担任主持人的情况下，一切都不一样了。在“名人效应”下，演唱会的门票变成一票难求。

演出开始前，王悦紧张到不行，因为这是她第一次独立负责一场户外活动。

可是，就算心里再紧张，她安排起事情来依然有条不紊。她时不时会看一下灯光、音响有什么问题，也会去后台艺人那里看看进度。

她在化妆间看到了一脸紧张的李想。李想木然地看着前方，不知道在想什么，连王悦来都没发现。

“李想！”王悦拍拍李想的肩膀。

李想缓缓转过头，脸色有点儿发白。王悦有点儿担心，问：“你没事吧？”

“没事。”李想说。

他知道自己在撒谎。

虽然他以前遇到的观众比今天要多得多，但是他毕竟那么多年都没有在公开场合，特别是有那么多人的公开场合演唱了。

他很担心自己表现不好，而其他人都是那么优秀……

“李想，别想太多，我们都在你身边。”王悦温柔地说。

“对，搞砸了也没事，反正我们也没抱多大的希望。”

“肖鹏飞！”王悦火了。

肖鹏飞刚从台上下来。他穿着亮晶晶的西服，简直比演员还要抢眼。

他撩了一下头发，笑嘻嘻地说："我就是想让他别有那么大的压力。"

"你这是让他别有压力吗？你这样就好比李想在跑步，都到冲刺的阶段了，你告诉他不拿金牌没关系，不拿任何奖牌都没关系，甚至跑不完都没关系。他那股劲儿都被你卸掉了！"

王悦越说越生气，肖鹏飞在一旁含笑听着。李想也忍不住笑了起来，说："你放心，我没事。多少风浪都经过了，还怕这个？"

"加油！"王悦说。

李想在他们的目送中走上了台。

其实，在碰到吉他的那一刻，他还是有点儿紧张。他看着台下，居然看到了挥舞荧光棒的谢依霖。

谢依霖还是第一次参加这样的活动。就算她上大学的时候，也没有这么"时尚"过。

为了参加晚上的演唱会，她和王辉吵了一架。王辉觉得她需要在家带孩子，而她不受控制地说出了王辉背叛她的事情。

王辉震惊地看着她，没有否认。王辉淡漠地说了句"接受不了就离婚"，他以为可以打压住谢依霖，但是谢依霖说"好"。

"你疯了！"王辉震惊地看着她。

"你是过错方，而且，你赚的钱，也有一半。"

谢依霖知道，离婚并没有那么简单，但是似乎也没什么好怕的。最近，她开始学习芭蕾。让她惊讶的是，舞蹈教室有很多和她一样年纪的中年妇女，没有人嘲笑她的肥胖，没有人说她异想天开，有的只是理解和包容。

她会养猫，会养孩子。也许，结束这段婚姻，她会活得更精彩。

谢依霖想着，只觉得年少时的热血都回来了。这时，李想闭上了眼睛。

他的眼前又浮现出他在乐队时和队友一起演出的场景。那时候，他们是那么年轻，又是那么自信。

而在下一秒，团队中的其他人变成了肖鹏飞、王悦和谢依霖的身影。他们中间还有一只猫。

他们一起经历了很多事情，一点儿都不比当年他们乐队遇到的事情少。

他们也是同伴啊。

当李想再次睁开眼睛的时候，目光是那么坚毅。他大声说：“大家准备好了吗？”

当激烈的音乐响起时，大家愣了一下。而在下一秒，大家就燃烧了起来。

李想在台上唱歌，谢依霖在下面挥舞荧光棒，王悦则和肖鹏飞手拉手看着。

“肖鹏飞，李想做到了。我们大家都实现梦想了，真好！”王悦说。

“对，真好！”

他们十指相扣，相视而笑。

他们的未来，也将永远这样紧握双手。